光文社文庫

バラ色の未来

真山　仁

光　文　社

目次

バラ色の未来

プロローグ

＊

オレンジ色の炎が、漆黒の闇を引き裂いている――。

「麻岡《あさおか》、もっと、急げ！」

公用車のハンドルを握る秘書に、鈴木一郎《すずきいちろう》は叫んだ。車は青森市内から円山《まるやま》町に続く国道を疾走していた。火事の現場まではまだ一キロ近くあるのに、あんなに鮮明に炎が見えるなんて。

燃えているのは、一人息子の家だ。おそらく、財産を失った誰かが腹いせに火をつけたのだろう。

息子は勤務していた統合施設《IR》誘致会社のカネを着服し、愛人といずこへか逃亡を図った。

それも、周囲の怒りを買っている。

幸いなのは、嫁と孫は先週から鈴木の自宅で暮らしていることだ。家はまた建て直せばいい。

だが、放火した奴は絶対に探し出して償わせてやる——。怒りで強く握りしめていた携帯電話が鳴った。妻からだ。

「あなた、美奈《みな》さんと光《こう》ちゃんがいないの！」

「いないって、どういうことだ！」

「ちょっと出かけてくるって言って、夕方車で出ていったのよ。でも、夕食になっても戻ってこなくて。そうしたら、光太郎《こうたろう》の自宅が火事だって……。急いで来たんだけど、美奈さんの車が」

なんだと！

「おまえは今、火事の現場にいるんだな」

「そうよ」

「だったら、消防署長と電話を代われ！」

暫《しばら》く雑然とした音と、妻が消防署長を探す声がした。

「麻岡、燃えている家に美奈さんと光一《こういち》がいるかも知れんそうだ」

秘書が驚愕している。先ほどよりも火事が間近に迫って見えたところで、渋滞にはまった。消防車やパトカーが入り乱れて駐車している。

「降りるぞ」

返事を待たずに、鈴木は車を降りた。人をかき分け前に進み、消防署の前線基地とおぼしき地点を見つけた。

「鈴木だ。佐藤《さとう》署長は？」

ヘルメットを被《かぶ》り防火服を着た男たちが、一斉にこちらを向いた。

「あっ、町長」

大柄の男がヘルメットを取った。佐藤消防署長だった。

「家人の安否は？　嫁と孫が中にいた可能性があるんだ。二人は無事に救出してくれたんだよな」

「申し訳ありません！　我々が到着した時には既に……。目撃者の話では、子どもの悲鳴と女性の絶叫が聞こえた直後に、爆発音がしてみるみる燃え広がったと」

「それは答えになってないだろ」

思わず署長の胸ぐらを摑《つか》んでいた。

「火元は、一階のリビングと思われます。ガソリンをまいて、火をつけたようです。そのため、リビングにいたお二人は救いようがなく」

隣に立っていた麻岡が、激しく燃えさかる家に向かって駆け出した。すぐに、消防士らに羽交い締めにされて火事場から引き戻された。

「なんで、助けないんだ！」

麻岡がわめいている。

「つまり、美奈が自分で火をつけたと言いたいのか」

たまらず鈴木は署長に食ってかかった。

「まだ、分かりませんが、その可能性が高いです。美奈さんは、光一君を」

「それ以上言うな。言いたいことは理解した」

嫁が一人息子を殺し、自ら火をつけた——署長はそう言いたいのだ。

膝の力が抜け、そのまま地面にへたり込んでしまった。

「美奈ちゃんと光ちゃんは？」

妻が駆け寄ってきた。口が痺《しび》れたように動かない。鈴木はただ首を横に振るしかできなかった。

日本初のＩＲ誘致が決定的と言われていたのに、土壇場で総理のお膝元に掠《かす》め取られてしまった。

その日から、鈴木の地獄が始まった。

青森県知事や国会議員、地元の有力者、そしてＩＲ開発を当て込んで不動産投資や商業ビル建設などで一儲け企んだ連中が、財産を失った。その責めを鈴木一人が負うハメになった。

俺が非難されるのは致し方ない。なのに嫁と孫が死ぬなんて……。二人を殺したのは、紛れもなく俺自身だ。

外国にでも行かせるべきだった。だが、ここにいると言ってきかなかった。連日の心ない張り紙や悪戯《いたずら》電話で、嫁はどんどん憔悴《しょうすい》していった。カジノ問題に加えて、夫の不実が重なり、心身ともボロボロだった。

それを知っていて、俺は救ってやれなかった。

隣で事態をようやく把握した妻が、言葉にならない声で叫んでいる。

それを嘲笑《あざわら》うかのように、火柱が上がった。

＊

警視庁第四機動隊の巡査長在原護《ありはらまもる》は、朝から総理大臣官邸の周辺警備に就いていた。

「鬼の四機」と呼ばれる第四機動隊は強者揃《つわものぞろ》いで、質実剛健がモットーだった。

今日は朝から酷暑で、防弾チョッキを装着した警備は文字通り苦行だったが、弱音を吐くわけにはいかない。在原は、入隊したばかりの女性隊員と共に、官邸西通用口前で立ち番をしていた。

無線連絡が入った。官邸の塀沿いに年寄りのホームレスがいて、何か喚いているので確認せよという。喚いているだけなら、理由もなく排除することはできない。ホームレスも、立派な国民の一人だ。

既に疲労が顔に滲《にじ》んでいる後輩に声を掛けて、在原は坂道を上った。

西門付近で、問題の人物を認識した。

「マルタイを発見。職質を行います」と報告を入れて、男に近づいた。

この暑さの中、ホームレスらしからぬスーツをきっちり着込んでいる。なのに真っ白の髪はぼさぼさだ。

「なんですか、あれ」

男はスーツのポケットから、官邸の壁めがけてなにやら投げていた。

在原はホームレスに近づいて声を掛けた。

「失礼ですが、塀に物を投げないでください」

だが、ホームレスは聞こえないのか、投擲《とうてき》をやめない。

「ちょっと、おじさん、ダメですよ、そんなことしちゃあ」

後輩が砕けた口調で声を掛けると、「おい、松田《まつだ》、この大嘘つき、ここに出てきて釈明せんか！」と男が突然叫んだ。

在原は、男の足下に転がったプラスチックのコインを拾い上げた。カジノなどで使われるチップのようだ。

「おじさん」と後輩が、男の腕を摑もうとすると、男が激しく振り払った。その拍子に体勢を崩して歩道に倒れ込んだ。

「ちょっと、大丈夫ですか」

後輩が抱えて起こそうとするが、男は動かない。

「うっそ。在原さん！」

すぐに駆け寄って男の頸動脈を触ると、脈はあった。だが、やけに熱っぽい。

「救急車を呼べ」

後輩に指示してから、在原は辺りに散らばったチップを拾い集めた。

「もう、臭くてたまりません」と男から離れようとする後輩を叱りつけ、在原は念のためにと、スマートフォンで男の顔写真を撮った。

＊

蒸し暑い夜だった。その上、釣果《ちょうか》はゼロと来ている。大濠昌樹《おおほりまさき》は、今日は早めに引き上げて、まだ営業している縄暖簾で一杯引っかけようかと思い始めていた。

タクシー運転手である大濠は、客とあれこれ話をするのが好きなのだが、時々一人きりになりたくなる。そういう時は、夕刻から門司港《もじこう》の突堤に陣取って釣り糸を垂れる。その間、誰とも口をきかず、ただじっとウキの動きだけを見ている。

ただ、最近は釣果が冴えないと、ついつい悪いことばかり考えてしまう。

景気の悪さをもろに被って、タクシー業界は不況のどん底にある。

炭坑の町として知られる福岡県田川《たがわ》市で生まれ育ち、三〇歳まで地元のスーパーマーケットに勤めた。だが、長時間労働の割りに低賃金で、妻と子を十分に養えるだけの収入は期待できなかった。そこで一念発起して北九州市に移住、タクシー会社で働き出した。一〇年勤続後に個人タクシーの運転手として独立するまで、無事故無違反を通しただけではなく、売上も常にトップクラスだった。

景気が良い時期だったのとも重なって、独立後も順調だった。北九州市内に小さいながらも一戸建ての家を買い、二人の子どもを短大と大学に進学させた。

本当は引退してもいいのだが、自宅でぶらぶらするガラでもなく、昼間だけ週に四日車を流している。

それも、そろそろ潮時かもしれんな。

魚がさっぱり釣れないのも腹立たしいが、客もこんな風に釣れなくなっている。

女房と世界一周旅行をするための資金も貯めたし、引退するか。

そんなことまで考え始めた時だ。

物凄《ものすご》いエンジン音が背後で轟いた。低速ギアで走らなければ出ない音だ。

なんで、あんなギアで走っている。

振り向くと、ハイビームにした乗用車が、猛スピードでまっすぐ海に向かっていた。

「おいおい落っこちるぞ」

慌てて立ち上がり、両手を広げて車の前に立ちはだかろうとした。しかし、車がスピードダウンする気配がないのに気づいて、体を避けた。

まったくブレーキを踏まないまま、真っ赤なミニカが埠頭を越えて、海に突っ込んだ。

みるみる車が海に沈んでいく。

慌てて携帯電話を取りだして一一〇番した。やけに車が沈むのが早いように思えた。

一一〇番に繫《つな》がった。

「今、門司港近くの埠頭から、車が海に突っ込んだ」

第一章　端緒――現在

1

現在――。

「特ダネとは何か」

講師の北原智史《きたはらさとし》は壇上に立つなり、最前列に座っていた女性記者に尋ねた。

北原のトレードマークであるきついくせ毛の長髪は今や見事に真っ白で、細面《ほそおもて》でシャープだった顔もすっかりむくんでいる。鋭い目つきだけは昔と変わらない。

「他社が書かないネタを字にすることです」

「じゃあ、クソ総理が国会で居眠りを何回ぶっこいたかを、君だけが書いたら特ダネなんだな」

笑い声で沸く中、答えた折原早希《おりはらさき》は、顔を真っ赤にして俯いてしまった。結城洋子《ゆうきようこ》も思わず一緒に笑ってしまったが、立場上、品のない言葉に首を振った。

それを北原はめざとく見つけた。

「おっと、いきなりセンター長のダメ出しを食らってしまった。下品で失礼。ちなみに君、名前は？」

「折原早希です。西部本社社会部で福岡県警を担当しています」

自信のなさそうな声が返ってきた。西部本社の社会部長によると「粘り強さは部内一だが、生真面目《きまじめ》すぎて、結果が出ない」若手らしい。

北原は、教室全体を見渡した。

「特ダネとは、本来読者に伝えるべきなのに、誰もが見過ごしてしまう出来事や事象を掘り起こし、記事にすることだ」

教室にいる一七人の若手記者が一斉にその言葉をメモした。デジタル文化がアナログを食った挙げ句、今では取材をＩＣレコーダーに頼りっぱなしで、ノートを開きもしない記者ばかりになった。東西《とうざい》新聞社編集局調査報道特別講座では、そんな記者は不要だと繰り返し訴えてきた。三ヶ月続けて、ようやくその効果が浸透してきたらしい。

この特別講座は、記者発表に頼らず独自取材ができるジャーナリストの養成を掲げて始まった。それも今日が最終日になる。将来のエース記者を全国から募り、応募者は七一人に上った。それを五〇人に絞ってスタートしたが、今は半数以下に減っている。

「ここではっきり言っておく。警察をはじめとする権力者の都合で流すリークを記事にするのは、特ダネとは呼ばない。それは何て言うんだ？」

壇上から降りて室内を歩きながら、北原は長身の男性記者に尋ねた。

「権力者の手先」

「おお、良い答えだ。だが、俺ならこう言う」

北原はホワイトボードまで戻ると、大きな汚い字で「堕落」と書いた。

手厳しいが、北原が言うとおり、今や日本のメディアは堕落した。リークをスクープだと大騒ぎするのが現状で、恥ずかしい話だが過去に洋子がモノにしたスクープの大半も、その類《たぐ》いだ。

「反論していいですか」

佐々木恭平《ささききょうへい》が人懐っこい笑顔で手を挙げた。

「大歓迎だ、やってくれ」

「リークの中には、正義感に駆られた内部告発者が、勇気を振り絞って漏らしてくれる情報もありますが」

「確かにそうだが、それも要注意だ。なぜだか分かるか」

「その情報が正しいとは限らない。また、正義感ゆえに情報を出す人は、記事に対する期待が大きすぎて、それに応えられない場合はトラブルを生みます」

「いいねえ。君の名は？」

「佐々木恭平です。今、警視庁の一課を担当しています！」

佐々木が嬉しそうに返した。北原に憧れて記者になったのだと、聞いたことがある。

「佐々木君の答えは的を射ている。特に強い正義感を持っている内部告発者は慎重に扱え。必ずしも情報提供者と我々の正義は同じではない。この点は特に重要だ」

それも難しい問題だ。

マスゴミだなんだと叩《たた》かれることが増えたとはいえ、未《いま》だに購読者の多くは新聞社は正義の味方だと思っている。しかし、紙面で正義を貫くのは意外に困難なものだ。社会的、倫理的に誤っていても、それが法律に抵触していない場合、あるいは先の大震災のように予想を遥かに超える災害などに起因した場合、誰かを一方的に悪者にできない。それが新聞社の公平中立性だった。

「また、内部告発者に遠慮して情報を無駄にしてはならない。伝えなければならない情報だと判断したなら、たとえ告発者の意に染まなくても書け。この勇気を忘れちゃだめだぞ」

講義内容も核心的で素晴らしいのだが、それ以上に北原が発する言葉には、人を魅了する力がある。北原を講師にすることについては、編集局長の磐田《いわた》ら編集局幹部に強硬に反対されたが、研修センター長の権限を楯に押し切った。

「もう一つ。時に内部告発を復讐の道具に利用しようとする奴もいる。あるいは、社内抗争の中でライバルを追い詰めるためにネタを漏らすのもいる。では佐々木君、真の内部告発者と下心のある輩《やから》とをどうやって区別する？」

「僕はすぐ人を信じちゃうんで、区別できません。とはいえ、内部告発はあくまでも端緒ですから、そこから関係者への取材を続ければ、自ずといろんなものが見えてくるのではないでしょうか」

「結構。そういう視点を維持するためにも、ネタ元には肩入れしすぎてはならない。一定の距離を置く。これも鉄則だ」

「友達になった方が、情報の精度は上がる気がしますが」

佐々木にライバル心を燃やしたわけではないだろうが、別の記者が挙手と同時に口を開いた。

「友情や愛情は、記者としての目を曇らせる」

よくもまあ、それをあっさりと言いのけるものだと洋子は感心した。

他ならぬ北原自身が、その鉄則を守れずに破滅したのに。

「さて、じゃあ今日は、不肖、元社会部のロートルがネタ元をどうやって発掘して育み、そして良好な関係を維持してきたか、その実例を紹介する」

そして北原が単独で調べ上げた調査報道を例に、大スクープに至るまでを絶妙の語り口で披露した。

「新聞記者の存在意義とは、すなわち、権力の監視――。それに尽きる。だからこそ、調査報道には意味があるんだ。そういう自負で頑張ってくれ」

まとめの言葉に洋子は喝采した。

新聞の購読部数は激減している。若者を中心に、新聞を読まなくなったのが最大の原因だが、新聞社が権力者のお先棒を担ぐマスゴミに堕したという批判を覆すような仕事ができないのも一因だ。

批判を打破するためには、独自取材で、社会問題に切り込み、権力者、あるいは大企業の犯罪を暴く調査報道が求められた。

ただ、調査報道で成果を上げるためには、覚悟とスキルを持った記者の養成が不可欠だった。そのため、若手から中堅記者を対象とした調査報道講座を開催する報道機関が多い。

座学で得られる物など、しょせん限られてはいるが、それでも調査報道をモノにした先輩記者の経験や心構えは、刺激になる。

東西新聞社編集局次長である傍ら東西新聞記者研修センター長も務める洋子は、「調査報道の東西新聞」の復活を願っていた。それは単に洋子の独りよがりではなく、社主の意向でもあった。

三ヶ月にわたる特別講座はその一貫だし、近い将来社内に調査報道部を立ち上げるのが宿願だった。

そういう意味でも、過去に何度も調査報道で世間を驚かせた北原の講義で講座を締めくくれたのは意義深かった。

「北原さん、本当に素晴らしい講義をありがとうございました。何より最後の締めの言葉が胸に響きました。私自身、取材をしていて何度も悩むことがありました。そんな時は、同じことをいつも自分に言いきかせていました。私が書かなければ、記者の使命が失われると」

壇上から降りようとする北原を引き留めてから、洋子は出席者を見渡した。

「三ヶ月にわたる調査報道特別講座で、皆さんはたくさんのことを学んだと思います。ただ、一つ欠けているものがあります」

誰かが発言するのではないかと思って待ってみた。だが、何か言いたげな顔をした者はいても手を挙げる者はいなかった。

「北原さんは、何だと思いますか」

「やっぱり実践だろうな。取材なんて人に教わるもんじゃない。事件が記者を鍛えるんだ」

まさしく洋子が求めていた答えだった。

「大賛成。つまり、皆さんが持ち場に帰ってからが、勝負だということです。面白そうな端緒を見つけたら、忙しいからと脇に追いやらず、ここで学んだことを実践してください。困ったら、遠慮なく相談してください。北原さん、いいわよね？」

「いや、俺は今は編集局を離れているから、相談するなら結城編集局次長にしてもらおうかな」

「そんな固いことは言わず。北原さんがいる部署は暇なんです。だから相談相手としては私より役に立つはず。どんどん連絡してくださいね」

北原が苦笑いしたので、笑いが広がった。

酷《ひど》い言い方だったが、それが洋子のホンネだった。かつて東西新聞きっての敏腕記者だった者を腐らせておく必要はない。それに北原は若い記者たちの相談を無視するような男ではないと信じていた。

2

香港《ホンコン》島の高層ビルから見下ろす風景に、瀬戸《せと》隆史《たかし》はいつも圧倒される。東京ともニューヨークとも違う独特の雰囲気《ムード》がある。

一言で言えば、この街の有り様《よう》がそのまま風景になっている。

非人間的で無機質な人工的都会。

かつて小説家を目指していた頃の自分なら、そんな表現をした気がする。

人間臭い混沌《カオス》が好みなら、島を渡ればいい——。この街の開発を牛耳っていると自称するデベロッパーにそう嗤《わら》われたことがある。九龍《クーロン》には、人間の欲望と熱気の吹きだまりがある。猥雑で下品、もっと言えば弱肉強食のジャングルのようだ。

そういう街に身を置く方が落ち着く。なのに俺は、なぜか常に真逆の道を選んでしまう。

小説家の夢は今も諦めていない。細々とだが時間を見つけては書いている。絶望の中で希望を見出《みいだ》すような物語を、いつか世に出してみたい。だが、今や執筆という行為はすでに暇つぶしに近かった。

就職先として大手広告代理店を選んだのは、小説家が無理ならせめてコピーライターになりたかったからだ。トレンドを創りモノを売り出すという行為を通じて、欲望と希望の本質に向き合ってみたかった。そしてその本質を端的に表現する腕も磨きたかった。

だが、社歴を重ねるほどに、見えてくるものは薄っぺらい即物主義ばかりで、コピーとは欺瞞《ぎまん》をごまかすフェイクに過ぎないと最近は思い始めている。

そして現在の瀬戸は、社内ベンチャーのＩＲ総合研究所で主席研究員という名刺で活動している。

平たく言えば、日本にカジノを誘致し、そのノウハウを吸収するための機関だった。社の上層部は、ゆくゆくはリゾートコンサル業にまで拡大しようと企んでいるようだが、業務の大半はラスベガスやマカオのカジノ王のご機嫌取りに過ぎない。

これから始まるミーティングも明らかにその口だ。

ノックもなくいきなり扉が開いた。太り肉《じし》の女性がにこにこしながら入ってきた。マカオ資本最大のカジノリゾート運営会社の会長、エリザベス・チャンだ。今日も派手なワンピースと厚化粧といういでたちで、瀬戸を抱きしめた。息もできないほどの力だ。

「今夜が楽しみね、チャーリー」

耳元でそう囁《ささや》いたエリザベスが、瀬戸の耳たぶを軽くなめた。おぞましさで虫酸《むしず》が走ったが、精一杯の笑みを返した。彼女は瀬戸のことをチャーリーと呼ぶ。初対面で会食した時にいきなり「あなたをチャーリーと呼ぶわ」と宣言された。以来、それで通っている。

「今日もおきれいです」

「ありがと。ところで、ジミーはどうしてここにいないのかしら」

瀬戸の上司、堤剛史《つつみごうし》のことだ。堤にはジミーが〝似合ってる〟そうだ。エリザベスは超がつくほどの欧米かぶれで、関係者にはあまねく英名の愛称を与える。

「総理に随行してブリュッセルにおります。会長にくれぐれもよろしくと申しておりました」

それを聞いた途端、彼女の機嫌が悪くなった。

エリザベスの番頭役である王《ワン》が、堤から預かってきた手土産を見せた。純金のHELLO《ハロー》 KITTY《キティ》の置物だった。エリザベスは無類のハローキティ好きで、関連商品なら何でも欲しがった。にもかかわらず、一瞥《いちべつ》しただけでハエでも払うような手ぶりで退けた。

「ジミーに伝えなさい。次のミーティングを欠席したら、お宅との取引はご破算にするって」

「確かに承りました」

「それでチャーリー、東京はどうなってるの？」

「芳しくありません」

いきなり分厚い手がテーブルを叩いた。

「芳しくないですって！　あなた、それ以外の返事を持ってきたことがないじゃないの」

「申し訳ありません」

「そんな回答を聞くために、あなたをここに呼んだんじゃないわ」

予想通り、何かが頭に当たった。床に落ちたのは茶菓子だった。

「瀬戸、顔を上げなさい！」

いきなり本名で怒鳴られた。

「総理は、私に約束したのよ。三年後には東京でADEによるIRを実現すると。あれからもう四年よ。なのに、耳に入ってくるのは悪い噂ばかり。あげくが、『かぐや』は毎月何十万ドルも赤字を垂れ流している」

一言もない。すべてその通りだ。そもそも人口五万人ほどの地方都市に、カジノリゾートなんて無理なんだ。

エリザベスが率いるアジアン《A》・ドリーミング《D》・エンターテインメント《E》社は、山口県関門《かんもん》市に日本初のIRを開発し、東京都内への進出を狙っている。

東京都は、二〇〇〇年代初頭から知事が音頭を取って、カジノ誘致を目指した。しかし、法的な壁が厚く、実現は難しいとされてきた。

そんな中で浮上したのがカジノ単体ではなく、国際会議場や展示施設、ホテルや商業施設、そしてアミューズメントエリアを集約した複合観光施設、ＩＲ（統合型リゾート）だった。

観光立国を進める日本政府としては、アジアの成功例であるシンガポールをモデルに、恒常的な訪日外国人客誘致《インバウンド》には、ＩＲ設置が必須と位置づけた。

それを強く主唱したのが、現総理である松田勉《べん》だった。地方創生とインバウンドによる日本再生を訴えた松田は、総理に就任するや、「特定複合観光施設区域の整備の推進に関する法律」を成立させ、日本のＩＲ誘致は加速した。

エリザベスは、いち早く松田に取り入り、彼のお膝元である山口県関門市に、日本最初のＩＲ海峡《カナル》ベイかぐやリゾートを建設した。

エリザベスの真の狙いは、東京ＩＲの運営をＡＤＥが請け負うことだ。かぐやリゾート開業の勢いを駆って東京でのＩＲも一気に進むと誰もが思っていた矢先、ＩＲ推進派だった東京都知事がスキャンダルで退陣。次に当選した知事は一転「東京にカジノは不要！」とＩＲ開発に待ったを掛けた。

松田をはじめＩＲ誘致を進める国会議員にせっせと賄賂を贈っていたエリザベスは激怒し、松田総理に「知事の反対なんて、総理の権限で吹き飛ばせ」と迫るのだが、松田は腰を上げなかった。

その後、ＩＲ反対派の知事が経費問題で辞職した時、エリザベスは「カジノ推進派の新知事を当選させせろ」と気勢を上げげた。瀬戸は、そんなにうまくいくのだろうかと懐疑的だったが、結果的に現知事は当選直後にＩＲ推進を明言して、現在に至っている。

東京でのＩＲが現実味を帯びてきた。

なのに、松田はもちろん、東京都と交渉を続けている堤もだんまりを続けている。それで、エリザベスの機嫌が悪いのだ。

「バカ総理は胸を張って、日本人は約束を守る民族だとぬかしたのよ。それがどう？　たかだかＩＲ一つ決められない」

瀬戸としては、黙って耐えるしかない。

「黙ってないでなんとか言いなさいよ。何か、新しい情報はないの？」

「鋭意、収集中です」

まだ言うなと堤に言われている情報はあるにはあった。ＩＲ開発について、東京都は本格的な検討に入っている。但《ただ》し、その場合は、ラスベガスのライバル社、ニーケが最有力候補になるらしい。

「何が鋭意よ。私の耳には東京でのカジノ誘致が現実味を帯びてきたという情報が入ってきてるのよ！」

　やっぱり摑んでいたか。

「そんな話があるんですか」

　エリザベスが鼻で笑った。

「まだまだねチャーリー、そんな下手な芝居じゃ、私を騙せないわよ。しかも、東京はニーケと決まっているそうじゃない」

「なんと。そんな話、初めて聞きます」

「ウソばっかり。おたくのクソったれ総理はアレックと会うためにブリュッセルに行ったんでしょ」

「違います。総理は、EUの総会で基調講演をするために」

「表向きはね。でも、そこでニーケのアレック・バーグマン会長と会談するんでしょうが」

　初耳だった。だが、堤が総理に随行した理由が分かった気がした。松田とバーグマンを引き合わせるためだったのだ。

「本当に知りません」

「情けないわね。あなたも、ジミーに体《てい》よく利用されているだけなの？」

「堤は、私に隠し事なんて致しません」

「おめでたい子だわ。まあ、そういう生真面目なところが、私は好きなんだけどね」

淫靡《いんび》な眼差《まなざ》しが向けられたが、視線はそらさなかった。

「ありがとうございます。早速帰国して、東京の状況を調査します」

「そうして頂戴。それと、以前に話した件については、考えてくれたかしら」

報酬を一〇倍払うので、側近になれと繰り返し誘われている。かつて堤もくどいほど誘われたそうで、「絶対に話に乗るなよ。あの女は、部下なんてチューインガムのようにしか思ってない。味がなくなったらポイ捨てだ」と忠告された。

「大変ありがたいお話なんですが、しばらく堤の下で修業したいと思っております」

「そう。それもいいでしょう」

あっさりと引き下がられて拍子抜けした。

「その代わり、私に力を貸してくれるわね」

「もちろんです」

「オッケー、じゃあ堤をスパイして」

しまったと思ったが後の祭りだった。

エリザベスは満足げに腕組みをしている。

「あの男は、ウチを捨ててニーケに乗り換えるつもりよ。でも、そんなことは許さない」

さすがにそれは考えすぎだと思う。

堤と瀬戸が所属する大東京広告社はＡＤＥと代理店契約を結んでいる。にもかかわらず競合他社のニーケの代理店を務めるのは道義に悖《もと》る行為だ。だが、堤は「ルールよりマネー」と言って、ニーケからの依頼に応じている。

「ご安心ください。堤は紳士です。そんな破廉恥な行いは致しません」

「だったら、それを証明してよ。彼の行動を徹底的にチェックして頂戴。それで裏切っていないと分かれば、あなたの言葉を信じるわ」

部下の私には無理です、と言ったところで許してくれないだろう。ならば、ここは承知したと返すしかない。

「分かりました。では、ご命令の通りに」

「そうこなくっちゃ。その代わりお小遣いとして一〇〇万払うわ」

一〇〇万香港ドルか……。日本円なら一五〇〇万円ほどだ。エリザベスの財力ならポケットマネーに過ぎない額だ。

「お気持ちだけ戴いておきます」

「何を言ってるの。あんた、お金は大事よ。一〇〇万ドルは、日本円じゃあ一億円以上なのよ。何も恵んであげるって言ってるんじゃない。私の特命を引き受ける報酬よ。受け取りなさい」

返す言葉がすぐに出てこない。

「もっと腹をくくったらどうなの。ねえチャーリー、私はね、東京カジノをニーケにやらせるなんて思いつくのは、バカ総理しかいないと思っているの。だから堤も断れない。あのバカ総理は、私たちに対して恩を仇《あだ》で返してることに気づいてないわけよ」

確かにそうだ。だが、世の中そんなもんだろう。

「それで悔しくないの？」

「私は、しがない雇われ人ですから」

「私は許さない。あなただって、本当は赦《ゆる》せないでしょ。関門市にカジノを取られて、大切なものをたくさん失ったはずよ」

胸の奥底に封印した傷のかさぶたが、無慈悲に剝《は》がされた。

「図星でしょ。あなたが断腸の思いで、関門市でのカジノ実現に奔走した努力を、あの二人は踏みにじろうとしている。それでも、まだサラリーマンですからって逃げるわけ？」

放っておいてくれ。もうすべて忘れたんだ。日本中がカジノ誘致に狂奔し、結果的に大逆転で関門市となった。それが現実であり、あと一歩で誘致が実現できた町があったことなんて、もはや誰も覚えていない。

「私があげる一〇〇万ドルは、復讐のための手付金よ。あなたが、信頼できると分かったら、もっと払ってあげる。どう？　私のお金で、あいつらに復讐できるのよ。悪い話じゃないでしょ」

3

調査報道特別講義最終日の打ち上げの宴席で、佐々木は北原と話すチャンスを狙っていた。北原は、佐々木にとって憧れの存在だった。北原が警視庁担当時代に著した『桜田門は眠らない』を読んで、佐々木は新聞記者を目指そうと決めたからだ。

ジャーナリズムが追求する正義と警察の正義との葛藤。抜くか抜かれるかという鉄火場のような取材合戦の中にあっても、常に正気を保つ矜持《きょうじ》など、北原が記した新聞記者というなりわいは、こんなにかっこよくて血が滾《たぎ》る仕事があるのかと驚嘆の連続だった。

以来、北原の著作や記事を読み漁《あさ》った。そして六年前、東西新聞に入社を果たした。真っ先に北原に会いに行った。当時の北原は、社会部遊軍統括次長という肩書きで、既に取材の一線からは離れていたが、それでも想像通りのジャーナリストの風格があった。

話をしたのは五分程度で、感激のあまり何をしゃべったかも覚えていないが、北原から

「良い記者になって東京に戻ってこい」と言われた言葉だけは、今も鮮明に覚えている。

東京に戻ったら、北原から記者のスキルを学び取ろう——、それを励みに頑張ったのに、北原は編集局から事業局に異動してしまう。佐々木は途方にくれた。その後、警視庁担当となった時に、事業局まで足を運んだのだが、結局会えないまま今日に至っていたのだ。

日本酒をちびちびと飲んでいた北原の隣席が空《あ》いた。佐々木はすかさず隣に滑り込んだ。

「僕、入社直後に北原さんにお会いしているんです」

「ほお、そうだったか。悪いな、全然覚えていない」

「あの時はご挨拶しただけですから、覚えておられなくて当然です。僕は北原さんに憧れて記者を目指したんです。だから今日の講義は本当に感激で」

「じゃあ、再会に乾杯しよう」

北原が徳利を手にした。佐々木は杯を両手で持って酒を受け、北原にもついだ。

「今、追いかけている話があるんですが、聞いて戴けますか」

「なんだ」

「知り合いの機動隊員から聞いた話なんです」

その機動隊員は、総理大臣官邸を警備している。ある日、コインのようなものを官邸の塀めがけて投げつける男に職務質問した。ホームレスと思われるその男は、「スズキイチロー」

と名乗ったという。

「まさか大リーガーのなれの果てではないでしょうし、偽名にしても安直すぎると思ったそうです。男が持っていたのはカジノのチップだったので、なぜそんなものを投げているんだと尋ねたそうです」

心なしか北原の表情が変わったように見えた。それに気をよくして佐々木は続けた。

「男は質問には答えず、塀に向かって『こら、松田、出てきやがれ！』と叫んで、懐から大量のチップを取り出して、ばらまいたそうです」

それを止めようとすると、いきなり男が歩道に倒れた。体中が熱く、容態が悪そうだと判断した機動隊員は、救急車を呼んだ。

「救急病院で、熱中症と診断されたそうです。それでホームレスの身元を確認しようと持ち物を検《あらた》めたところ、期限切れの免許証があったそうです。そうしたら」

「男の名は、本当に鈴木一郎と言った。青森県にＩＲを誘致しようとした名物町長だったと分かったんだな」

「どうして、ご存じなんですか」

「元円山町長の鈴木一郎は、かつて松田総理の地方再生政策の指南役と言われた男だ。知らないわけがない。その話、結城に話したか」

「いえ、まだですけど」

それを聞いた途端、北原は大声で結城局次長を呼んだ。

宴会が盛り上がる中、折原は、結城に相談すべきかをずっと悩んでいた。

二週間前に起きた門司港一家転落死亡事故に関して、記者として途方に暮れてしまったのだ。

北九州市の会社員一家が、自家用車で門司港から転落死した。現場にはブレーキ痕がなく、運転していた夫の遺体からは大量のアルコールが検出されたため、福岡県警は飲酒運転で誤って海に転落した不幸な事故と発表した。

転落死する二時間前には、妻と子ども二人の家族四人で寿司店を訪れ、夫婦でビールや日本酒を大量に飲んでいたのが目撃されている。寿司店は、彼らが自家用車で来店した事実を知らなかったという。

メディア各社は警察の発表にそって、いまどき平然と飲酒運転する夫婦の非常識さを非難し、親としての自覚に欠けた暴挙に子供たちが巻き込まれたというトーンの記事を数日続けて流した。

東西新聞も同様の記事を書き、飲酒運転の恐ろしさを啓蒙するようなコラムまで掲載した。

ところが事故現場の所轄署の交通係長から、折原は意外な話を聞く。彼によると、飲酒してもまったくブレーキを踏まないという例は珍しいことだという。さらに幼児二人の遺体から睡眠薬が検出されていた。

――あれは無理心中だよ。我が署も当初は、事故と無理心中の両面から捜査してたんだ。それが、県警の上の方からお達しがあって、飲酒運転による暴走でケリが付いたんだ。

交通係長はため息をつきながら内幕を教えてくれた。そこで、折原は亡くなった一家について洗い直してみた。夫婦ともに大のギャンブル好きで、頻繁にパチンコ屋に通い、そのうえ最近は関門大橋を渡って、山口県関門市にあるカジノに入り浸っていたという噂《うわさ》も耳にした。

その段階で、福岡県警キャップに情報を上げた。キャップは、県警のサブキャップと北九州支局の警察担当にも取材を指示した。

その結果、カジノが原因で夫婦は借金まみれになっているという事実が浮かび上がってきたのだ。また、妻の方が死ぬ一ヶ月ほど前から奇行が目立ち、ギャンブル依存症になっていたのではという疑惑も持ち上がった。

しかし、総理のお膝元である関門市が運営する「海峡ベイかぐやリゾート」は、同施設内のカジノでギャンブル依存症になった例は一例もないと断言している。もちろん警察にも再度当たってみたが、飲酒運転による事故という当初の発表に誤りはないとしか言わない。

「早希ちゃん、局次長にはもう話した？」

別席で酒を飲んでいた先輩記者の福原征子《ふくはらまさこ》が、折原と目が合った時に尋ねてきた。

「いえ、まだ。なんだか、相談するような話じゃない気がして」

言い終わらぬうちに「何言ってんの」と言って福原は折原の手を摑み、結城局次長がいるテーブルに引っ張って行った。

「結城さん、彼女は良いネタを持ってるのに、行き詰まっているんですよ。話を聞いてやってください」

有無を言わさず、結城の前に押し出されてしまった。

「折原さん、どんなネタなの？」

結城は立ち上がると、部屋の隅に折原を誘った。それで折原は覚悟を決めた。

「警察が飲酒による暴走死亡事故だと決めつけているヤマがあるんです。でも実際は、カジノ通いの挙げ句に借金を抱え、心も病んだ夫婦が、子供を巻き添えにして一家心中したと考えられるんです」

話が進むと結城が前のめりになった。

「ちょっと待って、北原君も呼ぶから」

結城は手を振って北原を呼んだ。ほぼ、同時に北原も結城を呼んでいた。

4

洋子が朝食の準備をしていると、佐々木恭平からのメールが着信した。

〝先日の打ち上げで話題になった円山町の元町長、鈴木一郎氏を名乗る人物の居場所が分かりました！〟

打ち上げの翌日、鈴木が収容されているという施設に佐々木は問い合わせしている。すると、鈴木は既に施設を出ていた。厳密には、脱走に近いらしい。

だが佐々木は諦めなかった。無駄骨になる可能性が大きいと洋子は忠告したのだが、〝前から、都内のホームレス問題を取材したかったので〟と言って佐々木は追跡を続行した。

あれから一週間、粘り強く探したのだろう。

鈴木は、代々木公園にいるらしい。確かに同公園にはホームレス村のようなエリアがある。

洋子の自宅は、小田急線参宮橋《さんぐうばし》駅近くの一戸建てだ。代々木公園までは徒歩圏だった。

〝ちょっと急ですが、今から行ってみようと思います〟

時計を見ると午前八時四三分だった。

〝おはよう！

粘り腰の佐々木くん、やるねー。

私もご一緒します。午前一〇時半に代々木公園西門前で待ち合わせましょう。

結城〟


シャワーを浴びて、新聞五紙をチェックしつつ朝食を済ませた。

今日は特別なアポもないので、白のポロシャツに紺の麻のパンツという身軽なスタイルで出掛けた。日傘を差しサングラスをかけて、緩い坂を下りる。小田急線の踏切を渡ると、目の前が代々木公園だ。西門に救急車が一台止まっていた。

時刻は午前一〇時一六分だ。まだ、佐々木は来ていない。念のためと思ってスマートフォンを見ると、受信があった。

〝ホームレス村で死人が出たって話なので、先に行きます〟

ホームレス村は、門を入ってすぐ右手の小径《こみち》の先にある。洋子は歩足を速めた。

小径を進むとブルーシートが広がっていた。そのまわりを救急隊員が囲んでいる。

「あっ、結城さん」

隊員のそばに立っていた佐々木が手を上げた。

「残念なことになりました」

死亡しているのは鈴木だと後輩記者の顔が語っている。

「すみません、ウチの社の者なんですが、こちらと面識があるんです。身元確認させてもらっていいですか」

洋子に断らず、佐々木は隊員に頼んでいる。遺体を見るなんて久しぶりだ。そう覚悟を決めると、すぐにブルーシートの中に通された。むせかえるような熱気と臭気に気分が悪くなりそうだった。

もし、鈴木元町長がホームレスになっていたとしたら、もはやかつての面影などないのではと思いながら、遺体の前に立った。

収容された施設で散髪して風呂にも入ったらしく、清潔そうな老人が体をくの字にして横たわっていた。知っている男だった。

「間違いありません。青森県円山町の元町長の鈴木一郎さんです」

なぜ、こんなことに。

あんなにエネルギッシュだったのに。

どうして、彼がこんな惨めな最期を遂げなけりゃならないんだ。

「救急救命士が同行しているんですが、どうやら熱中症でやられたみたいです。お年を召した方の場合、夜中に亡くなるケースが意外に多いんだそうです」

うわの空で佐々木の報告を聞いていた。

「結城さん、これ、夕刊に突っ込みます」

「えっ」

なぜと言いかけた言葉は飲み込んだ。記事にして当然だろう。

「僕、ホームレスのおじさんたちに話を聞いてみます」

「分かったわ。じゃあ、私から夕刊デスクに電話する」

久しぶりに記者の血が騒いだ。昔取った杵柄《きねづか》、いや年寄りの冷や水だろうか……。

洋子はホームレス村から少し離れた場所で、本社の夕刊デスク直通ダイヤルをタップした。

5

東西新聞東京本社は、大手町にある。社屋は三年前に新築されたモダンなガラス張りのインテリジェントビルで、陰湿そうだという従来の新聞社のイメージを一変した。外光をたっぷり採り込んだ広いロビーでは、一〇〇人程度のミニコンサートを定期的に開催している。

現場でもう少し取材を続けるという佐々木を残し、洋子はタクシーを飛ばして一足先に本社に上がってきた。

久しぶりに〝事件〟に遭遇した興奮からまだ抜け出せていない。

洋子自身が原稿を書くわけではないのだから、こんなに舞い上がる必要はないのだ。にもかかわらず、〝事件現場〟を目《ま》のあたりにして独材《スクープ》をものにするという高揚感を思い出し、心臓が早鳴りするのだ。

緊張感のせいで、両腋《りょうわき》から汗が噴き出している。体調を崩してから、特に腋の汗が気になっていた。これは、警戒警報なのだと医者から言われている。

――腋の汗が気になり始めたら、ブレーキを踏む合図です。仕事をやめて休息に努める。いいですか、アクセルじゃないですよ。

婦人科の担当医だけではなく、脳神経内科、さらには精神科医にも釘を刺されている。

「今日は蒸すわね」

エレベーターの同乗者にそう話しかけた。

「ほんとですね。朝のニュースでは三〇度を超えると言ってました」

二〇歳は年下であろう社員の首筋にも汗が滲んでいる。

そう、これは暑さによる汗なのだ。そう言い聞かせて、エレベーターを降りた洋子は、頭を切り替えて真っ正面のドアを開いた。

ビルが新しくなっても編集局フロアの配置は変わらない。フロアを横断するブロードウェイと呼ばれる通路を挟んで、政治部、社会部、外信部、経済部、生活部、文化部などが振り分けられている。社会部は窓際の一画を占め編集局最大の規模を誇っている。

誰も洋子の出社を気にも留めない。そもそも大半の記者は出払っている。皆、各担当記者クラブに駐在しているか、取材に出ているのだ。

だだっ広いフロアの一角だけ人口密度の高いエリアがある。夕刊デスクと、彼をサポートするために待機している遊軍記者たちだ。

社会部の夕刊デスクは、洋子の七期下だった。スクープを飛ばすより確実な記事を重視するタイプだという印象がある。つまり、鈴木一郎の件を売り込む相手としては、不向きだった。

「お疲れ様」

「あっ、局次長ご苦労様です」

デスクは何事だという顔をしている。

「さっき、佐々木君から連絡入れた件だけど」

「あっ、そうだった。すみません、ちょっと今日、紙面きつくて」

社会面のトップは、国会議員の政治資金規正法違反の地裁判決が紙面を大きく占めている。

何しろ有罪だったのだ。

さらに、早朝に一家四人が焼け死んだ群馬県の火事、そして、関越道で起きた一九台の玉突き事故の記事が並んでいる。

「まちおこしの名物町長だった人物が、代々木公園でホームレスに落ちぶれて死んだのよ。十分ニュースバリューはあるでしょ」

「事件性はあるんですか」

殺人なら、記事になると言いたいようだ。

「それは、今後の展開次第。いずれにしてもこの話、大きく爆《は》ぜる可能性があるわよ」

黒縁眼鏡をしきりに指で上げていたデスクの手が止まった。

「どんな風にですか」

「東京都のカジノ誘致が決まるんじゃないかって話ぐらい、あなたも知ってるでしょう。今の総理にカジノを指南したのが、死んだ鈴木元町長よ。また、彼は総理に恨みを抱いていたんじゃないかという噂もある」

暫くデスクは考え込んでいたが、やがて首を振った。

「そんな大がかりな記事にするおつもりなら、朝刊に持って行ってはいかがです」

「今の段階では、ウチの独材よ。でも、まもなく警察から発表があるかも知れない。鈴木一郎元町長の名前は、全国区だから。それを見逃すの？」

デスクの反応はまだ鈍い。

「田之倉《たのくら》君に相談した方がいいようね」

社会部長の名前を出したことで、デスクは腹をくくった。

「分かりました。でも、五〇行が精一杯です」

「一〇〇行。写真二枚も。第二社会面でいい」

デスクは渋い顔をしたが頷いた。

「お忙しそうだから、この件は私がまとめるわ。田代《たしろ》君、手伝ってくれる？」

「もちろんです！」

半年前まで警視庁記者クラブのサブキャップを務めていた田代が立ち上がって、さっそく打合わせ用のテーブルに移動した。

「まもなく佐々木君から発生原稿と、鈴木さんが見つかった代々木公園のホームレスの談話が入る。プラス、必要なのは以下こんなものかしら」

本社に上がるタクシーの中で考えたプランを、洋子は箇条書きにした。
一、鈴木元町長の自宅の写真と家族の談話取り
二、円山町の現町長の談話

三、総理の談話
四、都知事の談話
五、カジノ町長と名を馳せた人物像
「一と二の手配を青森支局に頼んで。あと五についても、青森支局で書ける人がいないか尋ねて。それと、ダメ元で三と四をお願い」

「総理の談話が必要な理由は？」

田代はメモ帳に書き取りながら尋ねた。

「鈴木元町長は生前、総理にＩＲを指南していたのよ。それ以上の理由が必要？」

「ほんとですか！　だったら欲しいですね。でも、これは官邸番の誰かが聞いた方が良いと思いますが」

官邸番の記者は、大抵総理や官房長官の僕《しもべ》のように動く。彼らに頼んでも総理の談話なんて絶対に取れない。

「分かった。じゃあ、それは私が政治部長に頼む。あなたは、都知事をお願い」

「僕が行くのがベストですが、時間を考えると都庁クラブの誰かにやらせます。一人優秀なのがいます」

それは任せたと頼んで、洋子は壁の在室ボードを見上げた。政治部長は席にいる。

田代が青森支局に電話している声を聞いて、洋子は政治部の〝島〟に向かった。

6

青森港の青空は澄み渡っていた。東西新聞青森支局の記者、西尾優介《にしおゆうすけ》はフロントガラスの前に広がる空と海を眺めて一息つくと、車のシートを倒した。今朝は、明け方から竜飛崎《たっぴざき》で日の出を撮影した後、関連取材を二本こなして、大急ぎで戻ってきたのだ。

新人記者である西尾の担当は、青森警察署を中心に五ヶ所の所轄で発生した事件事故の取材、いわゆる〝サツ回り〟だった。だが、青森市のみならず、津軽半島全域の暇ネタ取材も押しつけられる。今朝の取材も暇ネタの方だ。

しかも、取材を終えたら速やかに記者クラブのある青森署に戻らなければならない。午後一時半までは、夕刊に備えた警戒時間だからだ。しかし、午前三時に支局を出て、竜飛崎の駐車場で仮眠しただけで、早朝から動きっ放しの西尾にそんな元気は残っていなかった。

もう意識が飛ぶと観念して、青森港の駐車場に愛車のマツダ・デミオを滑り込ませた。

何かあれば、携帯電話が鳴る。その時に起きればいい。そう思った瞬間に眠りに落ちた。

スマートフォンのけたたましい音と震動で、西尾は目を開けた。何かがかぶさって視界を遮っている。顔を振ると、足下に文庫本が落ちた。支局の先輩から強く勧められて読んでいた本田靖春《ほんだやすはる》の『村が消えた』の文庫本だった。

慌てて体を起こして電話を探した。今度はその反動で、スマホが足下に落ちた。

「ああ、もう！」と怒鳴りながら体を屈めて電話を拾い上げた。

「西尾です」

「おまえ、寝てたな」

デスクの伊野部《いのべ》に断定されてムッとした。

「いまどこだ？」

「運転中でした」

「青森港です」

素直に返して、しまったと思った。

「竜飛崎から支局に戻るのに、おまえは観光ルートでも使っているのか」

「すみません！　仮眠中でした」

つまらない言い争いをするだけ無駄と観念した。

「鈴木一郎の家《ヤサ》を知ってるか」

「大リーガーのですか」

「バカ、円山町の元町長だ。おまえ、そんな知識もないのか」

就職するまで東京以外で暮らしたことがない、入社半年の新人に無茶を言う。

「すみません。その方、有名なんですか」

「カジノ町長ってあだ名を聞いたことは？」

「ありません」

嫌みたっぷりのため息が受話口から噴き出した。

「今から、おまえのスマホに住所を送ってやるから、大至急行って、ヤサの写真撮ってこい」

「何事ですか」

「その名物町長が、東京でホームレスに落ちぶれて死んでいるのが見つかった」

反射的にマツダ・デミオのエンジンをかけた。それは十分ニュースバリューがある。円山町は青森市の北西部に隣接している。

「三〇分もあれば、円山町には到着出来ると思います。早版に突っ込むんですか」

スマホをハンズフリーキットに差し込んで尋ねた。時刻は午前一一時、早版締切まで三〇分しかない。

「東京は、そのつもりらしい。このネタ、独材《スクープ》らしいから気合い入ってる。ヘマをすんなよ」

一体どうやったら、こんな渋いネタを独材で掘り起こせるんだ。

東京本社の社会部記者が、自分と同じ仕事をしているとは想像出来なかった。

記者になったらばんばんスクープを飛ばす――。周囲からは時代遅れと笑われても、西尾は真剣にそれこそが記者の本分だと思っていた。だが、未だにまともなスクープはなく、すでに五回も他社の同期に抜かれた。

「参考資料にカジノ町長の関連記事を何本かパソコンのアドレスに送っておく。いいか、とにかく写真だ。撮ったら速攻で送ってこい。その後は、周辺の聞き込みをやれ」

「役場への談話は？」

「それはこっちでやってる。おまえは、言われたことに専念しろ。いいか、一一時二五分には送ってこい」

アクセルを踏んだ途端に信号に引っかかった。「くそっ」とハンドルを叩いたが、スマホがメール受信を告げたのに気づいて、アドレスをカーナビに打ち込んだ。

鈴木の自宅は役場に近い場所にあるようだ。所要時間は、三三分とカーナビが告げた。それでは締切に間に合わない。

西尾は覚悟を決めると、前方を凝視しながら、先行車を追い越した。市街地を抜けると、交通量が減り、追い越しを掛ける必要がなくなった。あとは法定速度を無視してアクセルを踏むだけだ。

道に迷わなければ、一一時二〇分過ぎには到着しそうだった。

県を挙げて大騒ぎしたカジノ誘致騒動に、自分が無知だったことが悔やまれた。

尤《もっと》も、新人記者である西尾には、古い資料を読むような余裕を与えられていない。前夜がどれほど遅くなっても、朝には青森署に顔を出し、前夜の事件事故について確認をする。それが終わると、担当五署と消防署に警電（警戒電話）を入れる。記者クラブに張り付いて、これらの作業をこなしていたら、あっという間に昼になる。

その後は、町ネタの指令がデスクから飛んでくる。青森市内ならラッキーで、いきなり今朝のように竜飛崎まで行ってこいという無茶も日常茶飯事だ。

午後三時ごろまでに地方版用の原稿をメール入稿し、夕方支局に上がる。その後は、午後一一時まで支局で待機するか、警察署に顔を出して当直の警察官らと雑談をして顔を売る。おまけに週一で、支局の泊まり勤務もある。

そんな毎日で、どうやって過去の地元の事件を知ればいいんだ。

だいいち、そんな過去を振り返っていても、世間をあっといわせるスクープは飛ばせない。あれこれ考えているうちに腹が立ってきて、西尾はアクセルを強く踏み込んだ。

7

珍しく政治部に人が溢《あふ》れていた。

マドンナ議員判決の対応だと、洋子はすぐに思い当たった。日本初の女性総理の呼び声が高かった代議士が、政治資金規正法で有罪判決を受けたのだ。祖父の代からの三世議員で、美貌と清潔感が売り物だった。しかし、昔ながらの馴《な》れ合い選挙を地元で行った挙げ句、出納責任者が地検特捜部に自首したことで、事件を隠しきれなくなってしまった。

裁判の原稿自体は、社会部の司法担当が書くのだが、政治部はこの判決によって生じる政局への影響を問題視する。

「ちょっといいかしら」

政治部デスクと何やら密談していた政治部長の村尾《むらお》に声を掛けた。

「お急ぎですか」

「五分でいい」

村尾は無表情のまま頷《うなず》いた。立ち上がると、誰もいない打合わせテーブルに洋子を誘った。

「青森の円山町のカジノ町長のことを覚えている?」

「かすかにですが」

洋子が上席だからつきあってやっているという態度を村尾は隠そうともしない。腹立たしかったが、気にせず事件の概要を説明した。

「それで、私に何をしろと?」

何を依頼されても全て「NO!」だと言いたげだ。

「総理の談話を取って欲しいの」

「なぜですか」

門前払いしないところが、生真面目な村尾の美点と言える。

「鈴木元町長は、総理のIRの指南役だったの。鈴木元町長がいなければ、総理のIR構想は画餅で終わった」

納得でも拒否でもない曖昧《あいまい》な態度で村尾は聞いている。

「そして鈴木元町長は、総理に対して恨みを抱いて官邸周辺を徘徊《はいかい》していたらしい」

「情報源はどこですか」

「警察関係者とだけ言っておくわ」

「恨む理由があるんですか」

「地方ＩＲの第一号は、円山町でという密約があったと言われている」

「言われている？」

「確証はないの」

「カジノ町長が死んだのは、総理のせいだとでもお書きになるんですか」

「まさか。でも、地域興しの名人と言われた町長が、ホームレスになって東京の公園で野垂れ死んだというのはニュースでしょ。彼を破滅に追い遣《や》った最大の理由が、ＩＲ誘致の失敗だったのは間違いない。ならば、ＩＲこそ成長戦略の切り札だと宣言されている総理に、鈴木元町長の最期についてコメントを戴きたいと考えるのは当然でしょう」

「社会部的発想ですね。しかし、仮にも日本国の内閣総理大臣にいいがかりをつけるような手助けをするなど、政治部としては御免被りたい」

一刀両断だった。村尾は既に立ち上がって、話を切り上げようとしている。

「待って」

「結城局次長、今日がどういう日かご存じでしょう。女性の社会進出の象徴として重要閣僚に迎えた女性代議士《マドンナ》に、有罪判決が出たんです。その談話取りで、皆が必死なんですよ。そんな時に、青森の片田舎の落ちぶれた元町長の恨みを総理にぶつけろという神経が、理解出来ません」

それが政治部的配慮ってことね。そう理解して、洋子は礼を言って引き下がった。

社会部の〝島〟に戻ると、田代が言った。

「青森支局と話はつきました。今、支局から若いのが鈴木元町長の自宅に向かっています。また、鈴木元町長と親しかった記者が、むつ通信局にいるそうで、そっちからも出稿してもらいます」

五年前、洋子も世話になった記者に違いない。

「船井《ふない》さんかしら？」

「そうです」

長い頬髯《ほおひげ》が印象的だった。酒豪で、口を開けば青森は最高だ！　と絶賛していたのを思い出した。

「総理の談話は、如何《いかが》でした？」

「ダメだったわ。都知事はどう？」

「今、やらせていますが、早版には間に合いそうにありません」

そこで、夕刊デスクが叫んだ。

「佐々木から原稿が来ました」

洋子は、夕刊への出稿原稿が読めるモニターの前に座り、佐々木の原稿を開いた。

一日午前一〇時半頃、東京都渋谷区の代々木公園内で、ホームレスの男性が死んでいるのが見つかった。男性は、関係者の証言で青森県円山町の元町長鈴木一郎さん（六八）であると分かった。鈴木さんは、町長時代は地域興しで全国的に知られた名物町長で、中でも地元にＩＲを誘致する活動を熱心に続けていた。

渋谷中央署では、遺体を解剖して死因を調べるが、事件性は低いようだ。

鈴木さんと親しいというホームレスの一人は、鈴木さんが代々木公園で暮らし始めたのは半年ほど前で、周囲に自分のことを「町長」と呼ぶように求めたという。時々金回りの良い時があり、そんな時は仲間を集めて酒盛りをしていた。【社会部・佐々木恭平】

8

一一時二一分、ようやく前方に青森県円山町役場が見えてきた。カーナビによると、目的地である鈴木家まではあと一キロほどだ。西尾はナビに従い、信号を左折して坂道を上った。

〝目的地周辺です。案内を終了します〟

いや、おまえここからが肝心だろうが。

周辺には大きな一戸建てが多い。そのどれが鈴木邸かが分からない。仕方なく、車を降りて各戸の表札を見たが、鈴木という名はない。ダメ元で目の前にある家のインターフォンを押してみた。随分経《た》ってから「はい」という女性の声が返ってきた。

「恐れ入ります。私、東西新聞の記者で、西尾と申します。鈴木一郎元町長のお宅を探しているんですが」

「ちょっと待って」

間もなく玄関の扉が開くと、老婦人が出てきた。長袖のシャツに作業ズボンという出で立ちで、手に麦わら帽子を持っている。

「こんな格好でごめんなさいね。庭の手入れをしていたので。えっと、鈴木町長さんのお宅をお探しなのね？　その先にありますよ」

指さしてくれたが、家らしきものはなかった。鬱蒼とした竹林が見えるだけだ。

「ここからは分からないかも知れませんけどね。この道の突き当たりを左に曲がると、正面玄関があるわ」

「まだ、どなたかお住まいなんでしょうか」

「もう半年以上は誰の姿も見たことがないのよ。何かあったんですか」

そこで西尾のスマホに着信が入ったが、無視した。

「実は、鈴木元町長が亡くなられたんですよ。そのニュースを記事にするために、ご自宅の写真が必要なんです。それで、あの、よろしければ後でお話を伺ってもよろしいでしょうか」

婦人は、驚いたように口に手を当てた。

「それは、お気の毒に。お話と言っても、あまり詳しくはないんですよ」

それで十分だ。西尾は一〇分後にもう一度お邪魔すると返して、鈴木邸に向かった。

婦人の言うように左に道が続いている。さらに進むと、雑草に隠れて、大邸宅が見えた。

西尾はデジカメで何枚もシャッターを切った。


鈴木邸の写真をデスク宛に送信すると、先程の老婦人宅を訪ねた。

応接室でレモネードをふるまわれながら、西尾は取材を進めた。中田明子《なかたあきこ》と自己紹介した婦人は庭仕事を終えたのか、地味だが上品な服装に着替えていた。

「鈴木元町長さんとは、古いおつきあいなんでしょうか」

「奥様の八重子《やえこ》さんとは、小学校時代からの同級生でした」

それは、素晴らしい。

「あの鈴木夫人は、今どちらに」

「記者さんは、例の騒動をご存じないのね」

「もしかして、カジノ誘致のお話ですか」

中田夫人が頷いた。デスクがパソコンに送ってくれているはずの記事にはまだ目を通していない。

「八重子さんは、その騒動が元で体を壊されて四年前にお亡くなりになられました」

騒動が元で、とはどういう意味だ。

「奥様がお亡くなりになったのが四年前ということは、その後しばらくは町長はここに住んでおられたということでしょうか」

「ほとんど外出もされずに家の中に引きこもっておられました。でも、一年ほど前までは、人の出入りがありましたし、家の明かりが見えました」

そこで、夫人に断ってメモ帳を開いた。

「最後に町長さんをご覧になられたのはいつですか」

「去年の春頃あたりかしら。インターフォンが鳴るので表に出ると、髪も髭も伸びて人相がわからない男性が立っていました。よくよく見ると鈴木さんで、本当にびっくりしました。どうしたんですかとお尋ねしたんですが、『水を一杯いただけませんか』とおっしゃるばかりで他には何も……。どうやら水道を止められていたようです。それで、二リットル入りのミネラルウォーターを段ボール一箱分差し上げたんです。それが最後かしら」

「それは、驚かれたでしょうねえ」

「それは、もう。人って、あんなに変わるものなんですね。噂は本当だったんだなと思いました」

「噂というのは？」

「カジノ騒動で、鈴木さんは町長をお辞めになったんですが、その後、全財産を失ってしまったらしいんです」

そして、最後はホームレスとなって代々木で死んで見つかったのか。

「あの、鈴木さんが亡くなられたとおっしゃったわよね」

西尾は、聞いたばかりの事実を話した。

「全財産を失われたというお話でしたが、ご自宅も売られたんでしょうか」

「そう聞いています」

その時、西尾のｉＰｈｏｎｅがけたたましく鳴った。ディスプレイには、０３で始まる未登録の番号が浮かんでいる。

「すみません」と断って、西尾は電話に出た。

「西尾です」

「東京本社の結城と申しますが」

女性の声だった。

「お疲れ様です」

「あなたが送ってくれた鈴木元町長の自宅の写真なんだけれど、今は誰も住んでないのね」

東京の社会部デスクのようだ。女なのか……。

「はい、どうやら売却されたそうですが、買い手がつかないとか」

「そう。そのご近所さんの談話、すぐに二〇行で送って下さい」

どこに送ればいいのかと尋ねる前に電話は切れていた。

9

西尾という記者が送信してきた鈴木邸の写真に、洋子は釘付けになっていた。過去に取材で訪れた時は豪華で瀟洒《しょうしゃ》な大邸宅だった。ただ、あまりセンスがいいとは言えず、調和も考えずに、とにかく金目の物を並べたという印象しかなかった。

あの家が、こんな荒れ屋になって、売却されたというのか。

五年前、カジノ誘致の連載企画原稿を書き終えた直後に、洋子は倒れ、さらに婦人科系の病を併発して、一年近く療養生活に入った。ストレスが一因だったために、退院後に洋子は休職し、夫の故郷であるスコットランドで一年ほど静養した。病の影響で、倒れる前の記憶の一部が欠落している。そのため、円山町で起きた騒動を知らない。いや、ＩＲ誘致についても、佐々木から相談されるまで、完全に記憶から落ちていた。

「結城さん、むつ通信局の船井さんからお電話です」

田代に呼ばれて、洋子はデスクの受話器を上げた。

「御無沙汰しています。結城です」

「いやはや、こんな形でお嬢のお声を聞くなんて、縁《えにし》ですなあ。お体は、もう？」

こういう芝居がかった言い回しを好む人物だった。

「ありがとうございます。しぶとくしがみついています」

「そうこなくっちゃ。ええと、鈴木の大将が東京で、あろうことかホームレスになって、おっ死《ち》んだって聞いたのですが」

「私自身が確認したので、間違いありません」

「なんと、あなたが第一発見者ですか」

「そうではありませんが、偶然、鈴木さんがホームレス村にいらっしゃると聞いて確認に行った時に救急車が到着していて……」

「そうですか。それは奇遇と言えばいいのか、不運と言えばいいか。いずれにしても、お嬢は鈴木の大将と見えない赤い糸で繋がっていたと見える」

あまり嬉しくない赤い糸だ。

「それで、船井さん、鈴木元町長のプロフィールをお願いできますか。当時、休職しておりましたので、カジノ誘致に失敗されてからの騒動を知らないんです」

「なんと！」

また、あれこれ詮索されそうだ。

「詳しいことは、後ほどゆっくりお話しします。ひとまず、原稿をお願いします。できれば、あと一五分で三〇行。朝刊用には一〇〇行ぐらいください」

「一五分で三〇行ですと。そんな東京のノリを押しつけられてもねえ」

回りくどいオヤジだが、船井は優秀な記者だった。文句は言うがちゃんと一五分で注文通りの原稿を上げてくる。

「ギュッと凝縮した名文、期待しています」

そこで受話器を置くと、洋子は佐々木の原稿をほとんど直さずに、本記としてデスクに送った。社会部の〝島〟中央にいるデスクにすぐ声をかけた。

「このあと、青森支局から横顔三〇行＋雑感二〇行を送りますので、よろしく。それと写真二枚」

「局次長、すみません。やっぱり写真は無理です」

デスクが白々しい泣きを入れた。

「だったら社会面のデスクを、私が代わりましょうか」

その挑発で、デスクの顔つきが変わった。

「では、一枚だけ。それとこの記事、佐々木の署名しかないですが、局次長のクレジットも入れます」

何をつまらない社内政治を意識しているんだ、この男は。

「不要よ。私は何もしていない。佐々木君の署名だけで十分です」

折角の俺の厚意を無にしやがってと言いたげに頷いて、デスクは作業に戻った。

10

「昔は遊園地があったの。私たちの子どもの頃は大勢の家族連れで賑《にぎ》わったんですよ。観覧車やジェットコースターは、いつも行列だった。でも、二〇年ほど前に経営不振で閉鎖された後、ずっとそのままになっていたわ。そこにカジノを誘致しようとしたの」

中田夫人は、ＩＲ誘致に反対だったらしい。

「だって、カジノって言うけど、結局は博奕《ばくち》場でしょ。この町はパチンコ店が進出するのに大反対して、開店を阻止したことだってあるの。昔からそういうものが嫌いな土地なの。なのに、カジノなんて」

いずれにしても、青森の片田舎にＩＲを誘致するという発想は、クレージーとしかいいようがない。

「鈴木さんは、地域興しに熱心な人で、色んな新しいものを町に作ったのよ」

中田夫人は鈴木の功績を懇切丁寧に教えてくれた。

六ケ所村《ろっかしょむら》と並ぶ数を誇る風力発電は、東日本大震災で注目される前から運用されている。この町からオリンピック選手を生み出そうと、通年利用できる町立の温水プールを建設し、コーチもわざわざ大阪から呼び寄せたそうだ。

さらには、姉妹都市提携先であるナホトカの文化を学ぶためにシベリア博物館を建て、毎年夏休みには、中学生の交換留学を実施している。また、星見の町としても売り出そうと発案し、展望台付きキャンプロッジ村までオープンしたのだという。

とにかく、大がかりな補助金が手に入る誘致なら、鈴木は何にでも首を突っ込んだ。三沢《みさわ》にある米軍の訓練地を誘致しようとしたこともあるらしいし、核廃棄物の中間処分地に立候補もした。

　中でも一番力を入れたのが観光資源開発で、遊園地跡に大規模集客施設を作るというのが、町長に初当選以来の宿願だったという。

　だが、どう考えても無茶な話だ。

　西尾は、青森で暮らし始めてまだ半年足らずではあるが、ここに観光で人を呼ぶという発想は、非現実的だと思った。確かに酸ケ湯《すかゆ》温泉はいい湯だし、迫力満点の祭りもある。だが、最果てという印象は拭《ぬぐ》えず、まもなく始まる冬の厳しさを聞くと、余計に観光という気分にならない。

　こんなことを地元民に言うと叱られるが、西尾にとって青森とは、石川さゆりの「津軽海峡冬景色」に極まっている気がする。

　中田夫人の話を適当に切り上げて、島に行ってみることにした。

　夫人に教わった通りに車を走らせて、公園に着いた。

「あれか……」

　公園の先端から眼下に陸奥《むつ》湾が望めた。湾内に小島があり、細い橋で陸とつながっている。

　橋に向かう途中で、電話が鳴った。そこで、結城という〝デスク〟から指示されていた原稿を書いていないのを思い出した。電話には出ずに車にとって返し、ノートパソコンを開いた。

超特急で原稿を仕上げ、送稿しようとして送り先が分からなかった。致し方なく、支局に電話した。

「すみません、結城さんというデスクから鈴木元町長宅の隣人の談話をまとめるように指示されたんですが、送り先が分からないので、そちらに送稿していいですか」

「局次長だ、バカ」

「何の話ですか」

「結城さんは、東京本社編集局次長だと言ってんだ。おまえ、ウチの看板記者の結城洋子の名前も知らないのか」

マジで!

「なんで、局次長直々《じきじき》が、こんなしょぼいヤマのデスクをされているんです」

「彼女が鈴木の遺体を確認したんだ。それより、早く原稿送ってこい。さっきから矢の催促が来ているんだ」

矢の催促なんて表現、もう古くさくて使いませんよという皮肉は飲み込んで、西尾は原稿を送った。

「あの、カジノ予定地だったという島に行こうと思うんですが、いいですか」

「ついでに周辺取材をしてこい。ウチの県版はどでかくやるからな」

そうか、全国ニュースになるほどのネタなら、地方版では派手にやって当然だな。

「了解です！」

俄然やる気が出てきた西尾は、車を急発進させた。

11

夕刊早版の刷り上がりをもう一度読むと、洋子は田代に心からの感謝を伝え、ついでにデスクにも声を掛けた。

「色々無理を言って悪かったわ」

「とんでもありません。いい記事でした」

「過去形にしないでよ。ちゃんと3版、4版でもキープよ」

デスクの反応を見て、この男、次の版から落とすつもりだったなと読み取った。洋子は、相手が答えるまで黙っていた。

「もちろんキープしますよ。何なら、もう少しスペース広げますか」

「そんな空約束《からやくそく》して大丈夫？」

早版に無理に押し込んだのには理由がある。

青森県内に配達される夕刊は、早版だからだ。青森県では名物町長だった人物の〝哀れな死〟を告げるなら、絶対、地元に伝えるべきだった。

それに今頃、渋谷中央署が、記者発表している可能性があった。その場合、3版からは全紙に記事が出るかもしれない。つまり、その段階から東西新聞のスクープ記事ではなくなるわけだ。

それで、押し込んだ。逆に言えば、だからこそデスクは3版以降は外そうとしたのだ。落ちぶれた挙げ句ホームレスになって野垂れ死んだ人物のニュースバリューが高いとは、彼は判断していない。むしろ、そういうのは週刊誌ネタじゃないか、とでも言いたいのだろう。

そうかも知れない。だが、週刊誌が書くと結局は噂話とデフォルメされた成り上がり男の破滅物語となってしまう。しかし、この一件は、そういう類いの話ではない気がしていた。

「いいわね、ボツはなしよ。これから磐田君にも念押ししてくるから」

磐田貴史《たかし》は、洋子の同期だ。かつては同志と呼び合うほどの強い絆《きずな》を感じ合っていた記者で、今は専務兼編集局長を務めている。大物の名を出したことで、デスクは神妙に頷いた。

洋子はその足で、編集局長室を訪ねた。磐田は不在で、秘書が役員室にいると告げた。

役員室は、二一階にある。新社屋を建てるに当たって、東西新聞は二二階建ての高層ビルを奮発した。但し、一一階から一九階までは、オフィスなどのテナントを入れて、一七階から一九階は一般人も利用できるレストラン街にした。もっともオフィスフロアは空室が目立ち、関連企業や工事を請け負ったデベロッパーの関連会社を放り込んでようやく体裁を保った。

だったら最初から、多額の借金をした上で高層ビルなんぞ建てなければいいのだが、ライバル社が次々と高層の新社屋建設に踏み切ったのを真似るというお粗末な動機だったようだ。

洋子が気に入らないのは、実働部隊を低層階に置きながら、役員フロアは上層階に持って行くという権威主義まる出しの発想だった。

「庶民の正義を守る新聞社」を標榜し、一三〇年余りの歴史を刻んできた伝統が泣いている気がしてならない。

役員フロアにいた顔見知りの秘書に、磐田専務に大至急会いたいと告げた。

秘書は「本日は予定が詰まっておりますので、難しいと思いますが」と言いながら、専務の内線番号に連絡を入れた。

「お待たせしました。一〇分しか取れないのですが、どうぞ」

秘書が申し訳なさそうに告げた。

「今朝は、ご活躍だそうじゃないか」

わざわざドアの外まで迎えに来て、磐田がにやけ顔で言った。

「さすが地獄耳ね」

「そういう仕事だからね」

隙《すき》のない男というのが、若い頃からの磐田のイメージだった。身だしなみ一つ、立ち居振る舞いも全てが計算されている。見た目だけなら新聞記者より、外交官とでも言った方がしっくりくる。しかし、実際はなかなかの苦労人で、両親を早くに亡くし、祖父母に育てられて苦学して東大法学部を卒業している。

そんな人生が、社主の次女と結婚してからは大転換した。いまや、名実共に将来の社長候補として嘱望されている。

「折角だから、記事も読んでね」

手にしていた早版のコピーを手渡すと、磐田はさっと目を通した。

「相変わらず、引きが強いな」

「ラッキーだけで生きてきたからね」

そう言いながら洋子はソファに座った。

「それで、御用の向きは？」

「IRとカジノの功罪についての特別取材班を立ち上げたいの」

まったく想像していなかったようだ。珍しいことに磐田が戸惑っている。

「このヤマが、そんなに広がるのか」

「総理は、いよいよ東京にＩＲを誘致するそうじゃないの。そんな矢先に、総理のＩＲ指南役だった人物が、ホームレスになって代々木で死んだ。見るからに臭うでしょ」

「無理なこじつけだな」

「死んだ元町長は、官邸の周りをうろついて、総理への恨み言を繰り返していたそうよ。官邸を警備している機動隊員から直接聞いたの」

「だから、なんだって言うんだ？　その元町長が死んだのは、総理のせいだとでも書く気か」

その言い方が気に障った。磐田は、東京本社に戻ってからは政治部一筋だ。政治部長の村尾と同じ発想になるのは頷けるが、まるで穢《けが》らわしい話をするような口調が洋子は不愉快だった。

「現段階では、そんな決めつけはしない。だけど、見過ごしてはならないヤマだと思うの」

「洋子お得意の鼻が利いているわけだな。だが、今、ウチは政権と事を構えたくない」

二ヶ月前、東西新聞の記者が大失態をやらかした。官邸の広報官宛に送信したメールがウイルス感染していたのだ。そのせいで官邸のコンピューターシステムは三日間にわたってダウンしてしまった。

「たとえ、大山鳴動してネズミ一匹すら出なくても、IR問題を検証するという意味でも、きちんと取り上げるべき事件だと思う」

「東京にIRを誘致することについては、ウチは反対していない」

何を言い出すんだ、この人は。

「じゃあ、賛成しているわけ？」

「いや。そういうわけじゃない。日本に成長産業が必要なのを考えると、IRが福音をもたらしてくれる可能性は否定できないだろう」

「日本はシンガポールやマカオじゃないのよ。たかだか統合型リゾートごときで、この経済大国を支えるなんて無理でしょ」

磐田は腕組みをして考え込んだ。このところ、彼はこういう態度が増えた。理屈は理解しているが、賛成はできない――という意思表示だ。

だが、引き下がるつもりはない。

「いいだろう。但し、IRは悪しきものという前提はダメだ。功罪をバランス良く書いて欲しい。そして問題を指摘したければ、裏取りを徹底しろ」

「分かったわ。必ず、一面を飾ってみせる」

そんな自信はなかったが、記者としての意地がある。

ｉＰｈｏｎｅが鳴った。佐々木からだった。「ちょっと失礼」と断って電話に出た。

「渋谷中央署は、発表しないそうです」

「なぜ？」

「身元が確認できなかったので。単なるホームレスの行き倒れだと」

「私が、確認したじゃないの」

磐田が電話のやりとりを気にしている。

「結城さんは身内ではないので、ということだそうです」

バカバカしい。

「でも、早版では鈴木一郎さんと断定しているわよ」

もう直せない時刻だった。

「それは大丈夫です。実は、彼の財布を持っているんです」

「黙って現場から持ってきたってこと？」

「ちょっと違います。ホームレスの取材をしていて、彼の仲間の一人から買ったんです。中身のカネやカードはなくなっていましたが、期限切れの運転免許証がありました。それと、結婚指輪も」

佐々木に本社に上がってくるように指示して電話を切ったら、磐田が口を開いた。

「記者の選定は君に任せる。くれぐれも各部署からのクレームが出ないようにしてくれ。それで期限は一ヶ月。その期間内で、君が言った一面を飾るスクープをモノにして欲しい」

12

かつてのカジノ予定地が見えてきたところで、西尾は駐車できそうな場所を探した。島に渡る連絡橋の前にある「立入禁止」と書かれたバリケードぎりぎりまで車を突っ込んだ。一眼レフカメラとメモだけ手にして車を降りた。海からの生暖かい風が吹き上げて頬を撫《な》でた。腐臭が混ざっている。

西尾は上着を後部座席に放り込み、長靴に履き替えた。

「立入禁止」の札の下に管理者・東郷《とうごう》開発とある。電話番号を見ると、青森市内の会社のようだ。

さて、ここから先、どうするか。

バリケードの綻《ほころ》びをみつけ、そこを抜けて橋の前まで進んだ。泥と潮風で橋はずいぶん傷《いた》んでいる。

足下に気をつけながら、西尾は先に進んだ。橋の上からの眺めはなかなかのものだった。湾の向こうに、青森市のランドマークであるアスパムの壁面が日光に反射していた。また北に延びる津軽半島も遠くまで望める。

橋を渡りきった島の入口に大きなゲートがあって「WELCOME TO DREAM KINGDOM!!」というプレートがうっすらと判読できた。電光表示する予定だったのだろうが、今では廃墟に繋がる不吉な門にしか見えない。

落下物がないか用心して、ゲートを潜った。その先には辺り一面を真っ黄色に染めるセイタカアワダチソウが群生して風に揺れていた。

「すっげえな、これは」

思わず声が出た。

工事半ばで放置された鉄骨や土砂の山ぐらいはあるのかと思っていたが、らしき物体は見えず、見渡すかぎりのセイタカアワダチソウだ。拍子抜けしながらまぶしいほどの雑草の群生を撮影した。

あちこちにレンズを向けているうちに、雑草に埋もれそうになっているプレハブの建物が西尾の視界に入ってきた。工事現場の仮設事務所のようだ。

ここがカジノ予定地だったと分かるのは、今のところ橋のたもとにあったプレートだけだ。

何かもう少し欲しかったので、西尾は事務所をのぞいてみることにした。

歩き出してすぐに後悔した。セイタカアワダチソウは、西尾の背丈に近い。黄色い花から花粉がシャツや顔、髪にまとわりつくのが、鬱陶しい。あと数メートルで、現場事務所という時に、人が踏みしめて自然にできたらしい道が左手に見えた。

ちぇ、そこを歩けば良かったんだ。

こんな道があるということは、今でもあの事務所に人の出入りがあるのかもしれない。誰かに見つかるのは面倒だった。なにしろ無断で私有地に踏み込んでいるのだ。

だが、何か言われたら胸を張って「ご苦労様です。東西新聞です。ちょっとお話伺えますか」と言えばいい。

事務所の前に「東北に日本初のIR誕生！　ようこそ、夢の王国リゾートへ」と書かれた看板が立てかけられている。

「ほら、やっぱり来て良かったじゃん」

薄汚れた小屋と威勢のいい文言の看板、背景には一面のセイタカアワダチソウ、さらには青い空も入れて西尾は、様々な角度から写真を撮った。

それで気持ちに弾《はず》みをつけて、プレハブ小屋に近づいた。ドアの上半分がガラスになっているのだが、汚れて中がはっきり見えない。指先でガラスを拭いてみた。少し視界は良くなったが、中は薄暗い。そこでカメラを常時発光モードにしてファインダを覗いた。シャッターを切るたびにストロボが飛び、部屋の様子が一瞬だけ見えた。

その時だった。いきなり部屋の中で何かが動き、大きな音がした。

ぎょっとして身構えた時、ドアが開いて、人が飛び出してきた。

思わず「うわっ！」と叫んで西尾はそのまま尻餅をついてしまった。

なんだ、あれは！

その人物はそのまま走り去った。

キャップに黒のウィンドブレーカーという後ろ姿を目視した。西尾はカメラをズームにしてセイタカアワダチソウの中を駆けていく人物の背中を数枚撮った。

何者だ。何で逃げるんだ。

その時になって、西尾はズボンが泥まみれになっているのに気づいた。

「せっかく長靴をはいたのに、よりによってズボンかよ！」

悪態をつきながら立ち上がると、手に何かが触れた。

――プラスチックのコインのようだ。カジノのチップ？

よく見ると無数のチップがあたりに散らばっている。ズボンが汚れたことも忘れて、西尾は地面に落ちているチップに向けて夢中でシャッターを切った。

第二章　夢の王国――六年前

1

六年前――。

いつ来てもシンガポールは暑い。太陽の暑さというよりも、通気のない高湿度の密室に閉じ込められてひたすら蒸されるような不快な暑さだ。青森生まれの鈴木一郎にとってはまさに地獄だが、今日ばかりはそんなことも気にならなかった。

ＶＩＰの松田勉が、ついにこの地にきてくれたのだ。松田は、先頃行われた民自党の総裁選挙で他を圧倒して新党首に選ばれた。現在、民自党は野党だが、そう遠くない将来に行われるであろう解散総選挙で再び与党に返り咲くのは確実で、そうなれば松田が内閣総理大臣に指名される。

本来であれば、人口一万人ほどの青森県の小さな町の首長が会えるような相手ではない。だが、思いがけない縁を得て、今や鈴木は、次期総理候補の地域振興策のみならず成長産業創出の指南役と目されるまでになった。

松田が民自党の〝影の内閣〟で、地方再生担当大臣を務めた時に二人は知り合った。「地方の再生こそ、日本の再生」を持論とする松田が青森市でタウンミーティングを行った際に、鈴木が観光産業について議論をふっかけたのだ。

「地方の観光なんて、どこも似たり寄ったりです。風光明媚な景色、温泉があれば御の字で、そこにうまい名物を作ってお茶を濁す程度。でもね松田さん、これじゃあ、リピーターは生まれませんよ。ホスピタリティだのおもてなしだのというのは、最後の最後の手段です。もっとしっかり金を生むシステムを考えるべきなんです」

地元の知人やＮＰＯ法人の代表らは皆、「また、一郎の十八番《おはこ》が始まった」という態度でしらけていた。だが、松田は興味を示し、真剣に鈴木にアイデアを尋ねた。

鈴木が「ＩＲです」と言った途端、松田は失望した表情になった。

――いいですか大臣、賭博場をつくれって言っているんじゃないですよ。カジノを中心とした統合型《I》リゾート《R》施設こそが地方を、いや日本を復活させるんです。

幸運だったのは、随行員の中に、IR誘致に熱心な民自党議員がいたことだ。その議員と三人で会食し、IRの意味と経済効果を鈴木は夜通し訴えた。

――日本人は、ギャンブルを毛嫌いしている。もちろん私も同様です。以前、我が町にパチンコ店が進出しようとした時、私は先頭に立って大反対しました。あれは、いけません。町にいろんな邪《よこしま》なものを持ち込んでしまうからです。でもね〝大臣〟、IRにとってカジノは集客の一ピースに過ぎないんです。

鈴木の主張は一貫している。人を集めるためには多角的なアプローチがいる。それを結集したのがIRなのだ――。

Integrated Resort、IRは、国際会議施設やコンベンションホール、テーマパークなどのアトラクション施設等を統合したビジネスとリゾートの融合施設で、実際の富を生むカジノはその一部分に過ぎない。ラスベガスで確立され、それがシンガポールで見事に開花した。

昼間は家族サービスやビジネスに汗を流し、夜はゴージャスな遊びで大人の時間を満喫する――。

東京都内にIRを誘致すれば、一兆五〇〇〇億円の経済効果が期待できると外資系投資銀行の調査報告にはある。またその試算を裏付けるように、シンガポールはＩＲのおかげで国際会議の開催数が世界屈指となり、ビジネスのみならず、国際政治経済の拠点《ハブ》になっている。

当初、ギャンブル振興というイメージを嫌ったはずの松田は、鈴木の熱弁によってにわかにＩＲ誘致に興味を示した。

次期総理を狙う松田は、三本の大きな政策を掲げていた。第一に地方再生、第二に成長産業の創出による真の経済復興、そして国際国家としての日本復権だった。

鈴木の説明には、松田の構想を成功させるための具体的な戦略のすべてが詰まっていたのだ。

すっかり鈴木に惚れ込んだ松田は、まず手始めに、民自党の地域活性化の戦略担当顧問に鈴木を任じ、全国の地方活性化のための建白書《けんぱくしょ》をまとめた。

その一部が奏功したことで、松田は民自党の総裁の座に就いたのだ。

次は、いよいよ成長産業の創出だということで、スケジュールを強引に調整してまで松田はシンガポールに視察に来た。

シンガポール入りした途端、松田の目に熱が宿った。単に、ＩＲが素晴らしかっただけではない。

富が集積されている都市国家の輝きが気に入ったようだ。そして、シンガポール復活の起爆剤となった二つの統合型《I》リゾート《R》に圧倒されている。

「いかがです松田さん、ここは昨日ご案内したマリーナ《M》・ベイ《B》・ソレイユ《S》と趣が違うでしょう」

MBSとは、今やシンガポールの新しいランドマークと言われているIRだった。ホテル、コンベンションホール、オフィス、そして、カジノが収まっている三棟の高層ビルに橋を架け渡すような構造で一体化した斬新なデザインで一躍有名になった。

リゾートは金融街のそばにあり、ビジネスパーソンにとっての至便性とエンターテインメントの融合がなされていた。

それは、鈴木が提唱する〝デイ&ナイト融合施設〟の象徴だった。

松田はすっかり気に入ったようで、「未来へ向かって成長しようとするパワーが漲っている」と感心しながら夢中でカメラのシャッターを切っていた。

さらに鈴木は、島全体がリゾートであるセント・ローズ島へと松田を案内した。そして宿泊先にはリゾートホテルのプレジデンシャル・スイートを選んだ。

「素晴らしいねえ。大都会から車で三〇分も行かないのに、こんな静かなリゾート島があるなんて。シンガポールには国際会議などで何度も来ていたんだが、どうもカジノには抵抗があって。依怙地になって足を運ばなかったのが恥ずかしいよ」

「松田さん、これが二十一世紀のリゾートなんです。島の表玄関には、世界有数のテーマパークであるドリーム・パラダイス・シンガポールがあり、水族館や美術館、屋内スキー場、さらにはヨットハーバーに滞在型リゾートホテルもあります」

この光景を自分の町に丸ごと再現したい――。鈴木の野望は壮大だった。

「ようこそ、セント・ローズへ」

歓迎の声に、二人は振り返った。大柄な女性が両手を広げて笑みを浮かべている。

「松田先生、こちらはセント・ローズ・リゾートのオーナーのエリザベス・チャンさんです」

「日本の未来を背負われた政界のホープを、我がリゾートにお招きできて光栄です」

上品な英語でチャンが歓迎の意を述べると、松田もそれに応じた。

「松田勉です。総裁選挙の際には、ご支援を賜りありがとうございます」

エリザベスは、日本法人を通じて松田に潤沢な政治資金を提供していた。仲介したのは、鈴木だった。外国人から政治資金を受けるのは違法だが、苦心惨憺《さんたん》してエリザベスの望みを叶《かな》えたのだ。

「あれは、ウチの日本チームが自主的に行ったことです。でも先生、地獄の沙汰もカネ次第と申します。必要とあらば、その手のご支援はご遠慮なくお申し付けください」

松田の政治基盤は決して盤石ではない。特に、資金力が弱いとされている。それを知った上での申し出だった。

エリザベスは一度欲しいと決めたものは、必ず手に入れる。そのために手段は選ばない。味方の時は心から頼もしいと思うが、敵に回したら最悪だった。

「それより〝総理〟、セント・ローズ・リゾートのご感想は如何ですか」

「マリーナ・ベイ・ソレイユも素晴らしかったが、こちらは文字通り日常を忘れられる素晴らしいリゾートで、感激しています。日本にも、是非とも必要な空間ですよ」

「まったく同感ですわ。鈴木さんは、セント・ローズを地元に再現するのが夢だそうですけれど、こういう空間を東京に創造したいと私は強く願っています」

日本進出は、エリザベスの悲願だ。その突破口が、鈴木の地元で地方版ＩＲを実現させることだ。だが彼女の大本命はＴＯＫＹＯだった。

「こんなリゾートホテルが東京に出現したら、夢のようです」

松田が無邪気に返している。エリザベスは歓迎のしるしにとシャンパンでもてなした。

「光り輝く日本の未来と若き〝総理〟に！」というエリザベスの乾杯の言葉に、松田は相好《そうごう》を崩してグラスを高く掲げた。

2

「おぼっちゃんは、お休みになったのかしら？」

深夜になってから、エリザベスに呼び出された。部屋を訪ねると、グラスになみなみと注いだスコッチを舐めながら彼女は待っていた。隣には、エリザベスが贔屓《ひいき》にしている日本人男性が座っている。堤剛史という広告代理店の社員だった。

「上機嫌でお休みになったよ」

彼女は薄いシルクのガウンしか羽織っていない。鈴木は目のやり場に困りながら答えた。

エリザベスはガウンの間から覗く胸元をこれみよがしに見せて、満足そうに酒を飲んだ。

「それは何より。次期総理候補って聞いていたから、もっと気むずかしい男かと思ったけど案外ウブじゃないの」

彼女は男癖が悪い。ビジネス実現のためなら、松田を強姦しかねない。

「生真面目なんだよ。それに強運の持ち主でもある。今日だって、バカラでやけについていた」

「あら、一郎小父《おじ》ちゃま、ラッキーはお金で買うものよ。あんなど素人《しろうと》が、笑いが止まらないほど勝てるはずがないでしょ」

つまり、松田が勝つように、彼女が仕組んだという意味だ。

「松田先生より夫人の方がカジノにはまってましたね。とてもエレガントな方だから、ああいう華のある方にIRのファンになっていただけるのはありがたいですね」

堤は嬉しそうに言うが、鈴木は夫人のはしゃぎぶりがむしろ心配だった。

「それで堤《ジミー》、IR推進法はどうなの？」

「今の政権では、難しいでしょうな。つまり、解散総選挙があって、松田さんが総理となってから、一気呵成《いっきかせい》に行きたいと考えています」

「辛気くさいわね！」

エリザベスは気分がころころ変わる。いきなり手にしていたグラスを勢いよくテーブルに置くと、中国語を早口でまくし立てた。どうやら悪態を連発しているらしい。

「エリザベス、日本がどれほど段取りが多い国かは十分承知のはずだ。急《せ》いては事をし損じるという諺《ことわざ》を教えたろう。ここは、私に任せなさい。とにかく今は、松田さんをしっかりと抱き込むことだ。但し、君お得意の露骨な賄賂はダメだ。もちろんお色気も。いいかい？」

傲慢でわがままなエリザベスだったが、鈴木のアドバイスにはそれなりに従順だった。今は亡き彼女の父親と鈴木が親友だったからだ。町長になる前、鈴木は商社マンだった。香港《ホンコン》に長く駐在していた時にエリザベスの父と知り合い、彼のビジネスを支援したのだ。エリザベスも幼児の頃から知っている。

「それはそうと、エリザベス。この間、私が君に提案したマスタープランなんだけど」

ＩＲ推進法成立まで指をくわえて待つ必要はない。法律が成立したら、ただちにＩＲの建設に取りかかれるよう、鈴木はアイデアを提案していた。

「あれね。今、ウチで検討させているから。今日はもう眠たいわ」

そう言って、エリザベスはさっさと寝室に引っ込んでしまった。

移り気なリズの関心をつなぎ止めるためには、仲介者としての役割をしっかりアピールしなければ。そして我が町への誘致に向けても手を緩めてはならないと鈴木は心した。

3

瀬戸隆史は、たった一行のコピーに三時間余も手こずっていた。春の京都をアピールするための観光ポスターのコピーだ。

〝おこしやす——その言葉を聞きたくて〟

〝京都――そこに、ニッポンの真心がある〟

〝古都に逢いたい〟

いや、〝古都で〟の方がいいかなあ。

「瀬戸君、ちょっと」

呻吟していたら、クリエイティブ第三部長に声をかけられた。

仕方なく椅子の背にかけた皺《しわ》だらけのジャケットを羽織って、部長室に向かった。部屋に入ると、長身で日に焼けたダンディな男が立っていた。

「こちら、文化創生事業本部のチーフディレクター、堤剛史君だ」

何をする部署なのかも分からなかったが、紹介された手前、とりあえず瀬戸は頭を下げた。

「本日付で、君は堤君の下で働いてもらうことになった」

「それは、文化創生事業本部担当のコピーライターってことですか」

部長が苦笑いを浮かべる。

「そうじゃない。異動だよ」

先月、秋の定期異動が終わったばかりだ。何か不始末をしでかしたのだろうかと身構えたが、そうだとしたら異動先のCDがわざわざ迎えに来ないだろう。

「堤君のたってのお願いなのでね。彼に鍛えてもらいたまえ」

話は以上と言いたげに、部長は立ち上がり、会議があるのでと出て行った。堤と二人、部長室に取り残されて、気まずくなった。

堤が開け放しになっていた扉を閉めて、部長のデスクに座った。

「びっくりしただろ。何の前置きもなく異動って言われたんだから」

どう答えるべきなのか。

「そんなに硬くならなくてもいいよ。どうしてもウチの部署に君が欲しかったから異動してもらった」

堤は高級そうなスーツのポケットからタバコを取り出して火をつけた。嫌煙家で知られる部長が知ったら激怒する。

「あの、堤さんの部署は何を担当されているんですか」

「ＩＲ、いや、もっとはっきり言おう。カジノだ」

なるほど。

それで腑に落ちてしまった。瀬戸は、大学を卒業後、二年ほどマカオのカジノで働いていたことがある。ギャンブルが好きなのではなく、カジノが人を狂わせていく様子に惹かれ、それを小説にしたいと思って、現場に飛び込んだ。

その経験が欲しいというのか。

だが、もうそれは四年も前の話だ。

今は若手コピーライターとして、それなりの結果を出している。なのに、この期に及んでカジノの世界に引き戻されるなんて。

「僕が、マカオのカジノで働いていたからですか」

イエスともノーともとれる薄笑いを浮かべて、堤は煙を吹き上げた。何とも嫌な雰囲気の人だ。そんなに年は食ってなさそうなのに、チーフディレクターという肩書きを持っているのだから、仕事はできるのだろう。

「君は、青森県円山町出身なんだろ」

「円山町をご存じなんですか」

「全く知らなかった。だが、今必死で知ろうとしている」

なぜだ。日本人一〇〇人に聞いて、知ってると答える人は一人以下の片田舎なのに。

「理由を伺ってもいいですか」

「IRだ。あの町がIRを誘致しようとしている。だが、興味があるのは町じゃない。町長だ」

ますます意味が分からなかった。

「町長って、鈴木一郎さんのことですか」

「知ってるのか」

知らないわけがない。円山町で生まれ育ち、一八歳まで住んでいたのだ。頷くと「親しいか」と返ってきた。堤は必要最小限の要点しか口にしない男らしい。

「面識はほとんどないです。ただ」

「ただ、何だ？」

「なぜ、そんな質問をされるのかを教えてください」

「君は、話が回りくどいな。俺が鈴木町長に興味を持っているのは、彼が日本でＩＲを最もよく知る政治家だからだ。そして、俺は彼をもっと知りたいだけではなく、彼をたらし込みたい」

思わず笑ってしまった。

「笑うような話か」

「すみません。堤さんは、いつもそうやってド直球しか投げないんですか」

「そうだ。タイム・イズ・マネー。無駄で回りくどい言葉で時間を無駄にしたくないんだ。だから、教えてくれ」

「鈴木町長の一人息子とは同い年で、高校までは同じ学校に通っていました」

堤は嬉しそうに立ち上がった。

「君を引っこ抜いて良かったよ。よし、その一人息子について詳しく教えてくれ。三〇分で荷物をまとめたら、二七階の俺の部屋に集合だ。まずは、君の歓迎会をやる」

4

羽田午前一〇時一五分発日本航空青森行き一二〇三便に乗り込んだ瀬戸は、シートベルトを締めるとすぐに報告書のファイルを開いた。文化創生事業本部に異動して二週間、調査会社と共にひたすら鈴木父子の調査に時間を費やした。

そしてこの日、一一月一七日、いよいよ円山町に乗り込む。堤からは、「とにかくこの出張で鈴木光太郎をたらし込んで来い」と厳命されている。

鈴木光太郎とのつきあいが始まったのは、小学六年生の時だ。東京から転校してきた光太郎の面倒を、学級委員を務めていた瀬戸が見てやったのだ。

いかにも都会っ子らしく身につけている物は高級だったが、見栄っ張りで臆病、そして根暗なために、光太郎はなかなかクラスに溶け込めなかった。自然と瀬戸が一緒にいる時間が長くなり、彼の自宅で夕飯をごちそうになることも少なくなかった。

中学高校と同じ学校に進んだが、さして仲が良かったわけではない。ただ、光太郎は何か困ると瀬戸を頼るために、つかず離れずの関係が続いた。

親友とは呼べないが、何かと関わりはあった。それも瀬戸が、東京の大学に進学したのを潮に疎遠となっていた。

その後の光太郎の経歴については、全く知らなかった。

調査によると、光太郎は二浪した後にハワイにある無名のカレッジに留学している。一年足らずで退学し、その後は現地で観光ガイドのような仕事を続けたらしい。

神経質で人嫌いだった彼が、観光ガイドをしていたとは。

少しは成長したということなのだろうか。尤も、ガイド会社に勤めて三年後にマリファナの不法所持で逮捕され、日本に強制送還されている。

円山町に帰郷してからしばらくは鈴木町長の運転手をしたり、親族が経営する不動産会社の社員となったりでお茶を濁していたが、北斗《ほくと》ゲーミング総合研究所の設立と同時に主任研究員として採用された。

鈴木町長の弟が代表を務める同社はＩＲ誘致のための会社で、行政とは二人三脚で、ＩＲ誘致に向けて地元民へのＰＲ活動を行っている。

総合研究所という名ではあるが、実際の業務はＰＲ会社に近い。目を引いたのはホームページで、日本語の他に英語と中国語のページもあり、正社員七名の会社のものとは思えない充実ぶりだ。カジノ運営業者にアメリカ人や中国人が多く、また英語圏と中国語圏のプレイヤーが多いからだと推測できた。

円山町が計画するIR施設《夢の王国《ドリーム・キングダム》》のコンセプトと地域の魅力、さらには町が計画している整備事業の概要が書かれていた。

北斗ゲーミング総研の活動は活発で、これまでに四度、円山町ほか青森県内でIRシンポジウムを開催し、国内外から客を呼び集めて、大成功をおさめている。さらに、体験イベントや町民を招いたマカオや済州島へのカジノツアーなども実施していた。

ここでの光太郎がどういう仕事をしているのか、地元に住む友人から情報収集してみた。すると、光太郎は研究員というよりも、鈴木町長のIR誘致担当秘書として、父と行動を共にしているらしい。そして、町長という立場の父親が動きにくい場合は、総研の社長である叔父らと共に代理で動いているようだ。何事においても派手で、しょっちゅう青森市内の歓楽街で遊び歩いているらしい。一体、どこからあんなにカネが出ているのかと、もっぱらの噂だと聞いた。

小学生の頃と変わらず、結局は父のカネを頼りにして好き勝手をしている——。つまり、昔と同じ見栄っ張りということか。

変わらないといえば、父親へのコンプレックスも抜けないようだ。

《町長といるときは、ほとんど口をきかないくせに、一人になると威張り散らす》と教えてくれたのは、現在町役場で秘書課に勤務する同級生だった。

　ともかく会ってみようと、先週末に光太郎にアポを入れた。

　広告代理店・ＤＴＡ（大東京広告社）に勤めているが、最近カジノビジネスの部署に異動して、円山町のカジノ誘致について関心がある。そこで、光太郎の協力を仰ぎたい——という旨を書き添えたメッセージを同級生が教えてくれたメールアドレスに送信してみた。

　すぐに〝隆《たか》ちゃん！　ご無沙汰！　メールありがとう！　僕でよければ、喜んでお手伝いするよ！〟という返事が来た。そして、一九日は終日空いていると日程まで提示してきたのだ。

　あまりあれこれ考えずとにかく会えば、何とかなりそうだという感触はある。

　間もなく青森空港に着陸するとアナウンスがあった。

　着陸するとすぐにスマートフォンを起動した。青森県庁に勤める姉からメールが来ていた。

〝おかえり！

　光太郎ちゃんが空港まで迎えに行ってくれるそうなので、任せました。隆史と一緒にお昼を食べたいそうよ。

　今日は、青森に泊まるんでしょ。ウチに晩ご飯食べに来て

良恵《よしえ》〃

昨夜、帰郷を伝えたら空港まで迎えに行くと言ってくれたのに。

姉に連絡を入れた。

「あっ、隆史。メール見てくれた？」

だから、電話している。

「光太郎に、僕が今日、帰るってしゃべったのか」

会うのは明後日《あさって》の予定だった。光太郎と会うからには、早めに現地入りして準備万端整えておきたかったのに。

「今朝、向こうから電話があったのよ。あんたが東京から帰ってくるのは、今日ですよねって。そうだと答えたら、自分が迎えに行きたいって。何かまずかった？」

まずいが、それは姉のせいではない。だが、光太郎はなぜ、瀬戸が青森入りするのが今日だと知っていたのだろう。

「晩ご飯、ウチで食べるよね」

「うん、お言葉に甘えて」

そう返して電話を切った。

さて、どうする……。

だが、迎えに来てくれるのを追い返すわけにもいかない。

瀬戸は、諦めて出口に向かった。

バゲージクレームに向かう途中、『青森に、《夢の王国》を！』という巨大ポスターが目を引いた。楽しそうな家族の写真を中央に配し、その周囲にカジノやテーマパーク、熱帯を思わせるプールなどのイメージ写真が並んでいる。

昨年暮れに帰省した時にはなかったものだ。

5

到着ロビーに出ると、高校時代と変わっていない細面の男と目が合った。鈴木光太郎だ。

「わざわざありがとう。久しぶりだね。変わらないなぁ」

「隆ちゃんはすっかりかっこよくなったね。見違えたよ」

そう言いながら光太郎は、瀬戸のバッグを奪うように手にした。何と言えばいいか言葉を探している間に、すでに光太郎は歩き始めていた。

瀬戸のことをかっこいいと褒めたが、光太郎こそなかなかのものだ。スーツも靴もいかにも値が張りそうな高級品を身につけている。もっともＩＲ誘致の客を接待するのが仕事であれば、当然の身だしなみだろう。ただ、歩く姿勢や歩調には性格が出るのか、いかにも気弱そうなのが見て取れて、せっかくの高級服が浮いていた。

ターミナル出口の正面に、黒塗りのベントレーがとまっていた。後部座席の前に制服を着た運転手が立っている。光太郎に気づいた彼はすかさず荷物を受け取り、ドアを開いた。

「父の悪い趣味だよ。クラウンで十分なのに、海外からのＶＩＰをお迎えするんだから、ベントレーじゃないとダメだとね」

何も言ってないのに光太郎は一人で恐縮している。そして車に乗り込むと、すぐにスマートフォンでどこかに電話をかけた。

「今、隆ちゃんを乗せました。そのまま、そちらに向かいます」

誰と話してるんだ？

「実は、今日、隆ちゃんに会うと言ったら、父がぜひお昼をご一緒したいと言いだしてね。それで、急で申し訳ないんだけど、これから青森のホテルで、父と会ってもらえたら助かるんだけど」

さすがに、それは勘弁して欲しかった。

「えらく急だなあ。今日のお昼は、姉とご飯を食べるつもりだったんだけど」

「らしいね。でも、それもお姉さんに了承してもらったよ」

姉がランチをキャンセルしたのは知っていたが、それが光太郎や町長の意思だというのが気に入らなかった。

「父はああいう人だから。勘弁してよ」

この出張中には鈴木町長と会うつもりはなかったが、断る理由を見つけられなかった。

「喜んで。それより、空港にでかでかと《夢の王国》のポスターが貼られていたね」

「あそこにもあるよ」

指さした先に同じデザインの巨大な立て看板があった。

「とにかく、円山町だけではなく、県を挙げて、ＩＲ誘致を盛り上げようとしているんだ」

「円山にカジノだなんて想像できないな」

「隆ちゃん、カジノじゃないよ、ＩＲ。確かに、僕も未だにピンとこないけどね。毎日、いろんな人に説明しているけど、言ってる僕自身ですら今いちウソっぽく感じている。大体、ドリーム・キングダムって名前が冴えないだろ」

スマートフォンを操作しながら光太郎は話している。

「光《こう》くんは、ＩＲ誘致の切り込み隊長だって聞いたよ」

「誰だよ、そんなデマを飛ばすのは。僕は冴えない接待係だよ。とにかく円山町ＩＲ誘致の応援団をつくるために、いろんなお偉いさん相手に愛想ばかり振りまいている」

その表情を見る限りでは、自分にふさわしい仕事とは思っていないようだ。

「でも、大事な仕事だよ。政府がカジノの合法化に向けて動いているけど、いざＩＲ誘致となると、円山だけじゃなくて青森県、東北、そして日本全体が歓迎ムードになってくれないと実現しないからね」

「さすが詳しいね。ところで隆ちゃんに一つ聞きたいんだけど、なぜ、広告代理店が、ＩＲ誘致なんてビジネスに首を突っ込むわけ？」

同じことを異動直後に、瀬戸自身が堤に尋ねている。

「ご存じのように、バブルが崩壊してから広告業界は衰退の一途を辿っている。景気の良い広告も浮かれたイベントも、すっかりなりを潜めてしまったからね。それで、もっと実入りの良いビジネスを探したんだよ。その一つが、ＩＲ誘致活動だね」

ほぼ、堤の説明通りに答えた。

「それで、隆ちゃん達はどうやって儲ける気なの」

「ＩＲ経営会社は皆、外資だろ。そこで我々は日本の業界や地域、あるいは政府と彼らをつなぐパイプ役になるんだ。つまりエージェント業務だよ。プラス、ＩＲ運営に関するＰＲ一切を引き受ける」

「じゃあ、ＩＲ経営はやらないんだ」

「経営は考えていない。そんなことしたら、代理店業じゃなくなるでしょ」

実際のところは、会社は迷っているらしい。堤からそう聞いて、瀬戸は耳を疑った。自ら事業の主体者になれば、代理店業務の本筋から逸脱してしまう。瀬戸の指摘に堤は苦笑いして答えた。

――貧すれば鈍する。儲かると分かっているビジネスをみすみすクライアントに渡すぐらいなら、自分でやる方がいいと考えてるんじゃねえのかな。

「ウチの親父なんて、《夢の王国》が開業したら、町長を辞めるとまで言ってるよ。自分で経営したいみたいだ」

それは重大な情報だった。鈴木は日本にカジノビジネス導入を実現した暁には、国政に打って出るのではないかと見られている。そうではなく、カジノ王を目指すとなると、ＤＴＡとしてもつきあい方を変える必要があった。

「そこまで入れ込んでいるってことか」

「違うよ。それだけカネの亡者ってことだよ」

車は荒川字柴田の交差点を左折し、県道一二〇号線に入った。ここからまっすぐ北上すると青森市街に至る。

「隆ちゃん、ホテル青森のスカイレストラン『ル・ボワ』というフレンチは知ってる？」

青森でも指折りの高級ホテルだった。

「松岡《まつおか》の結婚式の時にホテルには行ったけど。レストランは知らない」

フレンチとはまた面倒な昼メシだな。

「そういえば、僕の結婚式には来てくれなかったね」

「ごめん、あの時は海外出張が入ってて」

ウソだった。実家の母が招待状を転送してくれたが、目を通すことなくゴミ箱に直行した。

「返事だけでもくれたらよかったのに」

「あれ、出してなかったっけ。申し訳ない」

もう四年も前の話だ。

「隆ちゃんは、結婚は？」

「全然考えてない」

「そっか。東京は独身の方が楽しそうだもんねえ」

「そんなんじゃないよ。家庭を持つ余裕がまだないだけ。そっちは、お子さんは？」

「いるよ。今、三歳。息子が僕の生きがいかなあ」

そして、いきなりスマートフォンを突きだしてきた。待ち受け画面で、腕白そうな男の子がピースサインをしていた。

「かわいいなあ。いやあ、羨ましいよ」

「だったら、早く結婚しないと」

青森のランドマークとなっている三角形の観光物産館アスパムが見えてきた。これを見ると、帰ってきたなぁという気分になる。

「隆ちゃん、本当に、円山町にＩＲが来ると思うかい？　こんな北の果てにわざわざ国際会議をしに来ると思う？」

それまでだらしなくシートにもたれていた光太郎が、体を起こしてあらたまって尋ねてきた。つまり、父親が必死に取り組んでいる活動の成功を光太郎自身は信じていないということか。

「ごめん、僕はまだ今の部署に移って日が浅いんだ。なので答えようがない。ただ、今のところは、場所の選択以前に、カジノを合法化する方が先決らしい」

「それは、大丈夫さ。先進国でカジノがないのは日本だけでしょ。最後は、外圧に屈して法律は通るって聞いてるよ。それより、どこに作るかの方が僕らには問題だよ。普通に考えれば、松田総裁のお膝元が選ばれるんじゃないのかな」

そういう意見は強い。だが、堤は懐疑的だ。

「そんな露骨なことをしたら、さすがに利益誘導だと問題になるだろう。それより、ＩＲ第一号はＩＲを知り尽くしている君の親父さんの地元に誘致する方が安心だと思うけど。まずはそこでしっかりと成果を上げるのが重要じゃないかなぁ」

「つまり、ウチが有力なのは本当なんだね」

光太郎は念を押すが、瀬戸は答えようがなかった。ＡＤＥの総帥や政府のカジノ誘致議連の大物代議士に深く入り込んでいる堤ですら、場所も選定業者も未だに摑めていないのが実情なのだ。

「有力候補三つのうちの一つぐらいには入っているみたいだよ」

出まかせだったが、今はそう思わせておくのが得策だ。

大通りの交差点を曲がると、一八階建てのホテル青森に到着した。

6

息子から連絡が入った時には、鈴木一郎は既に「ル・ボワ」の個室に陣取っていた。

いつものことだが、電話口でぼそぼそと話す息子の口調に今日は特に苛ついた。

息子は、親の期待に何一つ応えないまま大人になってしまった。何をやっても飽き性で、すべてが中途半端だった。それでも、本人がやりたいと言ったものは何でもやらせてきた。

カネも惜しまなかった。

しかし、結局は逆効果ばかりで、挙げ句の果てにひねくれた人間をつくってしまった。

ずっと外国に追放しておきたい、と何度思ったことか。

それに引き替え、これから会う瀬戸隆史の優秀さはどうだ。

進学校で問題を起こしたことを物ともせず大検に合格し、一橋大の商学部に入学した。卒業後にはマカオでディーラーをやっていたこともあったらしい。彼が息子だったら良かったのに。

まさに鈴木が求めた逞《たくま》しさが、息子の同級生にはあった。

小学生の頃は、週に一、二度は夕飯を共にし、一緒に家族旅行に行ったこともあったというが、余り覚えていない。当時はそれほど印象の強い子ではなかった。

おそらくは、成長の過程で経験した挫折が、少年を逞しく成長させたのだろう。

役場の社会教育課長を務めている瀬戸の父親に一度会ったことがある。温厚そうなインテリの男ではあるが、庁舎内で目立った存在ではない。これから定年まで勤め上げても、よくて教育委員会の次長止まりだろう。

突然、町長との会食に呼び出されて、ずいぶんと恐縮はしていたが、かといって媚びるような態度は一切見せなかった。

息子の教育に話を振ると「本人の人生なので悔いなく生きよとだけ伝えたのですが、どうもふらふら危なっかしくて」と、さして高く評価しているわけでもなかった。

――子どもの頃から、何でも自分の目で確かめる大切さだけは、何度も教えました。私が、父からそう教わったので。

そこは明らかに鈴木家の方針とは違った。もともと光太郎は腺病質な子だったし、また商社勤めだった鈴木の忙しさは尋常でなく、家庭を顧みなかったこともあって、妻が過保護に育ててしまった。

それが、いけなかったのだろうか。

鈴木は大きくため息をついて、窓辺に立った。

窓からは陸奥湾が望める。津軽暖流が津軽海峡から平舘《たいらだて》海峡を経て湾内に流れ込むため、海の幸が豊かだ。ホタテ養殖が盛んで、ナマコ、ホヤ、トゲクリガニ、ヒラメの好漁場でもある。にもかかわらず、既に産業としての漁業は衰退している。その上、青函トンネルの開通で、青函連絡船の発着港だった青森港もかつての活気を失っている。

その青森市に寄生するように存在した円山町の衰退はそれ以上に激しかった。いずれは青森市に吸収されて終わるに違いない。誰もが、そう考えていた。

しかし、そうはさせじと鈴木は頑張った。暗黙のうちに決まりかけていた青森市との合併話を潰《つぶ》し、自立活性化を訴えてきた。

その切り札が、日本初のＩＲ誘致だった。

どうやら松田総裁は、与党を追いつめ解散総選挙に持ち込む準備を進めているようだ。そして政権奪還の暁には、カジノ合法化に向けた法整備に着手すると息まいているらしい。それを見越して、鈴木は早くからＩＲの受け入れ準備を進めていた。

エリザベス・チャン率いるカジノ運営会社ＡＤＥの日本法人からも、マスタープランが送られてきた。まもなく最大の正念場を迎えるのだ。どんなことをしてもこのチャンスをつかみ、ＩＲ誘致を実現したい。

今のところ、円山町ほど誘致準備が進んでいる地方自治体は、他にはないようだ。先行していた東京都は、知事の交代で白紙撤回の可能性まである。厄介な競合相手だった大阪市も、財政赤字でＩＲどころではなくなっている。

まさにチャンス到来なのだ。それだけに、小さなリスクでも見過ごすわけにはいかなかった。

なのに、その小さなリスクが出てきたのだ。瀬戸隆史の登場だ。

堤は何を考えているのだろうか。

このところの堤は、ものすごい勢いでエリザベス・チャンに接近している。彼女の参謀は鈴木ではなく、堤だと思う輩までいる。もっとも堤はラスベガスのニーケという大手カジノ運営会社とも密接な関係があって、両社を天秤にかけているとエリザベスはぼやいていた。

そんな堤が、なぜ、円山町出身の人間を青森に寄越すのか。

携帯電話が鳴った。

「堤氏の件で、ちょっと気になる情報を手に入れました」

電話の相手は調査会社の社長で、広告代理店業界に詳しいという触れ込みで雇った男だったが、今のところほとんど役に立っていない。

「堤氏が所属するDTAは、現在の与党に選挙対策アドバイザーとして深く入り込んでいます」

それは秘密でも何でもない。

「それで？」

「DTAの選対セクションは、堤氏が民自党総裁に接触することに、目くじらを立てているとか」

当然だろう。

「手短に願えるかね。もうすぐ重要な会議が始まる」

腕時計を確認した。瀬戸が到着するまであと一〇分もない。

「どうやら、選対セクションから、松田総裁への接触禁止を言い渡されたそうです」

「つまり、IR誘致についての相談もできなくなったという意味かね？」

「そうです。しかし、堤氏はそれを不服として、隠密裏に接触を続ける工作を始めたとか」

大げさな。それぐらい誰でもやることじゃないか。

「だから具体的に何をやろうとしているんだ」

「関門市に、日本初のIRを誘致する計画です」

「何だって！」

声を張り上げてしまった。最初からそれを言え。

「つまり、総裁のお膝元にIRを誘致するというのかね」

「そうです」

「それは、絶対にないよ。総裁ご自身が、そんな利益誘導はしないと明言されている」

そう言いながら、不安の種が早くも発芽した。

「それは承知していますが、このところ、堤氏は山口県に入り浸っています。また、堤氏が山口県知事や関門市長らにIR誘致を呼びかけて、近く招致組織を発足するらしいと、複数の情報源が言っています」

「噂の類いでは意味がない。すぐに、事実関係を調べてくれ」

「かなり費用がかかりますが」

「費用なんて気にしなくていい。大至急だ」

携帯電話を壁に叩きつけそうになった。

あり得ない。この期に及んで関門市へのＩＲ誘致を唆《そそのか》すなんぞ、そんなことは絶対に許せない。

無能な調査会社だけに頼っているのでは心許《こころもと》ない。もっと積極的に動かなければ。そこまで考えたところで、山口県に入り浸っている堤が、青森に部下を派遣する理由が一層不明になったのに気づいた。

遠慮がちなノックがあって、支配人が顔を覗かせた。

「お連れ様が、お見えになりました」

7

これから会う相手にどう接すれば良いのか。今回の出張での最大のミッションは、鈴木町長ではなく、息子の光太郎との関係復活だった。ただ、町長にも挨拶して仁義ぐらいは切っておけと堤には言われている。

たとえ会うにしてもその程度の心づもりだったので、いきなり町長と会食するのは、さすがにプレッシャーがかかる。

「いやあ、ようこそ、ようこそ」

いかにも馬力のありそうな強い印象は昔と同じだ。

「ご無沙汰しております、瀬戸です。父が大変お世話になっております」

「いやいやこちらこそ、瀬戸社会教育課長は本当に優秀で、僕は助かってますよ」

「厚かましく光太郎君のお迎えに甘えてしまいました」

「そんなこと、気にしなくていいよ。まあ、とにかく座りましょう」

町長が座る隣で、光太郎は畏《かしこ》まっている。

「何年ぶりかな、瀬戸君と会うのは？」

「家族旅行にご一緒した小学六年生の夏休み以来です。一七年前になります」

「そんなになりますか。いやあ、私の額が後退するわけだ。なあ光太郎、懐かしいなあ」

支配人とメニューの相談をしていた光太郎が愛想笑いを顔に貼り付けた。

「お父さんの言う通りですよ。瀬戸君はあの頃から一際輝いていました」

「おまえにしては良い友達を見つけたと思ったのを、今でも覚えているよ」

それはウソだと思った。確かに六年生の夏休みに、光太郎の家族と一緒に北海道の洞爺湖《とうやこ》畔に旅行したことはある。だが、鈴木は別室に籠《こ》もって仕事ばかりしていたので、ほとんど顔を合わせなかった。

「お父さん、折角の再会なので、ドン・ペリを開けちゃいますよ」

光太郎が言うと、町長は「ああ、そうだね」と当然のように返した。

「いや、さすがにランチから、ドン・ペリニヨンなんて」

瀬戸は本気で辞退した。というか、今の時代にその銘柄を選ぶダサさがいかにも光太郎だと思った。

栓を抜く軽快な音がして、なみなみと注がれたシャンパンで乾杯した。味が分からない。どうやら思ったよりも自分は緊張しているらしい。

「ところで、瀬戸君は円山町のIR誘致に興味を持ってくれているそうだね」

ひと息に酒を飲み干した町長が本題を切り出してきた。

「今月初めにIR誘致のお手伝いをする事業部に異動になりまして。そこでいろいろとにわか勉強してみると、何と自分の地元でIR誘致が進んでいるのを知った次第で」

「もしかしてそれまでご存じなかった?」

「お恥ずかしい限りです」

町長が、がっかりしている。しかし、この場では正直に徹すると決めていた。

「現在猛勉強中です。そして地元でいろいろと情報収集しようと思いたちました。また、親友の光太郎君もお父様のお仕事を手伝っておられると聞いたので、いろいろとレクチャーしていただきたいとも考えています」

光太郎に視線を移すと、嬉しそうに頷いている。

「光太郎では瀬戸さんのお手伝いにはならんでしょう。それならば、ぜひ私がお会いしたいと考えたんです」

「お忙しくされている町長にそんな御配慮を賜り恐縮です」

「なあに、今日は青森県庁に用があったんで、むしろ好都合でしたよ。それより、瀬戸君はどう思われますか、日本でカジノは合法化されるでしょうか」

町長の目つきが変わった。

人の良さそうな田舎の町長から、一秒たりとも無駄にしたくないというビジネス・エグゼクティヴの素顔が見え隠れする。

「今のムードを見ていると、どうやら合法化されそうですね」

「ムードとおっしゃると？」

そこで町長が光太郎を肘《ひじ》で小突いた。息子は慌てて瀬戸のグラスに酒を注いだ。実の父に対する態度とは思えぬ光太郎の卑屈さは、見ていて辛かった。

「日本再生のためには、デフレ脱却で、成長産業を生み出すことが最大のミッションです。そこで期待されているのが、観光産業です。特にここ数年は、外国人観光客《インバウンド》の誘客がそれなりの成果をあげています。そして、ＩＲがさらなる起爆剤になるという考えは、政治家だけではなく経済界からも強いようですね」

カジノという賭博誘致を、きれい事で飾り立てた定義を、いかにも正論だと信じて言った。

「全く同感ですな。しかし、これまでは賭博を違法だとしてきた日本で、そんなに簡単にカジノを合法だと認めていいのかと疑問視する人も多いですよ」

「変化を嫌う人たちは、常に一定数存在します。賭博を違法といいますが、パチンコ店は日本中に溢《あふ》れています。パチスロと呼ばれているものは、実際はカジノのスロット・マシーンとなんら変わりません。そういう意味では、そんな反論は意味をなさないと、私は思いますが」

「瀬戸さんは本当に聡明な方だ。少しは見習わんとな、光太郎」

息子は「頑張ります」と小声で返すのが精一杯のようだ。

「そこまでご存じなら、今さら私がお教えする必要もなさそうですな」

「鈴木さんは、日本各地の首長の中で、いち早く地域活性化のためのＩＲの効果に注目された方です」

鈴木はまんざらでもない反応を見せた。

「地方にＩＲ、特にカジノを誘致するのは、相当な抵抗や、地元民の無理解が予想されます。なのに、円山町は圧倒的な突進力で、誘致にまっしぐらです。その秘訣を伺いたいと思いました」

「君はどうです？　円山町でＩＲが実現するのを想像できますか」

想定していない切り返しだった。どう答えるべきか迷ったが、初志貫徹しかない。

「いえ。まったく」

一瞬、場が凍った。しかし、すぐに町長が大声で笑った。それが息子に移り、安堵《あんど》した瀬戸も釣られて笑ってしまった。

「君は愉快で大胆な男だね。よくも私の前で堂々とそんな無礼が言える」

「申し訳ございません。しかし、ここで取り繕ってしまうと、大切なお話が聞けないと思いまして」

「その通りだよ。だから、私は愉快なんだ。つまり、君はナンセンスだと思っているんだね。我が円山町にＩＲができるなんて」

これは誘導尋問か。

「ナンセンスとは少し違います。想像したこともなかった、というのが適切かと」

「なぜだね？」

容赦なく攻めてくる。苦しいが逃げるわけにはいかなかった。

「ＩＲは多くの観光客を呼び込む力があると言われています。しかしその立地としては、既に世界的な知名度を持つ観光地で運営するのが望ましいと思います。となると、果たして円山町はふさわしいのだろうか。外国人はおろか日本人観光客でにぎわったことすら過去に記録がありません。円山町出身者としては、我が町とＩＲとが、どんなに想像力をたくましくしても結びつかないんです」

「まさしくご指摘の通りだ。だがね、円山町にマリーナ・ベイ・ソレイユを持ってこようというんじゃない。滞在型のリゾート施設を誘致するんだよ。世界の金持ちがリゾート地に望むことは、日常からの遮断だよ。何もないこと、あまり人に知られていない場所で、世界最高峰のラグジュアリー感覚を味わう至福を求めているんだ」

さすが、大したものだ。これは単なる営業トークではない。構想の成功を信じて疑わないという情熱から生まれる力強い言葉だ。

「そもそもラスベガスを見てみなさい。ネバダの何にもなかった砂漠に夢の王国を作ったんだ。そして、大成功した」

確かにそうとも言える。しかし、賭博場を作りたかったから、ラスベガスは人里離れた場所に誕生したと聞いたことがあった。

ＩＲという発想そのものもラスベガスから生まれているが、そもそもは賭博場だけでは経営が厳しく、てこ入れ対策として発案されている。

しかし、その程度の反論では、鈴木の信念は揺らがないだろう。

「それにしても、壮大なプランですよね。円山を、あの松ケ島《まつがしま》を日本のラスベガスにするなんて」

「最近、夢島《ゆめしま》という名称に変えたんです。地方に今必要なのは、誇りです。ここにしかないものを持つ。それが地元の誇りに繋がります」

我が町はＩＲの誕生を誇りに思うのだろうか。

「どうです瀬戸さん、このあとで一緒に夢島を見に行きませんか」

マジか……。答えに窮しているのを救うように前菜が運ばれてきた。支配人が料理を説明している間に考えを巡らせ、そして決心した。

「ぜひご一緒させてください」

第三章　夢の跡――現在

1

現在――。

京王《けいおう》線幡《はた》ヶ谷《がや》駅前でタクシーを降りた洋子は、何の特徴もない雑居ビルの二階に上がった。

〝Pledge〟という名のバーがあり、一人で静かに飲みたい時に洋子の足が向くお気に入りの店だ。バーテンダーの腕も良く、何を飲んでも旨《うま》い。

今夜は、珍しく客が少ない。女性が一人、ストレートグラスを手にキンドルで読書している。そしてカウンターの一番奥の席で、北原が背中を丸めて座っている。

「お待たせ」

「おつかれさん。ここは良いね。待つのが苦にならん店だ」

飲んでいた生ビールのグラスはほぼ空だった。

「バーボンソーダ飲んでみない？　おすすめよ」

ここのバーボンソーダは、ちょっとした工夫があって洋子は大好きだった。

さっそく注文すると、バーテンダーはていねいに作ってくれた。

乾杯して口に運んだ。今夜もおいしい。名物だから当然だが、北原と一緒にいるせいか、いつもより何倍もおいしく思えた。

「先日はありがとう。講義に参加していた後輩たちを見てどうだった？」

「頼もしい。けど、心配でもある」

「心配って？」

「タバコ、吸っていいか？」

洋子は、店主に灰皿を頼んだ。

「ナイーブというか、ひ弱そうだな。それに素直《すなお》すぎる」

「私たちだって昔は素直だったじゃない」

「種類が違うんだ。俺たちは、偏見や先入観を持たずに人と接するという意味では、素直だった。だが、分からないことがあれば、相手が誰であろうとどんどん尋ねて確認しただろ。でも、あの子達は他人の話を何でもすぐに鵜呑《うの》みにする。つまり、頭を使ってないんだ。バカだな」

相変わらず手厳しい。だが、けっこう的を射ている気がする。特に、自分たちと今の若い記者たちとでは、「素直」の種類が違うという指摘は面白い。

「そういう若手に、先輩記者が何も教えないことも問題でしょ」

タバコを吐き出す煙が乱れたので、笑われたのが分かった。

「教える必要なんてないさ。俺たちだって何も教えてもらわなかったぞ。皆、先輩やライバルたちから盗んだんだ。それより問題なのは、上が若い記者に甘くなったことじゃないのか。断崖から突き落とされても、自力で這《は》い上がってくる奴だけが、兵隊になれる」

「だけど、兵隊として優れた先輩はいなくなって、要領のいい連中だけが偉くなっちゃったもの。そんな奴らから何を盗めと言うの」

「磐田に文句を言うんだな。編集局長として責任は重い」

「ずっと訴えているわよ。でも、北原君から言う方が効果があると思うな」

「俺は、そんな雲の上の人とは無縁だ」

今夜は磐田にも声を掛けていた。北原と飲むから来て欲しいと。だが、〝急用ができた。悪いが行けそうにない。北原によろしく〟という素っ気ないメールを、つい先ほど受信したところだ。

マイルス・デイヴィスのアルバム『カインド・オブ・ブルー』が流れてきた。ジャズ好きの北原が曲に合わせて指で軽くカウンターを叩いている。

「講義の最後に調査取材のこと、話してたでしょ。ちょっと面白いネタがあるの」

洋子は夕刊と早版のゲラ刷をカウンターに置いた。だが、北原は見ようとしない。

「総理のカジノ指南役とまで言われ、日本初のカジノを地元青森県円山町に誘致するのが夢だった元町長が、今朝、代々木公園で遺体で見つかった。しかもホームレスになっていたのよ」

「泣かせる話だな」

「ねえ記事、読んでよ」

渋々だが、北原は記事を読み始めた。

「私が倒れる直前、カジノ問題で特集をして、松田を追い詰めようとしたことがあったのは覚えてる？」

それには答えず、既にバーボンソーダを飲み干していた北原は、「サントリーの角瓶《かく》をダブルで、ハイボールにしてくれないか」と店主に頼んだ。洋子は構わずしゃべり続けた。

「日本にカジノなんて持ち込んでいいのかっていう特集。IRなんて表現は変えているけど、実際は賭博を成長産業にしようという総理の姿勢を叩くつもりだった」

「だが、おまえは倒れ、俺は左遷された。既に終わった話だ」

心ない言葉をぶつけられたが、聞き流した。

「私も終わったと思っていた。というより、倒れる前後の記憶が曖昧だから、この問題を忘れてたわ。だけど、円山町の元町長が代々木公園でホームレスとして死んだことに関わってから、いろいろと思い出したの。これは事件じゃないの？」

「よくある栄枯盛衰物語だろ」

「あなたに心酔している佐々木君が、都内のホームレスが寝泊まりする場所を丹念に当たったの。ようやくねぐらを見つけたと思ったら、不運にも鈴木元町長は熱中症でやられた」

「おかげで、良い記事が書けた。佐々木も本望だろう」

「彼はこれで終わらせるつもりはないと言っている。なぜ、鈴木元町長は東京でホームレスをしていたのか。そして、官邸前でカジノのチップをばらまいては、松田総理に悪態をついていた理由も取材したいと言ってる」

「あいつは、良い記者になるよ。俺が教えることは何もない」

「ちょっと、いい加減にしてよ。なんで、そんなに無視するの？　同じ打ち上げで西部本社の折原さんから聞いた話を忘れたの？　彼女たちは、関門市のカジノリゾートに入り浸った夫婦が無理心中したという特ダネをモノにしようとしている。関門市に三人の記者が入って、潜入取材もしているのよ。その話題で盛りあがった時、あなた頑張れって励ましたでしょうが」

「励ましはしたが、関わるとは言ってない」

「松田が強引に選挙区に誘致した日本初のＩＲは、今や経営難に陥っている。なのに、今度は銀座にＩＲをオープンさせようとしているという噂がある。カジノに再生の夢を託した元町長の死をきっかけに、もう一度ＩＲやカジノについて検証したいと思っているの」

北原はハイボールを飲みながら「おまえらしい切り口だな。健闘を祈る」と言った。

「今日、磐田君にこの事件を特別班を結成して追わせて欲しいと進言して、許可をもらったの。それで、あなたにスーパーデスクを頼みたい」

スーパーデスクは特別な存在だ。通常のデスクは記事をチェックするだけだが、スーパーデスクになると、紙面構成から記者の配置、そして内容についても決定権を有する。大事件や大がかりな調査報道の際には、取材班の要《かなめ》として活躍する。

「洋子、冗談がキツいぞ。俺はもう記者でもなんでもない。毎日、八時間会社のデスクの前に座って、今日はどうやって暇を潰そうかと考えている月給泥棒だ」

「明日から、私がその暇を埋めてあげる。既に磐田君の許可も取ったわ。だから、手伝って」

磐田にそんな相談はしていない。だが、それぐらい言わないと、この頑固者は首を縦に振らないだろう。

「つまり、専務命令ってことか」

「何とでも言いなさい。とにかく、お願い」

「断る。俺をつまらないままごとにつきあわせるな」

「どこまで拗《す》ねたら気が済むの。さっき、若い記者が心配だって言ったでしょ。ならば、あなたが彼らに記者魂を叩き込んで頂戴」

「悪いが俺には興味がないし、これ以上のお節介はやめてくれ。特別講座では記者時代の想い出を久しぶりに話せて楽しかったよ。だが、俺は既に過去の人間なんだ。おまえの幻想につきあう気はないよ。美味《お》しい酒を戴いた。帰る。洋子、体にだけは気をつけろよ」

残りのハイボールを一気飲みしたかと思うと、北原は立ち上がった。

「洋子、健康第一で無理するな」

なぜ、そこまで頑《かたく》なに、記者に戻ることを拒むのだ！　と詰め寄ろうにも、既に北原の姿はなかった。

アルバムが一周して、最初の曲に戻った。

洋子はたまたまそのタイトルを覚えていた。

〝So What（だから、何？）〟

2

ぐったりと疲れて香港国際空港から飛行機に乗り込んだ瀬戸は、離陸してすぐにシャンパンを一気飲みして、寝落ちしてしまった。

夢も見ず目が覚めた時は、周囲は既に食事を終えかけていた。腕時計を見ると一時間以上眠っていたことになる。

「お食事をお持ちしましょうか」

CA《キャビンアテンダント》に尋ねられたが首を横に振った。

「食事より、シャンパンのお代わりを頼む」

体の節々が痛かった。シートも倒さず寝入ったからか、溜まりに溜まっていた疲労が、一気に全身を駆け巡ったか。

ＣＡが「チーズもご一緒に如何ですか」と言うのを断り、日本の新聞を開いた。

前日付の東西新聞の朝刊だった。

一面には、東京五輪を控えて政府がさらなる観光客誘致に、二兆円の予算を投入とあった。

成長戦略と地方再生を最大の政策の柱にする松田政権は、決め手を欠いて景気回復が遠のいている。その結果、支持率も下降傾向にある。そこで、松田が勝負に出たのが、観光シフト補正予算と呼ばれる二兆円投入だと、堤が教えてくれた。

――予算の中には、銀座ＩＲ構想も含まれている。いよいよ総理は腹を決めた。問題は、開発を任せるのが、ニーケかＡＤＥか、それともダークホースのＭＭＧなのか。遅くても来月中旬には選定されるはずだ。

もちろん新聞記事には、カジノを擁したＩＲが銀座に誕生する予定などとは一行も書いていない。ただし、今回の補正予算では観光事業だけを考えるのではなく、ビジネス、国際会議との連携を図りつつ、国内に複数のＩＲを設ける方針と、記事は踏み込んでいる。

――私は一郎小父さまを血の繋がった叔父のように慕っていた。だから、日本で最初に自分のカジノを開くなら、円山町だと決めていたのよ。それをぎりぎりになって、銀座でカジノをやりたいなら総理に恩を売れと堤《ジミー》が強く迫ったの。しかも、それは一郎小父さまも納得の上だとも言ってた。でも、全部ウソだった。あの腹黒い堤が、総理に取り入るために一郎小父さまと私を、そしてあなたを裏切ったのよ。

昨夜の寝物語に、エリザベスはそう打ち明けた。もっとも彼女もウソつきで策謀家だ。

ただ、そもそも円山町で進んでいた地方版IR第一号が、土壇場で関門市に決まった経緯について、堤は何か隠していると確信していた。

――銀座もADEに任せると、ジミーは言うの。だから今さら円山町の件を持ち出すなと釘を刺された。

銀座のIRの開発権は、米国資本のニーケ・エンターテインメントが握るのではと、エリザベスは警戒している。

それが事実かどうか調査してとエリザベスに頼まれた。円山町のことは思い出したくもないので放置は望むところだ。だが銀座IRについては堤の腹の内を知っておきたかった。

「お代わりをお持ちしました」

CAが黄金色に輝く泡をグラスに注いでくれた。

頭を切り換えようと、新聞のページをめくった。社会面の記事が目を惹いた。

〝カジノ町長転落の軌跡〟という見出しがあった。もしやと思って読み進めて、思わずうめいてしまった。

鈴木が死んだのか……。しかも、東京でホームレスになって野垂れ死んだなんて。いったい、どういうことだ。

カジノ誘致に失敗した時、鈴木が破産したとは聞いた。彼は私財をなげうってカジノ用地や関連施設に莫大な投資をしていたのだ。しかも、息子の光太郎は北斗ゲーミング総研のカネを持って逃走したらしい。残された光太郎の妻は、債権者から連日厳しい取り立てをされ、地元住民からは壮絶なバッシングを受けた挙げ句、自宅に火を放ち息子と無理心中した。

そのことがあってからは、瀬戸は一度も帰省していない。

誰かに糾弾されるのが怖かったのだ。

「今日の日本の新聞はないの？」

通りすがりのCAに尋ねたら、恐縮しながら「ない」と返された。

機内ではＷｉ－Ｆｉが使用可能だったので、スマートフォンでネットに接続した。東西新聞のサイトを開き、円山町長、代々木、ホームレスと打ち込んだ。

二本の記事がヒットした。一本目は、遺体発見時の記事だ。

死因は熱中症の可能性が高いとある。ただ、鈴木元町長が、代々木公園でホームレスをしていた理由などについては、一切触れられていない。

さらに、今日の朝刊の記事も見つけた。

〝カジノ王国の夢の跡、すでに風化〟という見出しで始まり、真っ黄色の雑草に覆われた荒地の写真が添えられている。

何もない……。これが、あの〝夢の王国〟なのか。

六年前、初めて光太郎と共に訪れてから、何度ここに足を運んだか。

なんて残酷な写真なんだ……。

「お客様、大丈夫ですか」

声を掛けられて顔を上げると、心配そうに覗き込むＣＡと目が合った。

「ご気分がお悪いのでは？　おしぼりをお持ちしましょうか」

素直に頼んだ。

深呼吸を数回すると少し落ち着いた。おしぼりで顔を拭いた後、瀬戸は姉宛にメールを送った。

〝すっかりご無沙汰してごめん。

元気ですか？

今、香港からの帰国中です。その機内で、鈴木元町長が、東京で亡くなったという新聞記事を読みました。

そちらの様子はどうですか〟

送信した後、エリザベスにこの事実を伝えるべきかを迷った。

いや、やめておこう。

あまりにも情報がなさ過ぎる。

中途半端な情報を伝えて、大騒ぎされたら手が付けられなくなる。

一筋縄ではいかない策士ではあるが、情は深いし、気まぐれだ。裏切りはしたものの、鈴木元町長を身内のように大事にしていたのは間違いない。

ということは、鈴木の死を知れば、堤や総理に対する彼女の怒りは間違いなく増幅する。

とにかく情報を集めなければ。

そうと決めると、瀬戸は円山町在住の旧友や姉宛にメールを打ち込んだ。

鈴木元町長の死についての情報、そして、夜逃げをした光太郎の行方について、何でもいいから教えて欲しい――。

ＩＲ騒動以降、音信不通にしていたくせに、困った時だけ友達を利用することに自己嫌悪を覚えつつも、瀬戸はメールを送るのをやめなかった。

そして、ついでに受信メールを確認して声を上げそうになった。

鈴木光太郎からのメールがあった。

3

〝オヤジが死んだ。おまえのせいだ。〟

鈴木光太郎からのメールの文面はそれだけだった。だが、その文字から目が離せなくなった。そして息苦しさを覚えて、思わず力まかせにノートパソコンを閉じてしまった。隣で眠っていた客の舌打ちが聞こえたが、詫びる余裕もない。額や首筋から冷や汗が溢れ出た。

俺のせいだと！　冗談じゃない。

「お客様、大丈夫ですか」

さっきも気遣ってくれたCAが、心配そうに立っている。

「どうも悪酔いしてしまったみたいなんだ。冷たい水をもらえないか」

こんなに動揺するなんて、我ながらどうかしている。

なぜ、鈴木は東京でホームレスなんかやってたんだ。自己破産したらしいとは姉から聞いていたし、町から姿を消したという噂も耳にした。だが、なぜ東京に。

CAが水を持ってきてくれた。一気に飲み干してようやく人心地がついた。

元町長が失意の果てに死んだというのであれば、その原因は光太郎に間違いない。おかど違いも甚《はなは》だしい。

これは自分があれこれ悩む話ではない。そう割り切った途端、得体の知れない恐怖が消えた。

再び睡魔に襲われ、そのまま寝入った。目が覚めた時、飛行機は深夜の羽田空港に着陸していた。

スマートフォンを起動すると、部下からの着信履歴がいくつも表示された。留守電をチェックすると「到着ゲートでお待ちしています」とだけあった。

残業すら嫌うあの部下が、午前零時過ぎに到着する瀬戸を出迎えに来ているのだから、余程の重大事が起きたということだろう。

できれば今夜はまっすぐ家に帰って、さっさと寝たかったのに……。

到着ゲートを抜けると、部下の小池純一《こいけじゅんいち》が仏頂面《ぶっちょうづら》で立っていた。いつも通り、身だしなみだけは隙がない。気合いの入りすぎた高級スーツには皺一つないが、表情は完全にくたびれている。政治家の甥で縁故入社してきた小池は、何があっても定時を厳守する。いや、定時の間もまともに仕事ができたためしがない。

「瀬戸さん！　こっちこっち」

お疲れ様ですという社交辞令も言えないし、瀬戸のスーツケースを持つ心遣いなど毛頭なさそうだった。

「お疲れ、今日は早朝出勤か」

「違いますよ！　家でホームシアター見てたら、いきなり堤さんから電話があって。用件は、ご存じですよね」

「いや」

「マジで！　堤さん、ちゃんとメールするって言ったんですよ」

だが、堤からは何の連絡もない。

「それで、どういう話だ」

「明日の朝一で、関門市に行って欲しいそうです」

小池の声は大きくよく響いた。人目を憚《はばか》るという気遣いを持たない男は、この場でベラと内密な話でもしかねない。

ビールでも飲みたい気分だったが小池は酒が飲めない。諦めて〝CAFE & DINER Pista〟という二四時間営業の店に入った。

ブラックコーヒーとミルクティをそれぞれ買って席に着くと、瀬戸は用件の詳細を尋ねた。

「それで？」

「僕には、よく理解できなかったんですが、マスコミが〝かぐやカジノ〟によるカジノ依存症の記事を出すそうで、それを握り潰せと」

店が騒がしいのもあって、小池の声はさらに大きくなった。

「声が大きいぞ。そのマスコミってのは、どこだ？」

「どこだっけなあ？　大手の新聞ですよ」

全国紙だけで五紙もあるのに。だが、問い詰めても無駄だろう。

「なぜ、そういう情報が、現地責任者の天城《あまぎ》ではなく、堤さんから来るんだ」

「天城さんは知らなかったようですよ。堤さんがどっかから情報を取ってきて、彼女に確認したら逆に仰天したそうです。もう、それからは大騒ぎですよ」

天城佳織《かおり》も瀬戸の部下で、関門市の〝かぐやリゾート〟に出向している。目の前で小指を立ててミルクティを飲んでいる小池の六年も先輩で、職級でも上位に当たるのに、この小僧は「彼女」と平気で見下している。

「堤さんは、どこにいるんだ？」

「えっと、ベガスだと思いますよ」

ラスベガスにいて、こんなローカルな情報を摑んだというのか。相変わらず堤の〝地獄耳〟に素直に敬服してしまった。

「記事を握り潰せと言われたんだな」

「そうですよ。そんなことできるんですか」

できるかどうかは問題じゃない。堤が潰せというのだから、潰すしかない。

「記事はいつ出るか聞いたか」

「聞いた気もしますが、どうだったかなあ。とにかく僕は、これを渡せばお役御免なんですよ。あとは、堤さんか天城さんに直接確認してくださいよ」

手渡されたのは、羽田発関門空港行きのｅチケットだった。午前五時三〇分発とある。四時間半後か。

「あっ、忘れるところでした。第二ターミナルに直結しているエクセルホテル東急《とうきゅう》に部屋を予約してあります。そこまで僕が車で送りますよ」

小池は無類のカーマニアで、二五歳のくせにＭＧＣというツーシーターのビンテージカーに乗っている。

コーヒーに口をつけないまま瀬戸は立ち上がった。

「行くぞ」

「せっかく買ったんですよ。飲んでから行きましょうよ」

このバカ男と無駄な時間を共有するより、ホテルで休む方が有益だ。店を出ると、小池が慌ててついてきた。歩きながらスマホで堤を呼び出した。

「羽田に着いたか」

「今、どちらですか」

「銀座にいる」

何がベガスだ。小池を思いっきり蹴っ飛ばしたかった。

「新聞社ってどこです？」

「東西新聞だ。あのバカは、そんなことも伝えなかったのか」

「握り潰せというご指示ですが、間に合うんですか」

「まだ、取材中らしい。俺の方から東西新聞の知り合いに探りを入れるが、とにかく現地に行って、状況を把握して欲しいんだ。こんな大事な時に、カジノ依存症の特集なんて、どんなことをしても潰したい」

こんな大事な時とは、銀座ＩＲが実現するかどうかの瀬戸際にという意味だろう。

「新聞記事を潰した経験なんて、私にはないですよ」

「俺が指示するよ。とにかく天城じゃダメなんだ。すっかりパニック状態でまともな情報収集もできなくなった」

だから女はだめなんだと続くのだろう。堤は典型的な男尊女卑だった。特に、キャリアウーマンを目指す上昇志向の強い若い女が大嫌いだ。

「分かりました。ちなみに私が小池君から渡されたのはeチケットだけですが、それで大丈夫ですか」

「いや、郵貯のカードは？」

「いえ」

「あのくそったれ。今度こそ、お払い箱にしてやる！　小僧に郵貯カードを渡してある。そこに軍資金を送金する。暗証番号はカードに貼り付けてある」

くそったれが駐車場に続くエレベーターの前で待っている。

「疲れているのに悪いな。だが、ここはおまえに頑張ってもらうしかない」

「ベストを尽くします」

「それと隆史、この件、エリザベスの耳には入れるなよ」

彼女も相当の〝地獄耳〟だ。隠すのは無理だろう。

「時間の問題では？」

「かも知れん。だが、おまえの口からは言うな。今、彼女に騒がれたら厄介だ」

いや、堤さん、もう十分厄介ですよ、という言葉を飲み込んで瀬戸は電話を切った。

エレベーターに乗り込んでから、小池にカードのことを尋ねた。

「あっ、失礼しました！　堤さんから郵貯カード預かってます！」

失礼という言葉を、誰かこの小僧の体に分からせてやってくれと強く思った。

4

関門行きの便は悪天候の影響で、予定の搭乗開始時刻から四時間も遅れた。瀬戸はその間、電話とメールで関門市にいる天城とやりとりをしていた。

堤の言う通り、彼女は完全に混乱していて、何を尋ねてもまともに答えられなかった。とにかく落ち着けと何度も言いきかせて、〝かぐやリゾート〟の従業員で新聞記者に接触されたり、取材を受けた者がいないかを調べろと命じた。もしそういう者がいたとしても、絶対に叱責するなと釘を刺したが、果たしてあの精神状態で冷静に対処できるかどうかは、甚だ疑問だった。

ようやく機内に乗り込んでも、滑走路が〝渋滞〟して、三〇分以上待たされた。その間はパソコンも開けない。仕方なくスマホに受信しているメールを読んだ。円山町の友人からのものだ。

〝カジノの話も鈴木のオヤジも終わった話だからねえ。一部マスコミがちょっと騒いだけど、地元は冷ややかだよ〟

〝あのモーレツ町長がホームレスってのは、びっくりだけど、みんなこの話題には触れたくないって感じだろうか〟

〝おまえ、どういう神経してんだ。おまえが、円山町にカジノが来るって太鼓判を押したと光太郎が言ってた。おまえのデマのせいでカネをつぎ込んだ人がいっぱいいるんだぞ。恥を知れ〟

そんな確約をしたことは一度もなかった。だが、光太郎がそう吹聴していたというのは、後になって姉からも聞いていた。だから、当分は実家に近づかないようにと警告してくれた。その姉もメールを寄越していた。

〝おはよう。

元気してる？

連絡一つ寄越さないと母さんが心配してたよ。

鈴木元町長が亡くなった件は、青森市内ではまったく無関心。円山町役場では結構騒ぎになったけど、それも新聞記事が出た日だけかな。

円山町にとってカジノ誘致は黒歴史だから、みんな関わりたくもないんだと思う。

円山には来ない方がいいよ。

でも、母さん父さんには電話を。

良恵〃

全ては風化の彼方《かなた》にある。今も円山町のIR問題を気にしているのは、鈴木光太郎と自分ぐらいかもしれない。

＊

関門市は、その名の通り本州の最西端、関門海峡の沿岸にある人口五万人の小都市だ。山口県に属しているが、経済については完全に北九州圏内にあった。この市が一躍有名になったのは、五年前に総理を輩出したからだ。そして日本初のIRが誕生したことで、市政が始まって以来の賑わいと経済的潤いがもたらされた。

IR誘致が決定すると、すぐに国際空港が開港した。東京、大阪、名古屋などの主要都市だけではなく、北京、上海、ソウルへも定期便が就航する。これだけの突貫工事が実現したのは、ひとえに松田総理の政治力に他ならない。さらに、エリザベス・チャン率いるADE社が巨額の寄付や融資で援護射撃したことも大きかった。

羽田と違って関門市は晴れ上がっていた。海上空港特有の横風もなく飛行機は順調に着陸した。

大きなスーツケースをバゲッジクレームで受け取った時には、既に大半の客はロビーから消えていた。

空港ターミナルのロビーには至るところに中国の簡体文字とハングルが、日本語より大きく書かれた案内板がある。また、聞こえてくるのは中国語と韓国語ばかりで、まだ香港にでもいるような気分になる。

「おはようございます。飛行機が遅れて大変でしたね」

天城が出迎えに来ていた。ショートカットの勝ち気そうな顔には、疲労が滲んでいる。スーツケースは彼女と同行していた若手が持ってくれた。

瀬戸は黙って彼らの案内に従った。誰の目と耳があるか分からないと警戒してのことだ。

黒塗りの高級車が、出口の真っ正面に停めてあった。

こんな目立つ場所に停めるバカがいるかと内心で毒づきながら、後部座席に乗り込んだ。

「東西新聞の記者が動いているのは、事実のようです」

隣に座った天城が、名刺を差し出した。東西新聞の記者の名刺だった。西部本社社会部とある。

「西部本社？」

「九州をカバーしているそうです」

「ここは山口県だぞ」

「でも、北九州経済圏ですから」

「そんなことは聞いてないよ。関門市のカジノ依存症の記事を、九州地区に配る新聞に載せてどうするんだと聞いているんだ」

九州地方の読者にとって、関門市の動向など興味がないはずだ。西部本社の連中は全国版に載せるために動いていると考えるべきだった。天城の知恵はそこまで回っていないようだ。

「この名刺は？」

「〝かぐやリゾート〟の顧客担当マネージャーの一人が持っていました」

「マスコミからの取材は全て広報を通すようにと徹底しているんじゃなかったのか」

「いきなり自宅に来られて仕方なく取材に応じたんだそうです」

「その事実を、君は把握していたのか」

天城が緊張したように体を強《こわ》ばらせている。

「いえ、全く。瀬戸さんのご指示に従って、マスコミの取材を受けた者は、正直に申し出るよう各人に通達したところ、申告があり、そこで初めて知りました」

このマネージャーはすぐに馘首せよとかぐやリゾートの社長に進言しなければ。

「名前も分かっているんだよね」

「萩本清彦《はぎもときよひこ》といいます」

初めて聞く名前だった。

「どういう経歴だ」

萩本の個人ファイルが渡された。経歴を見て舌打ちが出た。

総理の親族だった。

「彼の印象は」

「良くも悪くもお人好しのローカルオヤジです」

「それで、何を取材されたんだ」

「来場客のプロフィール調査をしていると言って訪ねてきたそうです。そして、地元民が最近増えているということは、地元に根付いたということですよねという話で盛り上がったと……」

「まさか、認めたんじゃ」

「認めたそうです。具体的な数字まで教えたとか」

やっぱり、こいつはクビにしないと。あるいは、そういうデータを目にすることのない部署に飛ばすべきだ。

「他には？」

「地元民から苦情はないのかとも聞かれたそうです。でも、それは一切ないと断言したと」

そんな断言、誰が信じるんだ。

「近年、心の病で悩む患者が県下で増えている件についても尋ねられています」

「それについては？」

「そんなことは知らないと返したそうです。それで該当する地元の病院について調査中です」

関門市内の病院は二ヶ所で、精神科があるのは市民病院だけだ。天城は、そんなことも知らないのか。

「市民病院の精神科医を捕まえて、取材されたかどうか聞くんだ。実際に、市民病院でその手の患者が増えているのかも調べろ。それと、浅村《あさむら》さんは、何をしているんだ？」

浅村は、ＩＲ総研が地元で雇用し、地域対策部を任せている人物だ。いわゆる地元の名士の次男で、青年会議所理事長などを務め、地域に顔が広い。

「昨日から、市役所や業者、さらには施設従業員からの事情聴取に駆け回っています。のちほど、本人からも報告があります」

「彼も、東西新聞の取材に気づいていなかったのか」

「そう聞いています」

「なあ天城、今とんでもなくまずい状況にあるという認識はあるんだろうな」

「もちろんです。どのようなお叱りでも受ける所存です」

「おまえの所存なんてどうでもいいよ。それより、東西新聞の記者の宿泊先を割り出せ。とにかく、記事を止めなきゃならない」

「そんなことができるんでしょうか」

顔面蒼白《そうはく》で尋ねる天城の声は震えていた。

「できるかどうかではなく、やるんだよ」

やがて、田園風景には場違いな、巨大で派手な建物が見えてきた。海峡《カナル》ベイかぐやリゾートだった。

5

夕刊の締切が終わった午後一時半を過ぎて、佐々木が洋子の個室を訪ねてきた。

「お疲れ様、もう一人来るからそこの椅子にでも座って待ってて」と言ってから、洋子は内線電話をかけた。

呼び出したのは、記者研修センター企画部長の直井精一郎《なおいせいいちろう》だ。

直井は、経済部に長く籍を置いた中堅記者だ。それが、三年前に育児に目覚め、東西新聞の男性記者では初めて育児休暇を取得する。社に復帰後も、「定時で働ける職場」を求めて記者研修センターにやってきた。

通常の業務は、研修プログラムのプラン作りや講師の依頼などだが、洋子が頼み込んで、今回のIR問題取材班のキャップを担ってくれることになった。

ブルーのストライプシャツに黄色のサスペンダーといういでたちの直井が、すぐにやって来た。

「ホームレスのねぐら探しをして、鈴木さんの居場所を見つけた功労者か。凄いなあ、俺には到底無理だ」

佐々木を紹介すると、直井は褒めちぎった。佐々木も素直に喜んでいる。

「それで、佐々木君、メールは読んでくれたよね？　一課担を外せないのが心苦しいんだけど」

IR問題特別取材班に佐々木を貸して欲しいと頼んだところ、警視庁キャップから、兼務ならお好きにという回答が来たのだ。

「まったく問題ありません。調査報道がしたくて東西新聞に入ったんです。寝る時間削ってでもやります！」

「ありがとう。それで、鈴木元町長関係で新たに分かったことはある？」

「司法解剖を行った監察医に確認してきました。鈴木さんの死因は、熱中症による心臓発作で、事件性はないそうです」

佐々木は残念そうだ。死因に不審な点があれば、大スクープとなり、総理が絡む大疑獄へと広がる可能性もあったからだ。

「ホームレス仲間の話では、死ぬ前日に鈴木さんは、赤ワインを三本手にして戻ってきてるそうなんです。それで皆で酒盛りをしたそうです。その翌朝、息を引き取っています」

「ワインに毒が入っていたわけじゃないんでしょ」

「監察医に、痕跡を残さず心臓発作で殺す方法はないのかと粘ってみました。しかし、その場合も遺体の血中に薬物の痕跡が残るものだそうで、そんなものは発見されなかったそうです。また、一緒に酒盛りした連中は、みなピンピンしています」

殺人事件であることを願う佐々木の野望は、あえなく潰《つい》えたわけだ。

「赤ワインなんてどうやって手に入れたんだ」

佐々木の報告をメモしていた直井が尋ねた。

「誰かにもらったんだそうです。これまでにも鈴木さんは時々高そうな食い物や飲み物をどこからか手に入れてきては、仲間とどんちゃん騒ぎをしていたようです。高級車に乗ったスーツ姿の男と鈴木さんが言い争いをしているのも目撃されています。それが、松田総理の秘書とかだと面白いんですけどね」

「可能性はあるかも。直井君、政治部の誰かに頼んで、総理の秘書の顔写真を手に入れてもらえないかな」

「やってみます。我が社は、編集局長が松田総理の応援団長ですから、ガードは堅いでしょうけど、政治部内にもアンチ松田の記者はいますから」

磐田は、総理になる前から松田に注目し、その入れ込みようも相当なものだ。松田こそ日本の総理に相応《ふさわ》しいというキャンペーンまで張ったことがある。

「直井君が写真を手に入れたら、すぐに連絡する。ひとまずは鈴木が言い争うのを目撃した人に確《あ》かめ《て》てみて。ところで鈴木元町長がいつ東京に出てきたのかは分からないのね」

「代々木公園に現れたのは、半年前ぐらいだそうですが、それ以前の行動は不明です。青森の情報はないんですか」

「西尾君という新人が、がんばって走り回ってるわ。近所の人に話を聞いたところ、去年の春までは自宅にいたらしい。でも、電気も水道も止められて、まともな生活ではなかったようね」

洋子の記憶の中では、豪放磊落《らいらく》で身につける物も高級品ばかりの鈴木像しかない。それだけに一層哀れだった。

「セイタカアワダチソウだらけになった元ＩＲ予定地の写真を撮った新人君は、優秀ですねえ」

確かに、最近では珍しいガッツの持ち主だ。だから、特別取材班に引っ張り込んだのだ。

佐々木が続けた。

「鈴木さんのことを教えてくれた機動隊員に、これから会ってきます。カジノのチップをまく行為は、あの時が最初だったとは思えないので」

6

日本最初のＩＲ、海峡《カナル》ベイかぐやリゾートの本丸であるかぐやカジノは、宇治の平等院をモチーフに建てられた。

堤や瀬戸は反対したのだが、オーナーのエリザベス・チャンが「とても日本的で、しかもゴージャス！　外国人が求める日本版ＩＲはこれよ」と言って譲らなかった。さらに、松田総理もいたく気に入ったために、海峡の寂れた町に、突如、巨大な平安時代の大建造物が出現した。しかもみごとな金箔尽くしだ。

何度見ても瀬戸には悪趣味としか思えない。

カジノ棟の前に広がる池泉回遊式庭園を回り込んで、車は左に折れた。建物の背面の通用門から館内に入るためだ。

「今日の客の入りはどうだ？」

車内に漂う気詰まりなムードを嫌って瀬戸が尋ねると、それまでずっとｉＰａｄを睨《にら》んでいた天城がこちらを向いた。

「七割程度かと」

正面ゲートでは常に「満員御礼！」という電光掲示を表示しているのに、その程度とは情けない。

通用門の前で、車は一旦停止した。警備員が運転手のＩＤカードをチェックして、ゲートを開けた。

「オフィスに、東西新聞の記者から取材を受けた萩本氏と、浅村さんを呼んであります」

そう告げて降りようとする天城の腕を摑《つか》んだ。

「一時間で、東西新聞の記者の宿泊先を割り出すんだ」

天城は腕を摑まれて驚いたようだが、それでも「了解しました」と答えた。

ＩＲ総研のかぐやオフィスは、カジノ棟の地下二階にある。幾重にも設けられたセキュリティを通過してオフィスフロアに降りると、娯楽とは無縁な無機質で灰色の壁が瀬戸を迎えた。

「先に堤さんに到着の報告をする」と告げて、年に二〇日も使わない瀬戸専用の個室に入った。

デスクに腰を下ろしてノートパソコンを起動しつつ、堤に電話した。

「着いたか」

「東西新聞の記者が動いているのは事実でした」

「おまえ、俺の情報を疑ってたのか」

「自分の目と耳だけを信じよと教えてくれたのは、堤さんですよ」

乾いた笑い声が返ってきた。記者は、西部本社から来ていると告げると、笑いが止まった。

「なぜ、九州から記者が」

「不明ですが、この取材が東京主導なのかどうかが気になりますね」

「東京は何も知らない」

また、断定か……。

「堤さんが握っているのは、どういう情報源なんですか」

「東西新聞幹部だと思ってくれればいい」

つまり、西部本社独自で動いているということか。

「何か私に隠していることは、ありませんか」

「俺はおまえにいつも洗いざらいぶちまけているだろう」

堤は平気で嘘をつく。

「九州を管轄している西部本社の記者が、カジノ依存症の取材をする理由が、私には分からないんです。だから、何かご存じなら教えてください」

「あったら、教えてるよ。それも調べてくれ」

答えるまでに間があった。それが引っかかったが、今は時間が惜しい。

「天城に記者の宿泊先を調べさせています。分かったら会っていいですか」

「正面突破か。まぁ、それしかないな」

「さすがに握りつぶすのは無理じゃないですか。ここは逆に取材に協力して、連中を味方に引き込むのが得策だと思うんですが」

「そんな悠長なことをしている時間はない。カネでも女でも摑ませて、黙らせろ」

本当にそんなやり方で、記事を書かない記者がいるのだろうか。

「普段どういう記者とつきあっているんですか」

「どういう意味だ」

「記者という人種をよくは知りませんが、私が記者なら、逆に口止め料をもらったこともスクープにしますけど」

大きなため息が漏れた。

「お言葉を返すようですがね、瀬戸さん。人間は欲望に必ず負ける」

それは堤の持論だが、全ての人に当てはまるわけではない。特に新聞記者のような連中は、カネや女を摑ませるような行為を侮辱と取るのではないのだろうか。

カジノ依存症が存在するのは否定できない。そもそもギャンブル依存症が国内に五三六万人もいるという衝撃的なデータを、二〇一四年に厚労省が発表している。それは、日本のカジノ誘致の大きな妨げだった。

松田総理の肝いりで始めたIR誘致プロジェクトチームが最も腐心したのも、この問題の対処だった。

カジノはあくまでも外国人観光客《インバウンド》を誘致するためである。だから、カジノ客は、カジノが大好きな中国人が九割近くを占めることになる。それはシンガポールでも証明されている。

さらに、日本人のカジノ客には、入場料として一万円を徴収する。そして、家族はもちろん勤務先からでも、地元自治体に申告があると、該当者はカジノへの入場は禁止される。幾重にも張られたセーフティネットがあるから、日本ではカジノ依存症は広がらない——。そんなキャンペーンを莫大な費用をつぎ込んで展開した。

オープンから二年が経過した今でも〝かぐやリゾート〟が一番気を遣っているのは、カジノ依存症対策だった。少しでも〝異変〟を感じた客は、カジノ内に入れないよう徹底している。

にもかかわらず最初の目論見ほどには中国人客が訪れなかったことで、〝かぐやリゾート〟は、密《ひそ》かに日本人客誘致にも力を入れるようになった。

そんな矢先に、カジノ依存症が日本でも増加中などという記事が出たら、致命的だった。

「私に任せてもらってもいいですか」

「自信があるならな。いずれにしても、俺も西部本社にツテを探すよ」

電話を終えると、瀬戸はデスクの前で暫く考え込んだ。明らかに堤は何かを隠している。だがそれを詮索している暇はない。

ひとまず、やるべきことがなくなってしまったので天城が待つオペレーションルームに向かった。

部屋に入ると、天城と話し込んでいた中年男性が立ち上がった。ＩＲ総研が地元対策に雇った地域対策担当主任研究員、浅村克文《かつふみ》だ。この田舎町では浮きそうな高級スーツを着ている。

「瀬戸さん、この度は至りませんで申し訳ないです」

心から反省しているように振る舞えるのは立派だった。

「新たに分かったことはありますか」

打合わせテーブルにつくなり尋ねた。浅村は手にしていた手帳を開いた。

「萩本さんに取材したのは原田慶幸《はらだよしゆき》という記者です。それ以外にあと二人、東西新聞西部本社の記者が動いているようです」

三人も記者を突っ込んできているということは、それなりの大きな記事を想定しているのだろうか。

名刺のコピーがテーブルに置かれた。折原早希、島村敏也《しまむらとしや》、いずれも西部本社社会部記者だった。

「この名刺はどこで？」

「折原記者の方は、市民病院の事務長が持っていたんです。カジノ依存症患者がいないかを尋ねに来たそうです。もちろんそんな患者は一人もいないと言って帰したそうですよ。だって、あそこにいるわけがないんですから」

浅村が、当たり前のように言った。

「どういうことです？」

「浅村さん」

天城が咎《とが》めるように名を呼んだ。

「なんだ天城、何かまずい話があるのか」

「ここではちょっと。あとでご説明します」

オペレーションルームには、現地スタッフが三人いる。みな、こちらのミーティングに注意を払っているようには見えないが、実際は興味津々なはずだ。

「わかった。で、もう一人の記者の名刺はどこで？」

「『海峡屋《かいきょうや》』という飲み屋です。私の知り合いが店で飲んでたら、カジノ話で盛り上がったそうで。この島村という記者は、大のカジノ好きで、休暇を利用してカジノに来ているんだと言ってたそうです」

「遊びで来ている奴が、名刺を出すんですか」

「最初はカジノ遊びの話題で盛り上がったそうなんですが、だんだん話の風向きが変わってきたそうですよ。韓国のカジノの話題になった時に、カジノ依存症で苦しむ人のために、治療施設ができたり悲惨な話があったけど、関門市は健全だねえと言い出したんだとか」

カジノが盛んと言われる韓国は、自国民のカジノ遊興を原則として禁じている。韓国民が唯一遊べるのが「江原《カンウォン》ランド」と呼ばれるカジノだが、そこではカジノ依存症が深刻化していた。

「島村の相手をしていたのは、ウチにおしぼりを納入している業者なんですが、さすがにその話題はやばいと思ったそうで。それで何か分かったら連絡するからと、名刺交換をしたんだそうです」

「その情報はいつ入手されたんですか」

「ついさっきです」

自分たちが尋ねなければ、黙殺していたのではないかという気もしたが不問に付した。

「記者の宿泊先を調べてください」

「それなら分かります。ここの上です」

つまりかぐやカジノの上層階にあるホテルかぐやにお泊まりというわけか……。

7

萩本という顧客担当マネージャーにヒアリングする前に、天城を個室に呼び出した。

「さっき、なんで浅村の話を遮った？」

「申し訳ありません。ちょっと他人に聞かせたくない話だったので」

瀬戸はデスクの天板に腰を下ろして先を促した。

「堤さんから固く口止めされていたんですが、浅村さんがあんなことを言った以上、打ち明けます。実は北九州に、カジノ依存症専門の診療所があります」

初めて聞く。

「チャンさんから依頼された堤さんが潰れかけの病院を買い取って作ったんです。山口県内でカジノ依存症の可能性ありと診断された患者を全て引き取っています。だから、西部本社の記者が取材を始めたのではないでしょうか」

くそったれ！

「入院患者の数は把握しているのか」

「詳しくは知りません。そもそも私はタッチしていません。私はＩＲ総研の現地責任者として、絶対に外部に漏れないように厳重注視するよう、堤さんから命じられているにすぎません」

俺はおまえにいつも洗いざらいぶちまけているだろう、と言った堤の声を思い出した。

「ある程度は把握しているんだろう。一〇〇人程度か」

「桁が違います。長期入院は少ないと思いますが、既に延べ一〇〇〇人は楽に超えています。通院している人も大勢います」

「ここから、北九州まで通院しているのか！」

車で一時間はかかる。

「病院へのシャトルバスがあるんです。一時間に二本ですが」

そんな大がかりな病院をいつまでも隠す気でいたのか、堤は。

「東西新聞が動いていることを、病院関係者は知っているのか」

「分かりません。そもそも病院と連絡するのは、山中《やまなか》社長だけです。そうはいっても、かぐやリゾートの幹部の大半は知っていると思います」

カジノによるギャンブル依存症が関門市民を中心に広がっているという重大情報を隠蔽しておきながら、健全で安心なテーマリゾートなどと称して、かぐやカジノは日本人客を積極的に誘致しているのだ。

だから、堤が「握りつぶせ」とやっきになっているわけか。

瀬戸は腹立ち紛れに、天城の胸ぐらを摑んだ。

「おまえ、こんな重要な話を、カレシに秘密にしておくって、どういう神経なんだ」

必死で感情を抑え込んでいたらしい天城の目が潤んでいる。

「できれば、こんな汚い話に巻き込みたくなかったの」

「だが、結局は最悪の時に巻き込まれるわけだろ」

「ごめんなさい」

恋情もないのに、出張のたびに天城を抱いたのは、忠誠を誓わせ的確な情報を手にするためだった。なのに、この女は何を勘違いしている。

爆発しそうな怒りは飲み込んで、天城を抱きしめた。

「そういう気遣いは無用だ。二度とするな。いいな」

天城が小さく頷くのを確かめてから離れた。

「三人の記者が、ホテルの部屋に在室か調べろ。それと、山中社長に今すぐ会いたい」

「シンガポールに出張中です。何度も電話しているのですが、通じません」

「どんな手を使ってでもいいから、呼び戻せ」

それだけ言うと、萩本という顧客担当マネージャーが待つミーティングルームに、一人で向かった。


部屋には、浅村もいた。退出させようかと思ったが、入室した時二人が親しげに話していたのを見て、そのままにした。

「大変お待たせしてしまい、申し訳ありません。ＩＲ総研の主席研究員の瀬戸と申します」

「どうも萩本です。いやあ、お若いですなあ。ＩＲ総研のナンバー２だと聞いていたので、我々と同世代かと思い込んでいました」

萩本は冴えない男だった。コシのない髪は後退し、ボタンを留めたスーツの上からも、腹が突き出ているのが分かる。

「東西新聞の記者から受けた取材のことで伺いたいのですが」

「一昨夜、自宅で夕食を食べている時にインターフォンを鳴らされましてねえ」

「萩本さんのご自宅をどうやって知ったのでしょうか」

「私も不思議でねえ。その点を尋ねました。そうしたら、新聞記者は調べるのが仕事だと言うじゃないですか。うまいことを言うと思って、それ以上は聞きませんでした」

おまえはバカかと怒鳴ったところで意味もない。

「浅村さん、従業員名簿が流出したというようなことはありませんか」

「聞いていませんな。ただ、萩本さんは地元では名の知れた方ですから、住所を調べるのは難しくなかったと思いますよ」

地方では、各戸の世帯主の職業から家族構成まで地域の大半の人たちが知っている。萩本は松田総理の親戚筋だし、すぐに分かるのだろう。

「かぐやの顧客担当マネージャーをされていることまで知られていたんですか」

「私は地元住民のカジノ相談窓口の担当もしております。なので、その関係で様々な場所に担当者として名前も出しておりますし、いろんな場所に出向いてカジノについてのご相談も受けています。だからご存じかもしれませんなあ」

この牧歌的な雰囲気と口調は、カジノという欲望の坩堝《るつぼ》を浄化する作用を持っている気がした。そういう意味では、萩本の起用は適材適所かも知れない。

「それで、原田という記者なんですが、彼の取材目的は何だったんでしょうか」

「それは私には分かりかねます。最近地元の方々にもカジノの魅力が浸透してきて、一万円を払ってでもカジノを楽しみたいと考えている人が増えているそうですね、と尋ねられました。なので、その通りだとお答えしました」

暢気《のんき》なことだ。

「具体的な数字を尋ねられたんじゃないんですか」

「ええ。外国人客との比率とかに興味を示しておられました。まあ、三割ぐらいは日本人ですよとお答えしておきました」

「ああ、萩本さん、それはちょっとまずいなあ」

横から浅村がダメ出しをした。

「そうですか。でも、あれだけの楽しい施設ですからねえ。私は日本人にも楽しんでもらうべきだと思うんですよ」

「いや、仰ることは分かりますが、ウチは公式には、全体の九割が外国人で、大半は中国人だという風に広報しているんですよ。日本人がそんなに多いと、騒ぐ人がいるんでね」

「そうですか……。私は中国人はこれ以上、ウチの町に来て欲しくないですけどねえ」

「それはなぜです？」

思わず瀬戸は問うていた。

「彼らの大半は私どものホテルかぐやに泊まっていますけど、マナーは悪いですし、乱暴だし、深夜でも飲み屋街に繰り出して我が物顔で大騒ぎですよ。あれぞまさに迷惑行為です。できたら、中国人はもっと減って欲しいというのが、関門市民の偽らざる気持ちです」

そういう中国人観光客の「ご乱行」は、瀬戸も目撃しているから否定はしない。だが、市民に嫌中ムードが広がるのはまずい。また、堤が神経質になる。

「萩本さん、私たちは関門市民にご迷惑を掛けるために、海峡ベイかぐやリゾートを運営しているわけではありません」

「もちろんです。ただ、市民に受け入れられてこそのリゾートじゃないですか」

「ですが、中国人観光客が、我々の重要な収入を支えているのも事実ですよね」

「それはそうですよ。だから困っているんです」

「では、萩本さんと浅村さんのお二人で、中国人観光客を含めた海峡ベイかぐやリゾートの来訪者についての地元民の苦情を集めてもらえませんか」

二人が顔を見合わせた。

「地元の皆さんのお怒りや不安を具体的に知りたいのです。それが分かれば、大抵のことは解決できます」

「承知しました」

困惑していた萩本にやる気が戻った。

「世間話のようにさりげなく話をきいて、それをまとめてもらえますか」

「調査人数と期間の目処を教えてもらえますか」

少しはビジネスマインドがあるらしい浅村が尋ねてきた。

「最低でも一〇〇人、期間は一〇日間でどうでしょうか」

「結構厳しいなあ。あと二人ぐらい助っ人を使ってもいいですか」

ここが浅村の欠点だ。すぐに楽をしようとする。

「いや、絶対にお二人でお願いします。それで調査の総数が減っても構いません。ただし、この調査は極秘で進めてください。ご家族にも秘密です」

萩本は大きく頷いた。

「今後マスコミの取材は、お知り合いを含めて一切受けないでください。マスコミは、松田総理の失策を探しています。我が海峡ベイかぐやリゾートは、総理の肝いりで始まった日本の成長産業のシンボルなんです。少しでもケチが付けば、たちまち総理のお立場が危うくなる」

それでようやく彼らにも危機感が伝わったようだ。

「東西新聞の記者は、カジノ依存症についても尋ねたそうですね」

「ええ、カジノがある海外の都市では、ギャンブル依存症の問題が深刻化している。関門市でも依存症でお悩みの方が増えているらしいですねと尋ねられました」

依存症問題ありきで聞いてきたわけか。かまを掛けたのか、それとも裏付けがあるのか。

「かぐやリゾートは、健康健全が売り物ですから、そういう事例は聞いたことがないと返しました」

「記者は納得しましたか」

「どうでしょうか」と萩本は考え込んでいたが、何か思い出したようだ。

「カジノに夫が入り浸って困るというような主婦の声を数件拾っていると言ってたなあ」

なんでそんな重要なことを今まで思い出せないんだ。

「具体的な実例を尋ねましたか」

「いえ、それは噂でしょとだけ返しました」

少なくとも致命的な言質はとられていないことで、よしとすべきか。

「それで、本当のところはどうなんですか。夫がカジノに入り浸って困るとか、依存症で苦しんでいるというような声はあるんですか」

萩本が困った顔をしたので浅村が加勢した。

「萩本さん、瀬戸さんには何でも正直に話してくださいよ。彼は若いですが、滅茶苦茶優秀だし人間力もあるから」

「実は、苦情の数は日に日に増えておりまして。私がカジノ立入禁止処分の手続きを手伝っただけでも、五〇人はくだりません。パチンコでも酒でもそうですけど、結局それは本人の問題ですよ。大半の人は健全にカジノを楽しんでいます。一部の人だけが、それにのめり込んでしまうんです。それはカジノのせいではなく、当人の問題だと思うんです」

だが、カジノがなければ、カジノ依存症にならなかったという見地に立つ者は、そういう常識的な理屈を認めない。

「同感です。でも、可能な限り依存症は防ぎたい。ですから今後、地元民については入場を厳しくするように私から山中社長に伝えます。また、そういう苦情があれば天城に逐一伝えてください」

「分かりました」

「記者から北九州の病院について、尋ねられませんでしたか」

「例の虎の穴のことですな」

「なんです？　虎の穴って」

「すみません、我々の間で、そう呼んでいるんです。人間として再生するための修行の場として、いつの間にかそういうネーミングになったんです」

浅村が申し訳なさそうに補足した。

もしかして、病院のことを知らないのは自分だけなのだろうか。

「記者は虎の穴という固有名詞を使いましたか」

「いや、それはなかったな。ただ、ギャンブル依存症の患者が市民病院には一人もいないのは、不思議ですねえとは言ってました」

「なんと答えたんです？」

「それこそが、かぐやリゾートの健全性の証《あかし》ですよと」

満点の回答だな。

「萩本さんの印象でいいのですが、記者は虎の穴の存在を知っていたと思われますか」

「どうかなあ。おそらくは知っていた気がします。今、思い出したんですが、私が健全性うんぬんと返した時に、鼻で笑いましたから」

そこで話を切り上げて部屋を出た。

抑え込んでいた怒りが全身を駆け巡っている。瀬戸一人が完全に蚊帳《かや》の外に置かれていた。そのくせ面倒な尻ぬぐいは押しつけられている。どうせなら、最初から巻き込めばいい。なのに堤は、「おまえには、いつも清廉潔白でいてほしいんだよ」ときれい事を言うのだ。

――あなたもジミーに体よく利用されているだけなの?

エリザベスの哀れむような表情が脳裏に浮かんだ。スマートフォンがまた振動した。今度は着信だった。

ディスプレイにはエリザベス・チャンとある。

第四章　光と影――現在

1

現在――。

二時間ほど眠ったら、すっかり目が冴えてしまった折原早希は、バーに行ってみることにした。午前二時半――普通のホテルなら、バーだって閉店する時間だ。こんな田舎町、朝までやっている店もない。

だが、今夜泊まっているホテルは別だった。酒はおろか、ステーキだってラーメンだって、明け方に食べられる。

バーには、数人の先客がいた。早希はカウンターの隅に腰を下ろすと、生ビールを注文した。

今日も一日大変だった。先輩記者と手分けして関門市の取材で駆けずり回った早希は、住宅街を歩き回り、何十軒ものインターフォンを鳴らして、取材協力を求めたが、大半は無視された。家に上げてくれたのはわずかに四軒で、しかも、さしたるネタは取れていない。

――あのリゾートができてね、町が見違えるように良くなったのよ。カジノ遊びはしたことないけれど、土日のたびにショッピングに出かけたり、ごちそうを食べに行くのが楽しみになったわ。

取材に協力してくれた五〇過ぎの主婦は、IR誕生を心から喜んでいるように見えた。念のために、「カジノ依存症で悩んでいるお知り合いはいませんか」と尋ねてみたが、「知り合いでカジノに行くような人はいない」と首を振るばかりだった。

ただ一人、隣人がカジノのせいで夜逃げしたと話してくれた老婦人がいた。しかし、話が支離滅裂で曖昧すぎた。試しに、隣家のインターフォンを鳴らしたら、白髪頭の男性が応じた。カジノの件を尋ねたら、「隣のばあさんがまた、つまらぬ噂を流したんだろう。あれは、頭がおかしいからな」と言い放たれてしまった。

関門市に取材に入って三日、ほとんど収穫がない。それに引き替え一緒に取材している他の二人は、連日良いネタを取ってきている。

二期上の原田は、中国人観光客のカジノ入場者が減り、地元民が増えたとかぐやリゾートの顧客担当マネージャーから談話を取った。

ベテランの島村は、ギャンブル依存症患者を、密かに北九州市の病院に隔離しているらしいという特ダネを手に入れた。明日は、関門と病院を結ぶシャトルバスに乗り込むと張り切っている。

二人には焦るなと言われたが、そうはいかない。そもそもこのネタの端緒は早希が取ったのだ。

門司港の埠頭から車ごと転落して一家心中した家族の自殺の動機が、カジノ依存症らしいというネタを摑んだ。警察は「そんな事実はない」と否定したが、近所の人たちから、夫婦のカジノ依存は異常だったという証言も取った。

その取材を元にスクープを打とうとした時だった。死んだ夫が競馬やパチンコにのめり込み、会社のカネを約五〇〇〇万円横領したのが発覚したことによる無理心中だと所轄署が発表したのだ。

それはでっち上げだと早希は食ってかかったが、副署長から「何の根拠があって、そんな暴言を吐くのか」と逆にやり込められた。

社に戻ると社会部のデスクに、警察は本当の動機を隠蔽している。それも含めて書かせて欲しいと談判したのだが、退けられた。

彼女の話を信じなかったからではない。

「サツにケチをつける以上、それなりの覚悟で、揺るぎない裏付けがいる。それを固めろ」と言われた。

お安いご用だと再取材をかけると、驚いたことに、近所の人たちが証言を翻《ひるがえ》してしまった。

結局、裏付けが取れないまま時間が経過した。そんな折に社会部長が、この際だから本丸に行って、カジノ依存症の実態を調べ、数回の特集でまとめてみろと言い出したのだ。

もちろん早希は取材班に志願した。

彼女の参加については、一家心中した家族の取材をしないという条件がつけられた。

絶対に取材しないと誓ったが、早希は時間を見つけては、関門市内のタクシー運転手やホテルスタッフに、一家心中した夫婦の顔写真を見せていた。二人を覚えている者は、今のところ誰もいなかった。何もかもが面白くなかった。

「今日は、ついてない日ですか」

いきなり話しかけられた。隣席に見知らぬ男が座っていた。

「驚かせちゃいました？　なんだか、思い詰めているようだったんで、負けが込んだのかと思って」

男は自分より少し年上のようで、なかなかのいい男だった。

「もしかして、ディーラーさん？」

白いドレスシャツの首元に外した蝶ネクタイがぶら下がっている。

「もう、今日の営業は終了しましたけどね。たくさん負けちゃったんだったら、僕がお詫びに、一杯おごります」

これは取材のチャンスかも知れないと思った。

「本当に？　じゃあ、甘えちゃおうかな」

「ぜひ。彼のシンガポール・スリングは絶品ですよ」

バーテンダーが近づいてきた。

「じゃあ、それをお願い」と返すと、ディーラーは一緒にジントニックを頼んだ。

「明日は、あなたに幸運が来ますように」と言って男は乾杯した。

シンガポール・スリングは格別においしかった。

「そっちは、どうだったんです？　しっかりと客からチップをむしり取ったの？」

男が目尻を下げて笑うと、チャーミングだった。

「その表現は、心が痛みますが、がっぽり稼ぎましたよ」

「それはおめでとう。どのテーブルにいるんです？」

「大抵はＶＩＰ室のバカラを受け持っています」

「一夜で、億単位のお金が動くってところね」

男がまた微笑《ほほえ》んだ。

「それは、マカオの話でしょう。ここではそれほど動きませんよ。でもね、自分の仕事は、ささやかなお国への貢献だと思ってるんですよ」

「どういう意味？」

「だって、お客様の大半は、中国人ですからね。彼らからカネをむしり取るということは、日本が潤うってことですよ」

面白い考えだ。これは、サイドストーリーでやれる。

「ディーラーは長いの？」

「もう一〇年ほどかな」

「じゃあ、海外で修業したわけだ」

「マカオとシンガポールで」

男の細くしなやかな指が、グラスを叩いている。

「やっぱり指の動きが優雅ねえ。私、テーブルにいるとそっちに気を取られることがある」

それはウソではなかった。実際にカジノで遊んでみないと、感覚は分からないぞと島村に言われて、一通りプレイしてみた。三万円があっという間に消えてしまった。

「この指が大金を稼ぐんだから、まさにゴールド・フィンガーね」

男はまた笑い、同じ酒を二人分お代わりした。

「最近、日本人客が増えたって聞いたけど」

「君のような美人の客がってこと？」

歯が浮くような台詞《せりふ》なのに、この男が口にすると気持ちが揺れた。

「お上手ね。私はともかく、日本人のお客さんが増えた印象があるわ」

「どうかな。僕のところは、中国人ばっかりだけどね。日本人はそう多くないと思うよ」

早希の感触では、日本語が至るところで飛び交っているが。

「一〇年もディーラーを続けるって疲れないの？」

「別に。なんで？」

「だって、毎日テーブルを挟んでゲームをして、客のお金をむしり取るわけでしょ」

「でも、僕らだって負けることもあるよ。それに僕は、客が勝って嬉しそうに歓声を上げるのを聞くのが好きなんですよ」

なるほど、そういう考えもあるか……。

「でも、依存症になるような人もいるでしょ」

不意に彼がまっすぐに見つめてきた。気持ちがざわついて早希は目を逸らしてしまった。

「いないとは言わない。でも、それを言い出すと、酒もタバコもそうでしょ。あるいはセックスも。人は欲望に負けてしまいがちだよね。常に一定数の人がその欲望に溺れるだろうけれど、大抵の人は切り替えて、また日常生活を送っている」

説得力があった。

「ここは、どう？　健全で健康なカジノが売りみたいだけど」

男はそこでタバコに火をつけた。

「なんだか、取材されている気がするな」

「取材だなんて、とんでもない。ただの好奇心よ」

横目でこちらを見た後、男は煙を吐き出し口を開いた。

「ここは、健全なカジノであるように、いろいろな工夫をしている。知ってるかい、ギャンブル依存症に詳しい心理カウンセラーや精神科医が、カジノ内を巡回しているの」

「本当なの⁉」

初めて聞く話だ。

「一応、社外秘だけどね。専門家が巡回して、ちょっと熱くなりすぎた人や、長時間プレイしている人には、休憩を取るように勧めているし、気分が悪くなったような人へのケアも丁寧だね。少なくとも僕は、この街でカジノ依存症になったという話を聞かないなあ」

まるで、ここの広報のような模範解答だった。警戒心が頭をもたげた。

「でも、一定数はいるでしょう。どこのカジノ街にも、依存症で悩む人はいるから」

それは、煙と一緒に聞き流された。頼みもしないのに、バーテンダーがチェイサーの水を二人分持ってきた。

「虎の穴ってとこ、聞いたことない？」

「何それ。プロレスラーを養成するところかい？」

言っている意味が分からなかった。

「そうじゃないわ。噂では、この町のカジノ依存症の人は皆、北九州の山奥にある病院に隔離される。そこを虎の穴って呼んでいるとか」

「笑えないジョークだね。じゃあ、君もそこに放り込まれないように、ほどほどにね」

男はスツールから降りた。

後を追わせる隙すら作らせず、男は背を向けた。

「あの、名前を教えて？」

記事にするとしたら、名前が欲しい。

男は振り返ると「チャーリーです」と答えた。

早希は仕事を忘れて、もう少し彼と飲みたいと思った。だが、あっという間に彼は扉の向こうに消えてしまった。

2

関係者通用口を通り抜けたところで、〝チャーリー〟は蝶ネクタイを取りはずし、ベストを脱いだ。扉の前で待っていた天城が、それらを受け取る。

「お疲れ様でした」

「首尾は？」

瀬戸はドレスシャツの第二ボタンまで外した。

「うまくいったようです」

あくまでも防犯上の理由から、ホテルやカジノ内には膨大な監視カメラが設置してある。ホテルの場合は、廊下やエレベーターに装備し、その気になれば、対象を完全にフォローすることも可能だ。

瀬戸はそれを利用した。ホテルかぐやに投宿している三人の記者のうち、折原という女性記者が部屋を出てバーで酒を飲んでいるという情報を聞くと、躊躇《ちゅうちょ》なく動いた。そしてバーで記者を引き留めておく間に、警備責任者に家捜しをするように命じたのだ。

捜索が完了したら、バーテンダーがグラスに水を注ぐことになっていた。それを見て、瀬戸は話を切り上げた。

もう少し記者をたらし込んで、ベッドで色々聞くというのも考えた。だが、彼女に魅力を感じなかったし、パソコンとカメラのデータをコピーできたのであれば、それ以上の深追いは「時間の無駄」と判断したのだ。

「お似合いですね」

エレベーターに乗り込むと、天城が囁いた。

瀬戸は無意識に、壁を指でリズミカルに叩いていたのに気づいてやめた。

「じゃあ、久しぶりにバカラのテーブルにでも立ってみようかな」

「だったら、私が勝負しに行きます」

天城は、なかなかギャンブルが強いという噂だった。

「いいねえ。全部むしり取ってやるよ」

投げつけた言葉を深読みしたようで、天城が身じろいだ。地下のオフィスの前に、警備責任者の田中《たなか》が立っていた。元警視庁公安部の警部だった人物を、堤がスカウトしたのだ。

「ご苦労様でした」

瀬戸の労《ねぎら》いにも、田中は表情を動かさず続いた。オフィスの扉を閉めると、田中は、フラッシュメモリ・スティックとSDカードを差し出した。

「ご指示通りパソコン内のメールを含むメモリをすべてコピーしました。デジカメのSDカードもコピーしてあります」

これで東西新聞がどの程度の事実を摑んでいるのかは分かるはずだった。

「名刺類は？」

「SDカードの中に。すべて撮影して写真データとして記録しています」

完璧な仕事だった。

「ご苦労さまでした。助かりました」

「お役に立てて何よりです」

言葉ほどは気持ちはこもっていなかったが、瀬戸は気にしなかった。

「あとの二人は、どうですか」

「ご指示があって以来、ずっと監視していますが、今のところ部屋で高いびきです」

引き続き監視して、可能なら彼らのデータも盗《と》って欲しいと言って、警備責任者を下がらせた。

瀬戸は、デスクトップコンピューターを起動すると、フラッシュメモリを開いた。

『文書』というフォルダーの中に、〝カジノ依存症特集〟というファイルをみつけた。一番古そうな文書を開いてみた。縦書きの記事原稿が現れた。

　カジノ依存の果て、一家四人心中
　門司港埠頭乗用車転落事故の真相
とある。

これが端緒か。

瀬戸は、天城を呼んで画面を見せた。

「知ってるか」

天城は眉間《みけん》に皺《しわ》を寄せて原稿を読んでいる。

「いえ」

「こんな記事が出たら、大事《おおごと》だな。結構調べ上げているのに、なぜ記事にならなかったんだろうか」

「分かりません」

考えられるのは、堤が手を回した可能性だ。

どうやら折原という記者は、こまめな性格のようで、心中事件が記事にならなかった経緯が、しっかりとまとめられていた。

「警察が庇《かば》ったのか……。福岡の警察にまで堤さんが『配慮』していたのか」

堤が山口県警や関門市を管轄する所轄に「配慮」しているのは知っていた。だが、心中が起きたのは、福岡県だ。福岡県警にまで手を回していたのだろうか。

「少なくとも私たちは何も聞かされていません。今、思い出したのですが、先々週、福岡県警の幹部が数人、お忍びで視察と称してＶＩＰルームで遊んで行かれました」

ならば堤はこの事件を知っていた可能性が高い。詳細は本人に聞いた方がよさそうだ。

折原の『文書』箱には、それ以外は特筆すべきネタはなかった。

続いて、メールの送受信記録をチェックした。萩本に取材した原田という記者のメールが数本見つかった。

〝顧客対応のマネージャーの話では、地元民からの中国人客に対する苦情が急増。

また、カジノ依存症についても、明らかにそれなりの実態を知っているという感触。

萩本は総理の血縁者のようなので、総理の恥となるようなことを野放しにして良いのかというアプローチで再度、アタック予定〟とある。

「当分の間、萩本には海外旅行をさせるんだ」

一緒に画面を覗き込んでいた天城は、その旨を手帳にメモした。

さらに原田は、複数のカジノ依存症の家族を捕まえたとも書いていた。

「それから北九州の虎の穴に送り込んでいる患者のリストがあるはずだ。大至急手に入れるんだ」

「それは、山中社長しか分かりません」

「だったら今すぐ山中を呼び出せ」

「連絡はついたのか」

天城が申し訳なさそうに首を振っている。

「今、電話しろ」

午前三時を過ぎていたが、シンガポールはまだ、二時過ぎだ。

「夜分に失礼します。天城です。はい、大変申し訳ありません。留守番電話にもメッセージを残した件ですが」

相手が不機嫌そうに怒鳴っているのが聞こえた。瀬戸は天城から電話を奪った。

〝一体、あんたは何様だ。そんなこと程度で人の安眠を邪魔するのか〟

「電話を代わりました、瀬戸です。山中さん、ことは一刻を争うんです。今すぐ、帰国してください。それと、虎の穴に関する資料がいますぐ欲しい」

〝瀬戸？　ああ、ＩＲ総研の瀬戸君かあ。君までいるのに、何の騒ぎです。気にしなくても、大丈夫ですから〟

その時、電話の向こうから女の甘えた声が聞こえた。

「何が大丈夫かは、私が判断します。もしかしたら、かぐやカジノにはまった挙げ句、一家心中した家族の記事が、今日か明日には東西新聞に出るかも知れないんです。しかも、連中は既に虎の穴の存在も知っている」

〝だから、大丈夫ですって。すでに、あの件は警察にも協力してもらって一件落着しているんだから〟

福岡県警への「配慮」は、この男の一存でやったのかも知れない。

「私は、堤から命じられて事態を収拾するように言われてここに来ているんです。あなたが、思っているような状況では、もはやありません。それに、チャン社長の耳にもこの事実は既に届いています。彼女は大変な剣幕ですよ」

山中が悪態をつく声が聞こえた。

「山中さん、今日の正午までにここにお戻りにならなければ、あなたの席はないと思ってください」

〝瀬戸君、それは脅迫かね〟

「何とでもとってください。とにかく、虎の穴の資料はどこです？」

社長室の金庫の中にあるという。

事態に勘付いたエリザベス・チャンは、三時間おきに電話をしてくる。マスコミにかぎつけられるなんて、なんという体たらくなのかと、彼女は激怒している。

――必ず収拾しますから、私を信じてください。

瀬戸は何度も宥《なだ》めているが、彼女の怒りは収まらないようで、現地入りするというのをなんとか思いとどまらせるので精一杯だ。それも時間の問題だろう。

次に島村という記者からのメールをチェックした。

こっちは、さらに気分が悪くなる情報のオンパレードだった。

島村はすでに、虎の穴に大量のカジノ依存症患者が送り込まれている情報を市民病院の看護師から摑んでいた。病院名も把握し、かぐやリゾートからシャトルバスが発着しているのも知っている。

その上、カジノの元従業員も探し出して、既に取材を終えていた。

いらいらが募る瀬戸は、最新のメールの文面を見てうめいた。

――デスクから、明日中に原稿をまとめるように指示が来た。俺が原稿をまとめるから、明日午後四時までに、原稿を俺宛にメールせよ。

最悪だった──。

3

午前一時前──空腹の限界を超えていた西尾はご贔屓のラーメン屋、王民《わんみ》に駆け込み、醬油《しょうゆ》ラーメンと餃子《ぎょうざ》、そして生ビールをまたたく間に平らげてしまった。勘定を済ませて店を出ると、青森県警や担当している所轄署に警戒電話《けいでん》を入れた。

まもなく最終版の締切だからだ。青森には全く無縁の版だが、全国ニュースが発生したら、それを押し込まなければならないため、この時刻の警電も欠かせなかった。

青森署の電話に出たのは、仲の良い巡査部長だった。

「西尾ちゃん、お疲れ。ほぼ、平穏かな」

妙に含みを持った言い回しが引っかかった。

「ほぼ、ってどういう意味です？」

「円山町元町長宅で、非常ベルが鳴ったのは知ってるよな。それ以外は平穏。じゃあな」

ほろ酔いが吹き飛んだ。西尾は通りに出るとタクシーを捕まえた。

「円山町まで飛ばして」

運転手がアクセルを踏み込むと、西尾はデスクの携帯電話を鳴らした。

「なんだ？」

眠そうな声が返ってきた。

「円山町の元町長宅で、非常ベルが鳴ったそうです」

「今、どこだ？」

「堤町《つつみまち》からタクシーに乗りました」

「現着したら、電話してこい」

西尾は、先ほど話した巡査部長の携帯電話宛にショートメールした。彼は青森署の盗犯担当刑事で、ベテランだ。ひょんなことで西尾に〝あるネタ〟をくれた。

〝お疲れ様です。今、現場に向かってるんですが、賊ですか〟

すぐに返事は来た。

〝不明。でも、どうやら例の悪戯《いたずら》みたいだぞ〟

「マジか！」

思わず叫んでしまったために、運転手に「何ですか」と尋ねられた。「なんでもない」と返してメールを返信した。

〝他社は？〟

〝知らないはず〟

このヤマを追っているのは、今のところ西尾だけのようだ。

青森市内を中心に類似事件が既に五件起きていた。いずれも、家人の不在時に忍び込み、何も盗まず、テーブルや椅子などを積み上げる悪戯を繰り返しているのだ。そして、その「積み木」の前には、勘亭流《かんていりゅう》のフォントで「悔い改めよ」と書かれた直諫の書がもれなく置かれてある。

警察が発表しないのは、盗犯事件でないのと、被害者が地元の有力者宅ばかりだからだ。先の刑事は、金持ちを特別扱いするのが嫌だとグチって、一緒に飲んだ時に、こっそりスマートフォンで数枚の写真を見せてくれたのだ。

すぐに原稿にしようとしたのだが、もう少し背景などを調べる必要を感じた。一応、デスクには相談したが、彼も同意見だった。

それが今日大きく動く！

最初の〝事件〟が起きたのは、三ヶ月前だった。夫人同伴で視察旅行にでかけていた青森市選出の県議会議員の自宅に、何者かが忍び込んだ。夫人の通報で所轄が駆けつけたのだが、「悪戯をされただけで、盗まれたものはない」と県議が追い返した。それでも「一応現場写真だけ撮らせて欲しい」と粘った青森署の盗犯係長の強い「要請」で、マスコミに絶対発表しないことを条件に、数枚の現場写真が撮影された。その写真には応接間のソファや肘掛け椅子を重ねた上に、ダイニングルームの椅子を積み上げてあったそうだ。

だが、この時は、「悔い改めよ」の書が、見つかっていないという。盗犯係長が、第二の「犯行」があった後、県議に事実確認をしたのだが、「そんなものはなかった」と強く否定したらしい。

第二の「事件」が起きたのは、その一三日後だった。今度は、青森中央銀行の頭取宅だった。頭取は男やもめで、当日は地元名士の会合に出席して、帰宅したのは深夜だった。帰宅した頭取を、天井まで積み上げられた家具のタワーが迎えた。その写真のコピーは西尾も持っている。そして、「悔い改めよ」と勘亭流のフォントで印刷された紙も。

頭取は「こんな悪戯をされる覚えはないが、ことは穏便に済ませて欲しい」と現場検証に訪れた刑事に告げたという。

第三がその一〇日後で、元警察官宅が狙われた。

西尾が事件を知ったのはこの時点だったが、これも表沙汰にはならなかった。そして、四番目の「事件」は、弘前《ひろさき》の大地主宅で起こり、最後が一七日前で、県第二の建築業者の専務宅だった。徐々に、「犯人」は腕を上げ、積み上げられる「オブジェ」は芸術的な趣すら感じられるようになった。この時は、オブジェの頂に熱帯魚の入った小さな水槽が載せられていた。

この五人の被害者の共通点を、西尾は見つけられなかった。警察も、今のところ「無差別の愉快犯」という見解のようだ。だから、相手を調子づかせないために、事実を伏せているという理屈だった。

西尾は何度もデスクに記事にすべきだと主張したのだが、すべての被害者が事件を否定しており、現場写真がない限り、記事にはしにくいと退けられた。

だから、今晩はチャンスだった。

「運転手さん、申し訳ないんですけど、事件なんで飛ばしてもらっても良いですか」

西尾は腕章を、運転席の方に差し出した。

「殺人事件ですか？」

「いや、でも、大事件なんですよ。だから、お願いします。タクシー代弾みます」

「よっしゃ！」というかけ声と共に、クルマはさらに加速した。

三〇分足らずで、タクシーは元鈴木邸に到着した。午前一時半を過ぎているのに、人が群がっている。パトカーの赤色灯が、真っ暗闇の住宅街の安眠を妨害していた。

西尾は、タクシーの運転手に一万円札を握らせると「待っててください」と告げて、腕章に腕を通した。幸運なことに、門の前には警官がいない。

西尾は玄関に繋《つな》がる石段を駆け登り、叱られるのを覚悟してデジカメを取り出した。ワンショットでも〝オブジェ〟を撮りたい。

玄関口にも人気《ひとけ》はない。

「失礼します」と小声で声をかけてから、家の中に入った。

まず、驚いたのは部屋中に煌々《こうこう》と明かりがついていることだ。鈴木元町長が破産した後も、ここは買い手がつかず、ずっと空き家だった。つまり、電気は停まっているはずだ。

警察が到着してから、電気を利用できるようにしたのか、それとも最初から明かりがついていたのかを調べなければ。足音を立てないようにして、廊下を進んだ。

人の気配がする部屋の入口で立ち止まると、西尾はシャッターを切った。シャッター音を消してあるので、誰からも咎められなかった。何枚か撮るうちに撮り方も大胆になって、最後の一枚は、部屋全体とオブジェが完全に撮れた。

カメラをケースに戻してから、部屋の中央に仁王立ちしている顔見知りの刑事に声をかけた。

「木村《きむら》係長、お疲れ様です。東西新聞の西尾です」

呼ばれて木村が振り向いた。

「よお、熱心だな。どうやって知った？」

定年まであと四ヶ月の盗犯のベテランは、メガネを少しずらして西尾を見た。

「近所からの通報ですよ。ウチは、鈴木元町長の不審死をずっと追いかけていますから」

当直の刑事から聞いたなどとはおくびにも出さずに答えた。

「それは凄い情報網だな。まあ、頑張ったご褒美に一枚ぐらい写真いいぞ」

「ほんとですか！」

カメラをもう一度取り出して、真っ正面から二度シャッターを押した。

「それにしても、こんな不安定な状態によく積み上げましたよね」

天井に届きそうなほどにテーブルや椅子が積み上がっている。そこに長い透明のビニールテープが、クリスマスのイルミネーションのように巻き付けられている。テープには、無数のカジノのチップが貼り付けられていた。

またもや、チップか……。

「例のメッセージは？」

「あんたの足下にあるだろ」

慌てて足下を見ると、眼下に「悔い改めよ」と書かれた用箋があった。その周辺にもチップがばらまかれている。

西尾はそれに向けてシャッターを切った。

「非常ベルが鳴ったそうですけど、ここって電気を使えないようにしてあったんじゃ」

「らしいな。でも、悪戯の主が使えるようにしたようだ」

木村係長は検証している警官から離れて、部屋の隅に移動した。

「あんな装飾のようなものは、今までもあったんですか」

「いや、今回が初めてだな」

今日の木村は、やけにサービス精神旺盛だった。

「空き家だったはずなのに、シャンデリアもそのまま、家具も残っていたんですか」

「誰か近親者に聞くしかないな。だが、さすがにこんなものを運び込んでまで悪戯をせんだろう」

部屋全体は薄汚れているが、まるで夜逃げでもしたように、大型のインテリアはほとんど残っていた。

「これって、発表されるんですか」

「それは、俺が決めることじゃねえから。でも、住居侵入だけだからね。被害届も出ないだろうし」

発表はやめてほしかった。既に、朝刊の締切時刻は過ぎている。頑張っても、夕刊にしか突っ込めないし、それまでに発表なんかされたら他紙に追いつかれてしまう。

「これって空き家に誰かが入って、悪戯しただけですもんね」

その通りだと言いたげに頷くと、係長はタバコをくわえて家の外に出た。

「で、おたくはどうするわけ？」

「出したいですけど、それを決めるのは僕じゃないんで。ちなみに目撃者とかいるんですか」

木村はうまそうにタバコを吸ってから、首を振った。

「過去五件と同一犯だとみていいですか」

「何とも言えないね。尤も、あんな悪戯を思いつく奴が、何人もいるとは思えんがね」

「もしかして、何か共通点は見つかったんですか」

木村の小さな目が、じっと西尾を睨《にら》んだ。

「それは、言えんなあ」

ということは、何かあるのか。

「まさか、カジノ関連ですか」

木村は黙って答えない。なぜ、否定しない。木村は若い記者が好きだ。彼が当直長の時に署に遊びに行くと、過去の武勇伝や事件をおもしろおかしく聞かせてくれる。石江《いしえ》にある自宅に夜回りをかけた時も、この「悪戯」事件に興味を持っている西尾に、色々とサジェスチョンをくれていた。なのに、今日は黙《だんま》りなのか。

木村と視線があった。

そうか！

事件が動き出したら質問をぶつけてもまっすぐには返さないと、事あるごとに木村から聞かされている。つまり、彼の答えは「イエス！」なのだ。

「せいぜい、けっぱれ！」

そう言って西尾の肩を叩くと、木村は邸宅に戻っていった。

タクシーに戻る途中でデスクに電話を入れた。

「鈴木元町長宅に入ったのは、例の愉快犯でした。どうやら過去の五件含めてカジノ誘致と関係しているらしいんですが」

「ほんとか！」

「盗犯係長に直当《じか》たりした情報です。でも、僕はあんまりカジノ騒動についての勉強が進んでなくて」

「そっちは、詳しい者に洗わせる。それより、写真撮れたか」

「ばっちり撮ってます」

「すぐ支局に上がってこい。夕刊でぶち上げる」

4

ベッドサイドの電話が鳴るまで、瀬戸は熟睡していた。

「連中が動き出しました」

受話器を取ると、警備責任者の田中が前置きなしに言った。

「ホテルを出たんですか」

「いや、館内のレストランに行くようです。朝食がてらに打合わせでもやるのでしょう。皆、ノートパソコンを抱えています」

原稿締切に向けての作戦会議ということか。

「彼らがどこにいるか分かったら、連絡をください」

ベッドから滑り出ると貧血を起こした。ふらふらしながらバスルームまで辿り着くと、熱いお湯で目を覚ました。

昨夜遅くに堤と相談して東西新聞の記者に接触する許可を得ていた。

地下二階のオフィスに行くと、既に天城が待っていた。天城の顔が腫《は》れぼったい。彼女の部屋を出たのは、ほんの三時間前だった。

「おはようございます。記者は、スカイに入ったようです」

最上階のレストランだった。

「一緒に来てくれ」

エレベーターに乗り込んだところで、天城が「失礼します」と言ってネクタイの歪《ゆが》みを直してくれた。

「カメラが捕捉できる席に、案内したんだろうな」

レストラン・スカイの一部の席は、監視カメラでモニターできた。

「そう聞いています。あと、萩本さんには、午後の便でシンガポールに行ってもらいます」

口の軽い人物は、地元から排除しておきたかった。

「元従業員の方は」

「ゲストハウスに閉じ込めて、事情聴取を始めています」

いずれカネを摑ませて、東西新聞の記者に話したのはウソだと言わせる必要があった。

「あとは、情報を漏洩した市民病院の看護師だな」

「今、調査中ですが、浅村さんの方で目星がついたそうなので、正午までには特定できるかと」

こちらは、カネで証言を翻《ひるがえ》させるのは難しいかも知れない。だが、患者の秘密を外部に漏らしたのは職務規定違反だし、地方公務員法違反でもある。

最上階に到着したところで、田中とスカイの副支配人が待っていた。

「一番奥の窓際の席に案内しました」

「声は拾えるんですか」

田中は首を横に振った。

ならば、突撃あるのみだ。

「田中さんは、少し離れた場所で陣取ってもらえますか。まあ、騒がれることはないと思いますが、他のお客様の目もありますから」

警備責任者は「承知しました」と返した。

「では、ご案内します」

レストラン・スカイは、約一二〇のテーブルがあり、最大七〇〇人を収容できた。今朝は、三分の二ほどが埋まっている。朝食はビュッフェ・スタイルで卵料理やベーコンの香りに混じって、キムチや中華料理の匂いも混ざっていた。客の間を見事にすり抜けて進む副支配人の後を、瀬戸が続く。

そして記者たちのテーブルよりも、二つ手前のテーブルに案内された。

「ご苦労様でした。ここからは私たちでやります」

副支配人を帰すと、瀬戸は暫くそこで記者たちを観察した。

昨日バーで会った女性記者は座っているが、他の二人はいない。全員が揃《そろ》ってから動くべきだと判断した。

「ＡＤＥ日本支社からマスコミ各社宛に、本日の午前一一時に、日比谷《ひびや》のザ・ペニンシュラ東京で、支社長による記者会見を開く旨のメールが送信されました」

天城がスマートフォンを差し出した。会見の表題は、「カジノ・リゾートにおける依存症問題とその対策について」とある。

これで準備は整った。

皿に料理を盛った男性記者らが席に戻ってきた。若い方の男性記者がフレッシュジュースを飲みながら新聞を開いたタイミングで、瀬戸は近づいていった。

「お食事中申し訳ございません。失礼ですが、東西新聞の方ですよね」

人の良さそうな微笑みを浮かべて、瀬戸は挨拶した。三人が驚いて互いの顔を見合わせている。折原記者と目が合った。

「あなたは」と言う折原の言葉を遮るように、瀬戸は名刺を差し出した。

「ご挨拶が遅れました。私、ＤＴＡの瀬戸と申します」

「ＤＴＡって、広告代理店の？」

年配の記者が尋ねた。

「はい。そこでＩＲ総研というカジノ運営のコンサルティング業務を担当しております」

「ほう、そうですか。いかにも我々は東西新聞の者ですが、何か？」

折原の目は怒っていたが、他の記者を前にしてはさすがに何も言えないようだ。

「東西新聞の記者の方が、関門市内で弊カジノ施設の弊害についてご取材をされていると耳にしたものですから。ならば、ご挨拶をした上で、私から皆様の疑問にお答えしようと思い、参上致しました」

「なんで俺たちが、東西新聞の記者だとわかったわけ？」

若い方の男性記者——確か原田と言ったはずだ——が、ぞんざいな口調で尋ねた。

「お三方とも、派手に取材されていたのですから、誰だって分かります」

「派手にだって！　言ってくれるなあ」

原田は心外そうだったが、島村という記者の方は、しかめっ面のままだ。

「悪いが、おたくに説明をしてもらう必要はないよ。食事の邪魔だ。下がってくれないか」

「これは失礼致しました。ただ、既にお聞き及びかと存じますが、弊カジノにおけるカジノ依存症の問題について、本日午前一一時より、ザ・ペニンシュラ東京にて、運営会社である

ＡＤＥ日本支社長が記者会見を開きます。そこで、ご懸念はすべて解決されるのではないでしょうか」

「記者会見だって！　そんな話聞いてないぞ」

背後から天城が進み出た。

「失礼致します。私は、かぐやカジノで広報を担当しております天城と申します。ＡＤＥの記者会見については、つい今し方、マスコミ各社に連絡が行ったようです」

「会見の中身は？」

島村が警戒心を強めている。

「関門市におけるカジノ依存症の現況と、その対策についてです」

「それは、かぐやカジノに、依存性があると認めるということか」

「カジノに依存性があることは、別に弊カジノが認める必要もありますまい。既に、世界中で言われていることとです。ただ、実数から致しますと、弊カジノは世界の最低水準以下です。また、原則的に弊カジノは地元の皆さんのご利用を制限しております。それを、さらに厳格化することになります」

関門市民がカジノに入場できるのは一日五時間以内、週一〇時間以内という規定を、カジノ開業の際に関門市と結んでいた。さらに、市民以外の日本人来場者も、一日七時間以内という規定を設けている。

「それはあんたらの見込みが甘く、多くの市民をカジノ依存症にしてしまったからだろ」

「先程も申し上げましたが、関門市民のカジノ利用者のうち依存症率は三％程度です。これは世界でも最低レベルです。パチンコや競馬、競輪よりもはるかに低い」

昨夜の打合わせで堤とせめぎ合ったのは、関門市でもカジノ依存症に苦しんでいる市民が存在することを認めるべきだという点だった。世界中にカジノは存在するが、地元民が遊べるカジノで、依存症がゼロだったところはない。むしろいるのが自然なのだ。ならば、隠さない方が得策だ。それにカジノ依存症となった市民の総数は少ないのだから、そこをアピールすればいいのだ。さらに、とどめがあった。

「皆さんは北九州にあるギャンブル依存症の専門病院を、『虎の穴』などと評して、まるで強制収容所のように誤解されておられます」

「誤解じゃないだろ。あれは、明らかに強制収容所だ」

見たこともないくせに、断言された。

「本日の東京での発表には、その点についても言及致します。ＡＤＥとＤＴＡは、関門市に日本初のカジノを開業できたことに深く感謝し、その恩返しとして、万が一カジノ依存症という問題が発生した場合のケアのために、北九州市内に専門病院を開設致しました。ただ、通院者のプライバシー保護のために、敢えて存在を公表しませんでした。しかし、あなた方のように誤解を招くリスクを鑑《かんが》み、本日、病院の存在も公表することと致しました」

マスコミ対策の最大の要諦は、隠し事をしないことだ。

バレそうなら、「先に発表する」。

「なあ、瀬戸さんとやら。あんたら、ちょっとやり方が汚すぎやしませんか」

島村は腹に据えかねているようだ。

「お言葉ですが、カジノ依存症は存在します。ただ、かぐやカジノの場合、その数は極めて少ない。にもかかわらず依存症専門病院を独自で開業したのです」

「江田《えだ》さん一家はどうなるんです！」

初めて折原が口を開いた。

「失礼ですが、江田さんご一家というのは？」

「夫婦がカジノにハマって破産し、幼い子ども二人を道連れに一家心中したんです」

「私どもは、その事実を存じ上げません」

折原が唇を強く結んで、瀬戸を睨んでいる。

いくらでも睨めばいい。あんたらが握った程度の事実なんぞ、もはやスクープでも何でもない。

5

羽田空港に向かうタクシーが首都高山手トンネルを抜けたところで洋子の携帯電話に、西部本社の福原征子から連絡が入った。彼女は今朝、西部本社から関門市に先乗りしている。

「ADE日本支社長が午前一一時から日比谷のザ・ペニンシュラ東京で、記者会見を開くのはご存じですか」

「いえ、初めて聞く。それは予定されていた会見なの？」

「どうやら我々のカジノ依存症取材が露見したみたいで。それを潰すための電撃会見のようです」

いかにも元週刊誌記者らしい言葉選びのため、一層インパクトがあった。

「会見の具体的な内容は？」

「カジノ・リゾートにおける依存症問題とその対策について、だそうです」

スクープ潰しのために、大胆な策を打ってきたわけか。

洋子は腕時計で時刻を確かめた。午前九時四二分だった。

「運転手さん、行き先を日比谷のペニンシュラホテルに変えてもらえませんか」

運転手はすぐに、ウィンカーを出して大井《おおい》南《みなみ》出口で高速を降りた。

「私は、会見に出る。それで、西部本社チームの取材はどんな感じ？」

「結構厚く取材しています。しかし、ＡＤＥが北九州市の病院を密かに買収して、そこに依存症患者を隔離しているというネタは、この会見で潰されます」

「明日の朝刊でぶち上げる予定だったのよね」

「そう聞いています。一番のスクープになるはずだったのに」

「じゃあ、予定通り出稿してもらいましょう。かぐやカジノは会見を開いて、ウチの独材を潰そうとしているんだろうけど、そんなものは無視して書けばいいと思うの」

タクシーは、再び首都高に乗った。

「でも、記事のバリューは落ちますよね」

「それはやり方次第。そのあたりは、私が西部本社のデスクと相談する。だから、渾身の原稿を書くように伝えて頂戴」

「分かりました！　みんなに伝えます」

福原の声が弾んだ。

「それと関門市でも正午から同様の会見があるそうです。こちらは、関門市の主催ですが」

「それも、原稿にして」

次にカジノ取材班のキャップに電話を入れた。

「西部本社社会部島村です」

「結城です。素晴らしい取材をしたそうじゃないですか」

「いや、相手に先回りされて、不覚を取りました」

「大丈夫。いくらでも挽回できます。くれぐれも出し惜しみしないで、門司港の心中事件から洗いざらい書いて出稿してください」

戸惑っているのだろう。鼻息だけが返ってきた。

「それは無駄では？」

「でも、収穫には自信があるんでしょ」

「もちろんです。我々はかなりいい線をいっていると思います」

「ならば、しっかり書いて。そこから先の問題は、私が解決する」

東西新聞記者研修センターの直井のデスクに連絡した。

「もう羽田ですか」

「今、大井町でUターンして、日比谷に向かっている」

「じゃあ、ＡＤＥの支社長の緊急会見はご存じなんですね」

洋子はこれまでに得た情報を、直井に伝えた。

「なるほど、面白い展開じゃないですか」

「佐々木君にもペニンシュラに来るように伝えて。それと、経済部でカジノに詳しい記者と、社会部か生活文化部でギャンブル依存症に詳しい記者を探して確保して欲しい。サイドストーリーで、日本のギャンブル依存症について紹介したい」

直井は、結城局次長の権威を振りかざして行かせますと言って電話を切った。

6

新聞記者の名刺で開けられない扉はない――という都市伝説のようなものがある。すなわち、たとえ大学を卒業したての新人記者であっても、新聞社の名刺があれば、誰にでも会えるという意味だ。

だが、入社して半年近くが経つが、西尾はそんな待遇を受けたことがなかった。いつもハエのように追い払われてばかりで、門前払いの数は一〇回はくだらなかった。

それだけに、青森一の地銀、青森中央銀行本店で、「折り入ってお話を伺いたいことがある」と受付で名刺を渡して、アポなし取材を申し込んだ時は、緊張のあまり舌がうまく回らなかった。

しかも、受付に依頼する際に「この封筒の中のものをご覧になれば、必ずやお会いになってくださいますから」と例のオブジェの現場写真を入れた封筒を託したので、全身を冷や汗が流れていた。

既に夕刊一面を飾る原稿は出稿済みだった。オブジェの写真と二〇〇行余りにも及ぶ原稿量が掲載される。無論、初めての経験だった。

自分の原稿が全国版の一面を飾るなんて！

大先輩の船井がカジノ誘致問題についての背景記事を書いてくれたことで、単なる悪戯に過ぎなかった事件記事が、大事件としての構えを持った。

深夜の青森を揺るがす〝オブジェ魔〟出現！

被害者を繋ぐ円山町カジノ誘致騒動！

鈴木元町長の変死事件とも関連か
組み上がってきた早版のゲラの見出しを見て、西尾は興奮のあまり鼻血が出た。

そのさなかの午前九時過ぎにデスクから、五人の被害者のコメント取りと、犯人についての目星を突撃取材せよという命令が下った。

西尾に振り分けられた被害者が、青森中央銀行頭取と建築会社の専務だった。

残念ながら、建築会社の専務は海外出張中で不在で、西尾は何としてでも青森中央銀行頭取に会おうと気合いを入れてやってきたのだった。

取材を申し込む際に写真を見せよとアドバイスしたのは、船井だった。

――相手をびっくりさせて潜り込むんだよ。大丈夫、あの写真を見たらそのまま追い返せないから。

怪しい詐欺師の雰囲気がぷんぷんする船井だったが、デスクですら一目置くところがあって、一緒に指示を受けていた県警担当のサブキャップも素直に頷いていた。

「西尾さま、大変お待たせしました。五分ほどではございますが、頭取がお目にかかります」

受付嬢に告げられた後は、すぐに秘書室長という肩書きの冷たそうな男に引き継がれた。

最上階の奥にある部屋に案内された。プレートに頭取室とある。

慌てて髪を整え、歪《ゆが》んだネクタイを締め直して、秘書室長に続いた。

「恐れ入りますが、五分間でお願いします」

普段の取材先と異なる厳格な雰囲気に飲まれた西尾は、秘書室長の念押しに小さく頷くのが精一杯だった。

部屋に入ると大きな窓の手前にデスクがあって、そこに大柄な年寄りが座っていた。これが頭取か。

鼈甲《べっこう》縁の眼鏡を外して頭取が立ち上がった。

「思ったよりもお若い方がいらしたんですな。安西《あんざい》です」

金色のロゴマークが箔押しされた名刺が差し出された。

「突然お邪魔致します。東西新聞青森支局の西尾と申します」

「おいくつですかな？」

「は？」

名刺を交換するなり安西頭取が尋ねてきたが、その意味が分からなかった。

「君の年だよ、年齢」

「あっ、二二歳です」

「いやあ、若者は怖いもの知らずでいいなあ」

畏まっている秘書室長を一瞥して頭取は高らかに笑った。ますます重圧を感じたが、何しろ五分しかないのだ。西尾はさっそく用件を切り出した。

「突然、お邪魔させて戴いたのは」

「おい君、新聞記者だろ。正しい日本語をつかいたまえ。お邪魔させて戴いたという言い方はない」

やりにくい……。

「失礼しました。突然お邪魔したのは、今朝方、円山町の元町長である鈴木一郎さんの元宅に賊が入りました。その者は、何も盗《と》らず、ただ家財を利用して奇妙なオブジェを応接間に積み上げて『悔い改めよ』というメッセージを残していきました」

「それがどうしたのかね」

　大きな目で睨まれた。

「この賊は、安西さんのお宅に侵入した者と同一人物である可能性が高いとみられておりまして」

「何の話だね」

「六月十三日、午後一一時一四分、空き巣が入ったという通報をされていますね」

「だから、何の話だと聞いているんだ」

　声に凄みがあった。だが、ここは怯《ひる》むわけにはいかない。

「これまでに六件発生してるんです。我々の取材で、被害者のいずれもが円山町のカジノ誘致騒動の当事者だということが分かったのですが」

「貴様！　何を言ってるんだ!!」

　いきなり頭取は仁王立ちして怒鳴った。

「事実をお認めになりますよね」

「私は、そんな空き巣にあったことはないし、円山町のカジノ問題はとっくに終わった話で、他人から非難されるような後ろめたいことは何一つない！　今すぐ出て行きなさい」

知らない間に、二人の警備員が背後にいて、西尾の腕を摑んだ。

「もし、その空き巣事件の記事で、私やウチの銀行の名前が出た時は覚悟しておけ」

いや、もうすぐ夕刊が配られる。企業や個人名は伏せてはいるが、それなりに推理を働かせれば、誰かは分かるような書き方をしている。

「後ろめたいことが何もないのに、どうして怒ってらっしゃるんですか。私は、別に失礼なことを申し上げたわけではないと思いますが」

言い終える前に、西尾は頭取室から文字通りつまみ出され、警備員に一階まで連れて行かれた。

物々しい状況に、ロビーにいた客の注目を浴びた。それでも、警備員は西尾を離してくれない。ようやく本店の敷地を出たところで、解放された。

「お見送りを感謝します」と言う声はかすれていた。

警備員は、西尾がその場を立ち去るまで睨み続けるつもりのようだ。

致し方なく、西尾は歩道を支局の方角に歩き出した。

そして、交差点の角を曲がったところで、しゃがみ込んだ。膝から下に力が入らなかった。

今、ようやく張りつめていた緊張が解けたのだ。

一体、なんだあの怒り様は。だったら、どうして面会を許したのだ。最初から門前払いにすればいいものを……。

その場にへたり込んで、西尾はスーツの胸のポケットに差し込んでいたＩＣレコーダーを引っ張り出した。録音中の赤ランプが点《とも》っていた。

安西頭取が会おうと考えたのは、あの現場写真に反応したからだ。なのに、カジノの話をした途端、いきなりぶち切れた。つまり、そこまで追及されるとは、思っていなかったということか。そして、その話は頭取の急所なのだろうか。

青森中央銀行は、カジノ開発に関わる企業に積極的に融資をしただけではなく、関連会社を使って、カジノ従業員用地など不動産を買い占めたという。さらに、自社が多額の出資をしている地元新聞社とテレビ局を焚《た》きつけて、カジノ誘致反対派を潰し、地元民にカジノ歓迎のムードを煽《あお》ったという話もある。

——結局、自分たちも大損したので、カジノ誘致に失敗した時は、いの一番に被害者面して、鈴木元町長の責任追及をしたんだ。その張本人が安西頭取だよ。

カジノ誘致騒動の顚末をレクチャーしてくれた船井によれば、「オブジェ魔」の被害者はカジノで欲をかいた、いわば「戦犯」だそうだ。

今の安西のキレ方を見ていると、本当なのかもしれない。
とにかく、デスクに報告せねば。
iPhoneを取り出すと、船井から数回着信があったので、先に折り返した。
〃ああ、西尾君？　首尾は如何《いかが》でしたかな〃
「えっと、頭取には会えたんですが、カジノの話を始めたら、激怒されちゃって。殺されるかと思いました」
〃それはお気の毒。でも大収穫じゃないですか。それ、原稿にして送ってくださいよ〃
「怒鳴り散らされたことをですか」
〃それだけじゃなく、怒った経緯と、カジノについて頭取がわめいた言葉ですよ〃
なるほど。意味深なコメントになるかも。

7

日比谷のホテル、ザ・ペニンシュラ東京の記者会見場は、閑散としていた。

洋子は、最前列の席に意外な顔を見つけた。

「直井君、どうしたの」

ノートパソコンを見つめていた直井が顔を上げた。

「お疲れ様です。急な招集で、経済部でカジノに詳しい奴が来られないっていうんで、特別に出張《でば》ってきました」

「それは頼もしい。それにしても、思ったより人が少ないわね。寂しい会見になりそう」

「日本で四番目の外資系テーマパーク計画決定の会見とぶつかっているんですよ」

それは我が社にとって幸運かも知れない。

「この雰囲気なら、大きな記事にする社はなさそうね。私たちががっつり戴くわよ」

「それにしても、凄いことをやりますねえ。ウチが明日の朝刊で特ダネを打つ直前にこの手回しですから」

直井は心底感心している。

「それだけ不都合な真実があるという証拠でしょう。この会見で支社長がどこまで持ちこたえられるのか楽しみだわ」

「結城さんが、前にIR問題に取り組まれていた時、エリザベス・チャンに単独インタビューしたでしょ。その記事、見つけましたよ。ほら、彼女は『ADEのカジノは健全こそが売り物で、依存症なんて起きた例はない』ときっぱりと断言してますよ」

直井がディスプレイを洋子の方に向けてくれた。本当だ、そう書いている。

ストレスが原因で社内で倒れた上に婦人病を併発した結果、洋子の記憶はまだら模様で飛んでいる。エリザベス・チャンに単独取材していたのも忘れていた。

「お恥ずかしいけど忘れてたわ。私も案外いい仕事してたのね」

直井は、洋子の病も後遺症についても知っている。

おかげで、彼はさりげなく洋子の記憶を喚起してくれる。今もさっそくこの記事の概要をメールしてくれた。

記事中、洋子は「日本で、カジノを合法化するには多くの障害があると言われているが、それでも日本へのカジノ進出を進めるのか」とチャンに尋ねている。

チャンの答えは明快だった。

――もちろん。先進国で、カジノがないのは日本だけなのよ。それは、日本がカジノを〝賭博〟と考えているから。でも、カジノは、ファッショナブルでファンタスティックなエンターテインメントよ。欧米のハイソサエティは、そういう文化として楽しんできた。だから、私は日本のカジノアレルギーを解消するためにも、ひと肌脱ぎたいと思っているの。

――カジノは、ギャンブルではないと?

――エンターテインメントよ。ほら、千葉や大阪にあるテーマパークで遊ぶのと同じ。私たちＡＤＥが運営しているカジノはね、言ってみれば、日本のおとぎ話に出てくる竜宮城のようなもの。

でも、浦島太郎はその竜宮城で時の経つのも忘れて遊びふけった挙げ句に、老人になったのだと、洋子はインタビュー記事の地の文章で皮肉っている。

そうだ、この独占インタビューをセッティングしてくれたのは、鈴木元町長だった。チャンの緊張感がほぐれた時に、洋子はギャンブル依存症の話をぶつけた。日本でも既にパチンコなどの依存症が深刻な社会問題になっている。カジノにも同様の依存症が報告されているがと踏み込んだのだ。

——我々のカジノとは関係ない話でしょ。私は日本の「ほどほどの精神」を尊重しているの。だから、私たちのカジノで夢中になりすぎないように様々な工夫やケアを行っている。ＡＤＥのカジノは健全性こそが売り物で、依存症なんて起きた例はありません。

そして、最後にチャンは「結城さんご自身がぜひ一度弊社のリゾートに遊びにいらっしゃいな。そうすれば、あなたの懸念がすべて杞憂《きゆう》だと分かるはずよ」と締めくくって、悠然と部屋を後にしたのだった——。

最後にいきなりハグをしてきたチャンの香水の匂いまで思い出した。

「すいません！　遅くなりました」

隣に滑り込むように座った佐々木の声で、洋子は現実に引き戻された。

「お疲れ様。急に呼び出して悪かったわね」

「とんでもありません。青森の事件、面白そうですねえ。以前見た映画を思い出しました」

「『ベルリン、僕らの革命』だろ」

直井も見ていたのか。そして、皆、同じことを連想する。

「そうです。でも、まさかあんな映画のコピーキャットが、日本に出現するなんてびっくりですよ」

雑談していたら、ようやく記者会見が始まった。

ADE日本支社長は、中村《なかむら》太郎《たろう》という台湾から日本に帰化した人物だった。押し出しの強そうな中村は、満面の笑みで会見に臨んだ。

「本日は、急なご連絡にもかかわらず、多くのマスコミ関係者にお集まり戴き、感謝します」

二〇人しかいないのに大勢というのも虚《むな》しい話だが、苦笑すら漏れない冷めた会見で壇上に立つのはさぞ辛いだろうと洋子は同情した。

「さて、おかげさまで山口県関門市にオープンしましたかぐやリゾートも大盛況の内に、まもなく丸三年を迎えます。この間の来場者数は、既に五〇〇万人を突破しました」

直井からメモが回ってきた。

〝他社情報ですが、入場者数が伸び悩んでいて、目標の一日五〇〇〇人の来場者見込みが、実際は二〇〇人にも満たないとか。だとすると、二〇〇万人以下なんですけどね〟

その程度の「水増し」は、気にもしないのだろう。

「そんな中、我々が予想もしていなかった事態の発生が判明致しました。それは、想定では一％以下と考えていたカジノ依存症を病まれる方が、実際にはもう少し多いようだという事実です」

自社のカジノでは、依存症は絶対に起きないと断言していたくせに、当初の想定が一％以下では、話が違うじゃないの。

「そこで今年一月、お隣の北九州市で経営難に苦しんでいた病院を買い取り、『かぐや心とからだのケアセンター』を設立致しました。もっとも治療される方のお気持ちに配慮して、病院の存在を敢えて伏せて参りました」

よくもぬけぬけと言えたもんだわ。

「しかし、諸般の事情から、病院の存在を含め、関門市におけるカジノ依存症の現状と対策の取り組みについて、公表すべきであると判断し、本日の会見となりました」

そこで、資料が配付された。

数枚の資料の半分は、誇張されたかぐやリゾートの実績が記されていた。その後ろに、「さらなるケアの充実」として、カジノ内を巡回する医師やカウンセラーの配備、さらには、日本人来場者の一日当たりの遊興時間を、これまでの一日七時間から六時間に短縮し、関門市民は二日連続の来場を禁止するともある。

西部本社のカジノ取材班の話では、この入場制限は非常に杜撰《ずさん》で、彼らが取材した中には、三六時間連続でプレイしていた市民までいたという。

もう一つ驚いたのは、「かぐや心とからだのケアセンター」なる病院で、治療を受ける患者の発症原因分類表だった。

それによると、大半がパチンコ依存症患者で、続いて、競馬、競輪と続き、カジノは全体の一〇％ほどに過ぎないとある。

支社長は、配布された資料を丁寧に読み上げた。そして、「質問はありますか」と口にした途端、佐々木が手を挙げた。

「心とからだのケアセンターの存在を今まで公表されなかったのは、患者の方の気持ちに配慮されたとおっしゃいました。では、今はもう配慮の必要がなくなったということでしょうか」

小さな笑いが会場に起きた。

中村支社長は困ったように舞台の袖に目を遣った。よく日に焼けたスーツ姿の男が、近づいてきて耳打ちした。

「失礼しました。公表したのは、関門市からの要請を受けたためです」

支社長の答えに、佐々木は納得しなかった。

「具体的にはどのような要請があったのでしょうか」

再び支社長は先程の男を呼んだ。同じやりとりがあった。洋子には、その男に見覚えがある気がした。ほとんど覚えていないが、確かに以前どこかで会ったということだけは、確信があった。

「経緯はよく分かりませんが、公表すべきではないのかというご意見だったので、それを受け入れました。それ以上の詳細については、関門市の方でお尋ねください」

佐々木はさらに質問を続けた。

「ケアセンターでこれまでに治療を受けた患者の総数を教えてください。それと、発症原因ですが、これはどのように分類されたんでしょうか」

「人数については、現在調査中です。分かり次第、改めて発表します。それと、分類については、患者さんへのヒアリングによるものです」

佐々木がさらに粘ろうとしたら「お一人でマイクを独占しないで、他の方にもチャンスを与えてください」と拒絶された。すかさず、直井が手を挙げた。どうやら他に挙手がないらしく、渋々佐々木の隣に座っていた直井が指名された。

「心とからだのケアセンターでの治療費は、どうされているんでしょうか」

再び、例の男が耳打ちしに来た。

「失礼しました。すべて弊社が負担しております」

「それは太っ腹だなあ。それって、後ろめたいところがあるからじゃないんですか」

「根拠のない邪推は失礼ですよ、あなた」

「だったら、それが私の邪推じゃないという証明をしてくださいよ。ケアセンターを訪れる患者の中で、カジノ依存症の可能性が考えられたのは、全体の一〇%程度なのに、他の九〇%の患者の治療費も負担しているというのは、合点がいきませんよ」

「我々の社会的責任感からです。関門市と弊社は共にかぐやリゾートを通じて、日本一幸せなまちづくりを目指しています。その一環です」

言ってくれる。

直井は呆れて笑っているが、それ以上は尋ねなかった。代わって洋子が手を挙げた。

「東西新聞の結城洋子と申します。五年前に、御社の会長であるエリザベス・チャンさんにインタビューしたことがあります。その時、かぐやリゾートでどれだけ遊んでも依存症には絶対にならないと断言されました。なのに、本日の会見で支社長は、かぐやリゾートにおける依存症発症率は一％以下を想定していたとおっしゃいました。矛盾していませんか」

また、支社長は男に助言を乞うた。

「失礼ですが、なぜ、支社長は何もご存じないんでしょうか。ちなみに、さっきからアドバイスされている方はどなたですか」

支社長の耳元で囁《ささや》いていた男が、洋子を見た。目が合った時に、もう少しで相手が誰か思い出せそうだった。

「ＩＲ総合研究所代表の堤と申します。今回の実態調査の責任者を務めておりまして、そこで先程からお見苦しいところをお目にかけております」

思い出した！　広告代理店ＤＴＡのＩＲ担当だ。

支社長が慌てて口を開いた。

「日本以外では、カジノ依存症患者の報告は、ほぼゼロであるのは事実ですが、なぜか関門市はそれより多い。そういうことです」

「つまり、日本人はカジノ依存症になりやすい体質だとおっしゃりたいんですね」

それには答えず、支社長は記者会見を切り上げた。

8

「一体、どういうことかね。いつ、ウチが病院の存在をオープンにして欲しいと、あんたらに頼んだんだ！」

控え室に入ってくるなり市長が怒鳴った。

瀬戸と天城はシンガポールから帰国した山中と細かい打合わせをしている最中だった。

「何事ですか、市長」

山中が市長を宥《なだ》めた。

「東京の記者会見を聞いてないのか。虎の穴の存在を公表したのは、関門市からの要請があったからだとお宅の支社長は言ったんだよ。もちろんそんな事実はない！　そもそも、関門市民にカジノ依存症は一人もいない。そういう話だったろうが」

市長はいかにも市役所職員から叩き上げで上り詰めた小役人あがりという印象だった。それが、今は目を血走らせて吠えている。

「いや、ごもっともです。けどね、事情が変わったんですよ。それは市長も了解してくれたわけでしょ」

山中は必死で宥めようとするが、市長は怒りが収まらないようだった。

「市長、これは総理のためでもあるとお考え戴けませんか。東西新聞のスクープを潰すためには、これしか方法がなかったんです」

「君は、瀬戸さんでしたっけ。あんたらは、二言目には、総理のためだと言うがね、カジノ依存症がゼロだと聞いたから、我々も総理もカジノ誘致を認めたんだよ。その信頼を裏切っておいて、何が総理のためですか。恥知らずにもほどがある！」

この男は、そんな絵空事を本気で信じていたのか。それならよほどのうすのろだな。

そもそもギャンブルと、依存症は表裏一体だ。それが人間の弱さだからだ。したがって、依存症ゼロのカジノなどというのは、ファンタジーなのだ。

もっとも、市長としては立場もあるし、市民への責任もある。

「最後はカネを握らせて黙らせろ」と、堤は前時代的なことを言っていたが、さすがに市長相手ではもう少し高等手段が必要だった。

「毛利《もうり》さん、記者会見まであと一〇分しかありません。ここは落ち着いて、お話をしませんか」

天城はそう言うと市長の手を取ってソファに誘った。

「特製の梅昆布茶をご用意しています。まず、これを」

天城が茶碗に梅昆布茶を注《つ》いだ。彼女の落ち着いた口調につられて、市長は両手で茶碗を抱えて一口すすった。

それでようやく人心地がついたように見えた。

瀬戸は暫く天城に任せることにした。

「このたびは、私たちの不徳の致すところで、市長にご不審を抱かせてしまいました。まずは深くお詫びします。本当に申し訳ございませんでした」

彼女が頭を下げたので、山中も瀬戸もそれに倣った。

「いや、佳織ちゃん、今回ばかりは、君が頭を下げてもダメだよ。私は総理に顔向けができない」

「おっしゃるとおりです。それは我々も同じです。そこで、弊社の堤が総理に平にお詫びした上で、今回の対策を練ったんです。落ち度は我々にあります。しかし、今後も日本一幸せなまちづくりを続けるためには、市長の寛大なご対応が必要なんです。どうかお力添えください」

天城は、市長の前の床に跪《ひざまず》いてまた頭を下げた。

「佳織ちゃん、土下座なんてよしなさい。私もちょっと度が過ぎていたかもしれない。この会見の意図を総理もご存じであるなら、私としてもひと肌脱ぐのはやぶさかじゃない。とはいいえ、依存症はないとずっと市民に言い続けてきたんだ。今回の件を認めると、私がウソをついたことになる」

「本当におっしゃるとおりです。そこで、ご提案があります。心とからだのケアセンターでは、ギャンブル依存症の恐れのある境界線の方を含めて治療しているのが現状です。そして結果として、カジノ依存症と判明した患者はおらず、すべて水際で防いでおります」

「それは、本当かね？」

「私たちは、センター長からそう報告されています。深刻な依存症は、パチンコや競輪、競艇、競馬が原因でした。あるいは、違法賭博ですね。カジノではそこまで深刻な方はいらっしゃらなかったそうです」

大ウソなのだが、センター長がそう言っているというのだから、市長には朗報だろう。

瀬戸は、すぐバレるようなウソはやめるべきだと堤に強硬に反対したが、「日本にはカジノ依存症などない。それを貫け」と突っぱねられた。

「そうか……。水際で防いでいるのだね。いやあ、それはよかった」

鬼の形相《ぎょうそう》だった市長がお人好しの老人の顔に戻った。

「しかも、境界線の方もカジノ来場者の三％程度です。市民にこのセンターの存在を告知した方が、市民の助けになると市は判断したとおっしゃって戴ければ……」

「なるほど。それなら、市民のために良いことをしているね。分かった。それならいいよ。うん、それならいい」

山中が両手で市長の手を握りしめた。

「市長、寛大なご理解ありがとうございます。改めて、お礼致しますが、本当に感謝に堪えません」

「いや、私の方こそ、怒鳴り散らしてしまって申し訳なかった。じゃあ、会見会場で」

市長は上機嫌で部屋を出て行った。山中はご一緒しますと、市長に続いた。

「ありがとう、佳織。大健闘だ。堤さんにも伝えておくよ」

褒めちぎられて天城は嬉しそうに笑った。

「でも、何とかご理解戴けてよかったです。ただ、瀬戸さんがおっしゃったとおり、いずれこんな薄っぺらいウソはバレます。その時が怖いです」

そこで瀬戸は、天城を引き寄せて、強く抱擁した。

「その時にまた考えればいい。佳織、本当にお手柄だ」

ドアがノックされる音で、二人は離れた。

「失礼します。東西新聞の夕刊が届いたので、お届けに参りました」

今朝、ようやく東京から移動してきた部下の小池が、能天気に数枚のA4用紙を差し出した。東西新聞のネットニュースをプリントアウトしたものだ。

「なんだ、これは」

最初に目を引いたのは、縦長の大きな写真だった。家具が部屋の中に積み上げられている。

「面白い事件っすよね。青森県民もなかなかイケてる悪戯しますよ」

それに天城も反応して紙面をのぞき込んだ。

「円山町の鈴木元町長宅って」

見出しに「被害者を繋ぐ円山町ＩＲ誘致騒動！」とある。

「まじっすか」

一緒にのぞき込んできた小池の頭を一つ叩いて、「会見の準備は完璧なのか」と問うた。

「あっ、まだ途中でした。でもこれ、どうするんすか」

「心配するな、こちらで何とかするから」

そして、会見ではこの件について質疑があっても、新聞を見ていないのでコメントできないと突っぱねるように市長に伝えよと命じて、天城も追い出した。

一人きりになると、瀬戸は頭を抱えてソファにへたり込んだ。

あの家具の悪戯――なんであれが今頃出てくるんだ。

しかも、被害者は皆、ＩＲ誘致関係者だという。だとすれば、この悪戯の犯人は自明だった。

「光太郎、おまえ、何を企んでいる」

すぐに電話して、鈴木光太郎を詰《なじ》ろうとしたが止めた。

何の確証もないのだ。事実関係がもう少し明らかになるまでは自重すべきだ。

そう心に決めたが、あの時の想い出が噴き出した。

第五章　欲望の坩堝——六年前

1

六年前——

会食後に皆で行くはずだったＩＲ〝夢の王国《ドリーム・キングダム》〟の建設予定地へは、結局、光太郎と二人で行くことになった。自ら案内すると意気込んでいた鈴木町長は、食事の終わりがけに入った電話で、同行できなくなった。

会食だけでも十分気詰まりだった瀬戸はホッとした。

光太郎だけなら振り切れるかも知れないと、夢島行きをやんわり辞退したのだが、光太郎は「ＩＲの勉強に来たんだろう。だったら、見に行かなきゃ」と言って譲らなかった。断固拒否できるほどの理由も見つからず、仕方なく再びベントレーに乗り込んで夢島を目指した。

町長との会食でシャンパンを飲み過ぎたせいか、眠い。隣で熱心にカジノの説明をする光太郎の声が遠のいて寝落ちしそうだった。それに気づいた光太郎が、瀬戸の肩を揺さぶった。

「〝天誅の塔〟のことを覚えてるかい」

唐突な話題だったが、もちろん覚えている。中学一年の夏休みは、むしゃくしゃすることばかりが重なっていた。それで瀬戸は、当時〝秘密基地〟と呼んでいた廃校の教室に放置されていた机と椅子を、校庭の真ん中に積み上げたのだ。

廃校は当時、子どもたちのかっこうの遊び場だった。それに翌日からは地元自治会主催の夏祭りの準備が始まる。きっと大勢が度肝を抜くだろうと悪戯心が膨らんだ。

とにかく人が困ることをやりたい気分だったのだ。

誘った時は、光太郎は大乗り気だったのに、いざ実行となると臆病風に吹かれた。それを怒鳴りつけて光太郎を手伝わせた。

「あれ、楽しかったなあ」

あんなに怯《おび》えていたくせに、光太郎にとっては楽しい思い出になってるらしい。

「何よりかっこよかったのが、あのメッセージだよ。天誅　神の審判はくだった——って。そして、大人たちの慌てようも半端なくて、最高の気分だったね」

確か新聞記事にもなったのだ。

瀬戸は、地元の反響の大きさに驚いた。いや、怯えた。自分たちの仕業《しわざ》だと発覚したら、警察に逮捕されるんじゃないか。さすがに少年院行きはないだろうが、高校進学には大失点になるかもしれない。

予想外の展開に、瀬戸は心底動揺した。不安と後悔で毎日眠れなくなった。瀬戸にできるのは世間が忘れてくれるよう、ひたすら祈ることだけだった。今となっては全てを封印して二度と思い出したくない記憶だった。

「見て。『天誅の時、再び到来。』」

光太郎から差し出されたスマートフォンの画面に、家具が積み上げられた写真があった。

「おまえ、なんでまた、こんな子供じみたことを」

「県を挙げて、いや次期総理候補まで円山町にカジノを誘致してくれようとしているんだよ。そんな時に、カジノ誘致の反対運動をやろうとしたバカどもがいてね。彼らの会合場所の宴会場でちょっとやってみた」

光太郎はまったく悪びれていない。

「町長はご存じなのか」

「さあね。でも、あの人は何でも知ってるからさ」

カジノ誘致には、反対運動がつきものだ。だが、いかに冷静かつ巧妙に対応し、連中を黙らせるかというのは、誘致の成否を分けるほどの重要なことだと堤から聞いている。そんな時に、町長が息子の〝ご乱行〟を黙認しているとしたら放っておくわけにはいかない。

「反対派って、けっこういるのか」

「どちらかといえば少数だよ。でもさ、東京あたりから面倒な連中がやってくるわけだよ。原発も反対、ＴＰＰも反対、地球温暖化も反対ってな連中がね。なんで、自分の町でもないのにちょっかいを出すのかな。そういうのは地元でやってくれればいいのにさ」

光太郎の気持ちもわかる。そういう連中の活動は、一種の布教活動に近い。彼らはこの国にはびこる「悪」を懲《こ》らしめるためなら何でもやる。

「隆ちゃん、到着したよ。日本初のＩＲ、ドリーム・キングダムだ」

2

鈴木は、知事室で不機嫌そうに腕組みをして待っていた。瀬戸との会食を途中で切り上げてまで急いできたのに、既に三〇分以上待たされている。

知事は、人を待たせることが権力者の特権だと勘違いしている古くさい男だった。それでも県内の事業の許認可権限を掌握しているのだ。楯突いても得はない。

暇つぶしに壁にかかっている額を眺めた。額に収められているのは、有名人と知事が笑顔で握手をしている記念写真ばかりだ。歴代の総理、複数の女優、さらには、外国人が数人いた。ロシアの大統領も写っている。

こういう類いの写真を飾る輩は、自己顕示欲は強いが、自分に自信がない傾向がある。だから、権力者や有名人と並んだ写真を飾り、彼らの威光に頼っている。

それをよく知っていた鈴木は、次期総理間違いなしの松田民自党総裁や香港映画のスターたちとの撮影機会を知事に提供した。

だが、この男は満足するということを知らない。

鈴木が最も軽蔑し、最も信用しない類いの輩ではあるが、「カジノの件で」と電話で呼び出されたら、どんな時でも馳せ参じた。

勢いよくドアが開いて、長身痩軀《そうく》の知事が入ってきた。県議会議長と地元商工会議所会頭を連れている。

「やあ、鈴木さん、こっちから呼び出しておいて、お待たせしてすまんね」

「皆さん、おそろいで何事ですか」

他の二人も同席するらしい。だとすれば、かなり面倒な厄介事が起きたと覚悟した方がよさそうだ。

「実は、君が進めているカジノ誘致なんだがね」

商工会議所会頭が口火を切った。会頭は、県内最大の観光関連企業の会長だった。

「IR、統合リゾート施設です」

県内屈指の有力者でありかつ年上に対して失礼だったが、鈴木は関係者がドリーム・キングダムをカジノと呼ばないようにお願いしていた。円山町は賭博場を呼ぶのではない、誰もが幸せな気持ちになる滞在型リゾートを展開し、青森県全体を元気にするんだとアピールしているのだ。今はマイナスイメージのつくものを少しでも遠ざけておきたい。

会頭は鈴木の細かい指摘に幾分気分を害したようだったが、それでも「ああ、そうだったね。IRだ」と言い換えて続けた。

「施設建設や備品の納入、さらにはオープン後の運営からケータリングや人材派遣に至るまで、すべてをカジノ運営会社に独占させるという約束をしているそうじゃないか」

その話か。

「会頭、過去に何度もお話ししたように、ＩＲ経営には独特のノウハウとオペレーションが必要なんです。それを細切れに出入り業者に分配すると、コスト面で問題が起きてしまいます」

「たしかに、それは以前も聞いたな。だが、その運営会社は地元企業優先にすると、あんたは約束したろうが」

「確かに」

会頭は太い指でソファの肘掛けの部分を強く握りしめている。相当怒り心頭に発しているのだ。

「なのに、全国規模の大手ばかりで固めるという話を聞いた」

優先と独占は違います、と答えるのはやぶ蛇か。

「ＩＲ運営に参画する企業選定なんてまだまだ先です。これは次期総理まで介入する国家プロジェクトです。大手ゼネコンや全国規模の企業にも参画して戴くのは当然では。もちろん地元への配慮は当然なされます」

ら。

「既に参入業者は君が勝手に決めてしまっているそうじゃないか」

参画企業はIR誘致推進協議会理事ら身内企業を優先すると決めていた。当たり前だ。彼らは人、物、金を惜しみなくつぎ込んで、鈴木のプロジェクトを支援してくれているのだから。

会頭は、そこに自分の企業を割り込ませろとゴリ押ししたいのだろう。

「お言葉ですが、会頭。そんな話を、どなたから聞かれたんです」

「誰からだろうと、そんなことはどうでもいい。私は真相が知りたいんだ」

「先程も申し上げましたが、IR運営会社の選定はもちろんのこと、本当にまだ、何も決まっていないんです。そんな状況で、IR運営への参加業者を、どうすれば私が勝手に決められるんですか」

青森県内では、久しぶりのビッグプロジェクトだった。地元経済界はビジネスチャンスをがっちり摑みたいだろうし、行政は税収を皮算用し、雇用創出にも大きな期待を寄せている。

厄介なのは、その「富」を内輪で独占しようと企む輩が多すぎることだ。

自己の利益を確保するために根も葉もない噂を流し、結果的には最優先で進めるべき受け入れ準備にすら水を差す。

「いずれにしても地元の経済効果をもっと重視してくれないとね。私も君の事業を後押ししにくなるわけだ」

つまり、いろいろと便宜を図ってやっているのに、自分への見返りが少ないじゃないか。知事はそう言いたいのだろう。

「それとね、鈴木君、我々はもっと嫌な情報を摑んだんだ。知り合いの知事から、山口県の方が優勢だという話を聞いたんだがね」

「なぜ、山口県なんですか」

「決まっているだろう。次期総理候補の松田の地元だからだよ」

「巨万の利権を自分の選挙区に持ってくるなんて愚行を、松田さんはやりませんよ」

そんな小さな男ではない。そう信じていた。

「甘いな。地元が潤うとてつもない富を、みすみす他人に渡すバカはいないよ。そもそもそんな奴は政治家として大成しない」

これからの日本の未来を背負って立とうという松田を、自分と同レベルに考えているらしい。

「知事、その件は少し私に預からせてください。もう一度、松田総裁にお話を伺いに行きます。それから改めてご報告に参ります」

「言質だけじゃだめだ。こういうときはな鈴木君、念書を書いてもらうんだ。もうすぐ総理になれると浮かれている今なら、喜んで書いてくれるだろうからな」

欲望はすべてを歪ませて見せる。

「それにしても鈴木君、国家プロジェクトであるＩＲの招致活動は、やはり小さな町レベルでは無理なのではないかと、私は思うねえ。ここは県が先頭に立つべきじゃないかなあ」

知事の本音が剝き出しになった。

円山町にＩＲ施設を誘致するのは、何も地元のためだけではない。もはや座して破滅を待つのみの地方都市に勇気を与えるためだ。その成功は、日本に新しい成長産業を生み出すことにも繫がる。

観光立国なんぞというかけ声だけではどうにもならない。だが、ＩＲ施設の誕生は、まさしく日本が観光立国としての第一歩を踏み出す礎となるはずなのだ――。それは鈴木の信条だった。町長になったのも、自ら率先して地方再生を実践する以外に、日本復活の兆しは来ないと考えたからだ。

こんな連中に足を引っ張られてはならない。

知事室の窓の外に雄姿を見せる岩木山《いわきさん》を眺めながら、鈴木は改めて決意を固めた。

3

青森空港発の始発便で羽田に戻った瀬戸は、その足でエリザベス・チャンの到着を待てとの指示を受けた。プライベートジェットでの来日だ。

プライベートジェットの出迎えの場所が分からず案内係に尋ねた。国際ターミナルに併設されているホテル、ロイヤルパークホテル・ザ・羽田の一階だそうで、慌てて向かった。

プライベートジェット利用客の専用ゲートなのに、やけに質素なのが意外だった。これでは、ホテルの従業員通用口かと思うほどだ。堤の姿はなかった。

スマートフォンで連絡を入れると、「俺は、松田総裁に張り付いている。悪いが、エリザベスをキャピトル東急《とうきゆう》まで連れてきてくれ。ハイヤーは用意してあるから」と返ってきた。

相変わらずの人使いの荒さだ。受付に行ってチャンのプライベートジェットの着陸予定に変更がないか尋ねた。

「定刻の午前一〇時一〇分に到着のご予定です」

「モンスター」と堤が揶揄するエリザベス・チャンと会うのは、今日が初めてだ。なのに、堤はチャンのアテンドを押しつけてきた。さすがに瀬戸もうんざりしていた。

しかも、「ツーカーの関係」のはずの鈴木町長には内密での来日らしい。不穏な臭いがぷんぷんする。

昨日、夢島見学の途中で「青森に来た本当の目的は何だよ?」と光太郎に詰め寄られた。苦し紛れに「カジノの候補地を視察するように言われた」と答えてしまった。

「やっぱり、もうウチで決まってるっていう話なんだね」

光太郎はすっかりその気で小躍りしていた。

「いや、そうじゃない。まだ、最終決定はされていないし、あくまでもここは候補地の一つなだけで。とにかく政治家が絡んでいる話だから、下駄を履くまで何が起きるか分からないから」

勘違いされないように説明したが、「政治家って松田のことでしょ。あいつはウチのオヤジがいなければ、何もできないんだから」とまったく聞く耳を持たない。

無邪気なほどの光太郎の浮かれぶりを見ているうちに、円山町にカジノなんてない方がいい気もしていた。

カジノで潤う街には特殊な雰囲気が生まれる。それは、カジノに群がる人々から放たれる邪気のようなもので、マカオでディーラーをしていて肌で感じたことだ。カジノには人間の欲望のたがを外す仕掛けが巧妙に用意されている。よほど理性的な者でも、その仕掛けに嵌《は》まってしまう。そして、カジノで繰り広げられる一喜一憂という熱狂が、街に染みこんでしまうのだ。

郷土愛に溢れているわけではないが、円山町にある北国らしい風景や海の匂い、そして泥臭くはあるが飾り気のない人情がいいと思っている。カジノが上陸すればそういうものが必ず穢《けが》される。

実際、光太郎は既にカジノから放たれる毒気に侵食されているようにも見える。多くの客が来て莫大なカネが街に落ちると、活性化に成功したように思える。しかし、その代償として失うものは大きい。

飛行機が到着したというアナウンスが流れると、瀬戸は、鏡で身だしなみを整えて到着ゲートに進んだ。

待つこと一五分ほどで、厳《いか》つい体格の黒人に先導される女性が現れた。ふくよかさに迫力がある。あれが、エリザベス・チャンか。

「おはようございます。DTAの瀬戸と申します。堤の代理でお迎えに上がりました」

英語で挨拶すると、エリザベスは目を細めて、「あら、いい男じゃないの」と秘書らしい痩身の女性に言った。

何と答えればいいか分からず目を逸らした時に、エリザベスが右腕に抱いていたぬいぐるみに釘付けになった。

キティちゃんか。おなじみの白猫が〝HELLO KITTY〟と刺繍《ししゅう》された黒のワンピースを着て、右胸に金色の打ち出の小槌《こづち》のブローチをつけている。恐ろしいことにエリザベスとペアルックだ。

「お荷物は？」

「気にしなくていいわ。早速、松田に会いに行きましょう」

車寄せで待っていたのは、リムジンだった。

助手席に乗ろうとしたら、エリザベスは「あなたは私の隣に乗って」と言った。

断ることも出来ず、瀬戸は素直に従った。隣に座ると、エリザベスは体が接触するぐらい距離を詰めてきた。高級香水の濃い香りが瀬戸を襲ってきた。

痩身の女性は秘書のヴァイオレットだと紹介された。

「あなた、円山町に行ってたんですって」

「ええ、よくご存じで」

「ジミーから聞いたのよ」

誰だ、それ。

「堤さんのことです」

秘書がすかさず補足してくれた。思わず吹き出しそうだった。どう見ても、堤はジミーという名が似合わない。

「鈴木の小父さまは、お元気だった？」

「はい、とても。着々と日本初のＩＲ誕生に向けて頑張ってらっしゃいます」

かまをかけて円山町でのカジノ誘致の実現性を確かめたかった。

「気が早いわね。小父さまはいつも一直線だから。そういう日が来るのが、私も待ち遠しいわ」

ところが、そこでエリザベスは急に口をつぐんでしまった。

話しかけていいものかわからず、瀬戸も同じように黙り込んだ。

体中にエリザベスの香水が染みこんだのではないかと思い始めた時、リムジンはザ・キャピトルホテル東急に到着した。

堤が満面に笑みを浮かべてエリザベスを迎え、二人は熱い抱擁を交わした。

これでお役御免かと思ったら、堤から「君も来たまえ。今日は瀬戸君がエリザベスのエスコート役だからね」と宣言されてしまった。

民自党の松田総裁は、二七階のエグゼクティブスイートで待っているという。

部屋に入るなりエリザベスは両手を広げ、松田をファーストネームで呼ぶと、飛びつくように抱きついた。

「突然、お呼び立てして申し訳ありません」

「とんでもない。あなたに呼ばれたら、いつだって飛んでくるわ」

松田の言葉に、瀬戸は耳を疑った。堤の話では、エリザベスの方が、松田に会いたくて来日すると聞いていたのに。

堤がいきなり瀬戸を松田に紹介した。これも想定外だ。

「お噂はかねがね。若いけれどやり手だそうですね。期待しています」

一体堤は、彼らに何を話したのだろう。皆が、瀬戸のことを知っている。

瀬戸は「恐縮です」とだけ返して、エリザベスが座るソファの背後に立った。

「そんなところに突っ立ってないで、ここにお座りなさいな」

エリザベスは隣に座れと言っている。またあの香水にやられるのかと思うとご遠慮申し上げたかったが、堤が〝行け〟と目で言うので、仕方なく従った。

「早速だけどミスター〝総理〟、一体いつになったら、カジノ法案は成立するのかしら」

「面目ない。なかなか衆議院を解散するタイミングがつかめなくて」

「解散しなくてもいいんじゃないの。それよりも、とにかく法案を提出して決めちゃいなさいよ」

それは無茶だと松田の顔に書いてあるが、エリザベスは本気のようだ。

「日本で法律を通すのは、なかなか大変なんです。法案を提出しても、審議する時間がなければ採決まで持ち込めない。今国会ではそんな余裕はないんですよ」

「だったら、とっとと解散ね。あなたも、その方が仕事がしやすいでしょう」

一刻も早くＩＲを日本でスタートさせたいというエリザベスの気持ちは分かる。だからといって総理の座を奪取することを気安く口にしてしまう神経が恐ろしい。

松田が困ったように、堤を見ている。

「エリザベス、そんな無茶を言っちゃダメですよ。日本という国は、いろいろ手間がかかるんだ」

堤は愛想笑いを浮かべて松田を援護した。

「選挙に勝つにはお金がいるんでしょう。それはいくらでも私が出すから。だから、明日にでも解散してよ」

非常識もここまで堂々としていると偉大に見える。一方の松田は、まるで別人だった。与党を追い詰める時に見せる強気でエネルギッシュな普段の姿がすっかり影を潜めている。

「実は、そのお金の問題であなたにご相談があってお越し戴いたんです」

「だからいくら必要なの？」

「あなたからの政治献金は辞退したい」

「外国人からは受け取れないんでしょ。それぐらい分かっているわ。だから、日本に会社をつくったでしょ。そこから出すから」

「それも遠慮したいんだ」

「どうして？　わざわざ人の好意を無にするの？」

エリザベスが前のめりになると、ソファが大きく揺れた。

「エリザベス、少し落ち着いて総裁の話を聞いてあげて欲しい。総裁は君の厚意に心から感謝している。だがね、やはり香港財閥の関連企業から政治資金を受け取るのは、総理を目指す人物としてはよろしくないんだよ」

総裁に代わって堤が説明している。それを聞くうちに、かつて政治家と結託してボロ儲けしていた連中がいて、それを政商と呼んだのを思い出した。堤は、広告代理店の社員というよりまさに政商に近い。

「まったく面倒な国ね。分かったわ、じゃあ、その相談とやらを早く言って頂戴」

松田は居心地が悪いのか、肘掛けの上で指を小刻みに動かしている。

「日本初となるＩＲの件ですが、この大プロジェクトは、青森ではなく山口でやりたいと思うんですよ」

唐突に松田が切り出した。

瀬戸は衝撃のあまり声を上げそうになったが、堤に睨《にら》まれて、うつむくしかなかった。

「何を言い出すの。それは、鈴木の小父さまに対する裏切り行為じゃないの！」

「実は私の地元にＩＲを誘致できなければ、総理の座を諦めなければならないほどの深刻な問題が生じた。それで、第一号はウチでやらせて欲しいんだ」

「それで、鈴木の小父さまには内緒でって言ったのね。この卑怯者！　あなたが政治的成果を上げられたのも、ＩＲで日本を再生しようというアイデアも、みんな鈴木の小父さまのおかげでしょ。それを」

まるで火山噴火のようにエリザベスは怒り狂っている。

「チャンさん、あなたの怒りは分かる。だがね、今は私が総理になることが何より最優先だと思いませんか。総理にさえなれれば、円山町にもＩＲを建設できる。さらに、特別な扱いだって可能だ。鈴木さんにはそれで恩返しできる」

「お話にならないわ」

「待ってくれ、エリザベス！」

堤がすぐに引き留めたが、エリザベスの動きは早かった。彼女は大股で部屋を出て行った。

続いて堤が、さらにボディーガードと秘書が続いた。

仕方なく瀬戸も部屋を出ると、廊下では堤とエリザベスがもみ合っている。やがて堤が、別の部屋に連れ込んだので、瀬戸もそれに続いた。

そこではいつものエリザベスに戻っていた。

もしかしてさっきのは演技だったのか？

「ねえ。シャンパンとかないの？」

彼女がタバコをくわえると、秘書が火を点けた。

「もちろん、用意している」

堤も笑顔で冷蔵庫からシャンパンのボトルを取り出した。エリザベスは銘柄を検《あらた》めた。

「サロンの九八年か、よしとしましょう」

「君に喜んでもらうために、わざわざ取り寄せたんだぜ。もうちょっと喜べよ」

堤もくつろいでいるのか、ますます砕けた口調になる。

チャンはなみなみと注がれた高級シャンパンを喉を鳴らすように飲み干した。

「それで、さっきの件だけど、あれは一体何なの？」

「お聞きの通りだ。松田総裁は、地元の圧力に屈したんだ」

「情けない男ね。それじゃあ私は、鈴木の小父さまに顔向けできないでしょ」

「その条件を呑まないと、ニーケに持って行かれる」

いきなりシャンパングラスが壁に投げつけられた。

「堤！　どういうことよっ」

「松田さんは今が正念場で、必死なんだよ。だから、君がいつまでも円山町に執着するなら、第一号はニーケでやらせるつもりのようだ」

堤はＡＤＥのライバル社である米国ニーケ社ともしっかりと関係を築いている。また、松田のお膝元でのＩＲ誘致についても動き始めていた。堂々たる背信行為なのに、すべての責任を松田に押しつけている。

「君が、山口でオッケーだと言えば、すべては丸く収まる」

「鈴木の小父さまはどうするの。円山町はカジノ誘致でお祭り騒ぎだそうじゃない」

「そこは僕が上手にやるから。君はとにかく松田総裁の意向を汲んでやれ」

ずっと左腕に抱えていたハローキティのぬいぐるみの頭をエリザベスは撫でた。

「いいわ。すべてジミーに任せる」

「本当か、エリザベス！　君は本当に聡明な人だな。よし、皆で乾杯しよう。瀬戸、グラスを持ってきてくれ」

言われるままに人数分のグラスを用意した。フルートグラスは一脚だけで、あとはビール用のグラスだが、そんなことを気にしている者は誰もいない。全員にシャンパンが注がれた。

「じゃあ、エリザベスの寛大さに！」と堤が叫んだところで、エリザベスから待ったが掛かった。

「その代わりに条件がある。必ず銀座は、ウチでやらせて頂戴」

堤の顔が引きつった。


朗報を松田に伝えてくると部屋を出た堤を、瀬戸が追いかけた。

「堤さん、ちょっと待って下さい」

「何だ」

「あんまりじゃないですか。チャンさんの話じゃないですが、円山町はマジで盛り上がってるんですよ。カネだって乱れ飛んでいる。なのに、ここでハシゴを外すんですか」

「いいか瀬戸、俺たちが最優先するのは、まもなく内閣総理大臣になる松田総裁の意向だ。鈴木町長も円山町も、青森県も俺たちとは無縁なんだ」

「言っている意味が分かりません。そもそも松田さんは、鈴木さんがいたからこそIRの重要性を知ったんじゃないんですか」

「そんなことは、俺たちとは無縁だろ。鈴木町長との関係を断ち切りたいと言い出したのは、松田さんなんだ」

なんだって……。

「鈴木町長は信念が強すぎて柔軟性がなさすぎるんだ。俺だって、黙って抜けがけするのはさすがに申し訳ないから、鈴木町長にＩＲ誘致の代理店契約を強く求めたんだぜ。なのにあのオヤジは俺をガキ呼ばわりして、拒絶しやがった。一方の松田さんのお膝元の関門市は、市も県も、さらに地元財界も、我が社にアドバイザー業務と代理店業務を依頼してくれたんだ。分かるだろ、これはビジネスなんだ」

だからってこの仕打ちは酷すぎる。

「おまえ、このことは円山町の誰にも言うなよ」

「どうしてです。彼らはＩＲ誘致に全てを賭けています。それがダメになったなら失うものもハンパじゃない。一刻も早く教えてあげなければ、町長も町も破滅します」

「大袈裟なことを言うな。松田さんは、気まぐれなんだ。いつ何時、やっぱり円山町でやると言い出すか分からない。だから、解散総選挙が終わり、ＩＲ推進法が決まり、日本初のＩＲ誘致の場所決定まで、何も言うな」

なんと無責任な。

不意に、張り切ってＩＲ予定地の夢島を案内していた光太郎の顔が浮かんだ。

——政治家って松田のことでしょ。あいつはウチのオヤジがいなければ、何もできないいんだから。間違いないさ。

「もし喋ったらおまえは日本の将来を潰すことになる」

そんなものに興味はない。

「円山町ＩＲ復活については、いずれ折を見て、松田さんに根気よく訴えるつもりだ」

堤の話を、どこまで信じればいいのだろうか。

「いいか、おまえはこれからエリザベス担当だ。彼女が喜ぶことなら何でもやってやれ」

暫く成り行きを静観するしかないのか——。

堤は瀬戸の肩を叩くと、松田の待つ部屋に戻っていった。

そして、その夜、瀬戸はエリザベスと夕食を共にしている時に言われたのだ。

「今から、あなたをチャーリーと呼ぶことにするわ」

第六章　過去からの告発者――現在

1

現在――。

西尾は浅虫《あさむし》温泉に向かっていた。夕刊に載ったオブジェ魔の記事を読んだ読者から「六年前に似たような被害に遭った」という情報が支局に入ったからだ。

連絡してきたのは、浅虫温泉で鍼灸院を開いている女性だった。

東北の熱海《あたみ》、青森の奥座敷と称される浅虫温泉は、青森市の東部陸奥湾に小さく突き出た夏泊《なつどまり》半島の付け根に位置している。昔は麻を蒸す為《ため》に利用されていたらしく、地名の「浅虫」も「麻蒸」から転じたらしい。その後、平安末期に訪れた法然《ほうねん》が、入浴の湯として広めた。江戸時代には本陣も置かれ、弘前藩主御用達の温泉でもあった。

西尾は二度訪れたことがあるが、あまり良い想い出はない。一度目は支局の宴会で来たのだが、先輩たちにしこたま酒を飲まされ潰された挙げ句、パンツ一丁で海に飛び込んで溺れそうになった。そして、先月は大学時代からつきあっていた彼女と一緒に泊まったが、別れ話を切り出された。

二度あることは三度あるのか、三度目の正直で良い事が起きるのか。つまらぬ縁起担ぎをしている己を笑いながら、岩岬《いわさき》鍼灸院のインターフォンを鳴らした。

名前を告げると、鍼灸院のドアの施錠が外れる音がして、小柄な中年女性が現れた。

「いらっしゃい」

一目見て、苦手なタイプと本能が警告した。

「岩岬さんですか」

そうだと答えて、西尾を招き入れた。

鍼灸院なるものに初めて入ったのだが、雰囲気は街の診療所と変わらなかった。長椅子がある待合室と診察受付のカウンターがあって、その奥が治療室のようだ。

「中にどうぞ」

女らしさのかけらもない岩岬が、大股で治療室に誘った。

一〇畳ほどあるPタイル張りの治療室は、部屋の中央にベッドが二台ある殺風景なものだが、壁には数え切れないほどの写真が所狭しと貼られていた。反原発運動家らしい。

北海道泊原発の即時廃炉！　という横断幕を掲げた集会場で演説する岩岬の写真もあった。

それにペット殺処分反対活動もしているらしい。目をそむけたくなるようなペットたちの無惨な遺体写真や街頭募金の写真がべたべたと貼られている。

農薬反対、戦争法案撃滅、捕鯨反対などなど、まさに文明社会すべてを敵に回した運動家らしい。

やっぱり、この手の人か……。覚悟してかからないと。

勧められるままに、西尾は問診用の丸椅子に座った。

用件を切り出そうとすると、途中で遮られた。

「六年前に陸奥《むつ》ホテルの宴会場がやられた悪戯のことを聞きたいのよね」

そうだと返すと、まずは大きなため息が返ってきた。

「六年前は、見向きもしなかったのにね」

「そうなんですか」

「そうよ。私たちが、カジノ誘致派の嫌がらせだとマスコミ各社に訴えたのに、全部無視」

「ウチもですか」

「ウィ」

その時の憤りを思い出したように岩岬は腕組みをして睨んでいる。

「それは何とも申し訳ありません。そのお詫びと言ったらなんですが、ぜひその時の事を教えて戴きたくて、今日はお邪魔しました」

一般人は滅多に新聞記事の当事者にはならない。それだけに、そういう機会があった時のことを感情面も含めてよく覚えている。

岩岬が言う程度の嫌みなら、毎週どこかで誰かに言われている。記者の中には、逆ギレする者もいるらしいが、西尾はそれを取材の突破口にする方が得だと考えていた。

「まっ、君に謝ってもらってもしょうがないんだけどね。で、何を知りたいの？」

一部始終を知りたいと言うと、岩岬は腕組みをしたまま話し始めた。

「そうねぇ六年前の九月に、私たち、カジノ誘致反対同盟『サクラ』は、ギャンブル依存症に詳しい精神科医や、カジノ問題に詳しい専門家を呼んだ市民シンポジウムを企画した。前日から会場の陸奥ホテルで万端整えて、翌日に、私と事務局員の二人が会場に一番乗りしたら、宴会場のテーブルと椅子を天井まで積み上げた悪戯を発見した」

「それは、こんな感じですか」

西尾はスマホに収めたオブジェ魔の写真を見せた。

「そう！　まったく同じよ」

「それじゃあ、オブジェが積み上げられた床にメッセージもありましたか」

「あった！　『天誅　悔い改めよ』と印字された紙が置かれていた」

やはり、同一人物の可能性が高い。西尾のテンションが上がった。

「その時のオブジェって写真を撮ったりされてませんよね」

デスクの抽斗《ひきだし》を開けると、岩岬は中から封筒を取りだした。

「拝見しても？」

四枚の写真が入っていた。オブジェが積み上げられた写真、『カジノ問題を考える市民シンポジウム』というプレートが見えるものもある。そして、印字された『天誅』の文書もあった。

ビンゴ！　これで明日の朝刊も戴きだ！

「あの、このお写真、お借りしてもいいでしょうか」

「そうねえ。一つ交換条件がある」

そういうことをいいそうな人だ。

「来週、六ヶ所村の核再処理工場前で核廃絶緊急集会をやる。その情報を、告知してほしい」

「何でしょうか」

いやあ、それはちょっと、とは言えなかった。

「分かりました。お約束します」

「あら、やけにあっさりしているわね」

「そうですか？　僕も興味ありますよ、その集会」

「じゃあ、それを証明するために、六ヶ所村にも取材に来てよ」

マジで！

ああ、俺はなんでいつもそういう軽はずみな受け答えをするんだ。おかげで、こんなところで追い詰められる。

「嫌なの？」

岩岬が、顔をのぞき込むように迫ってきた。どうやら化粧品も動物の敵とか言って使っていないのだろう。荒れ放題の肌の肌理《きめ》が露《あらわ》になった。

「分かりました。喜んでお邪魔します」

「よし！　取引成立。それ、あげるよ」

「データを持ってるからね。大丈夫」

「ありがとうございます！」

そこで立ち上がろうとする西尾の手首を、岩岬は強く握った。

「まだ、終わってない。まずは、これが核廃絶緊急集会の資料」

分厚い封筒を渡された。西尾は素直《すなお》に受け取った。

「言っておくけど、約束破ると面倒おこすよ」

それは重々理解している。

「僕は、東西新聞一約束を守る男として有名なんです」

「結構。じゃあ、もう一ついい話をしてあげる」

今度は交換条件はないいんだろうな。

「悪戯の犯人を、私は知ってるの」

「ほんとですか」

「宴会場から逃げるように出て行った不審な男を、ホテルの従業員が目撃していたのにある人にカネを摑まされて従業員は沈黙したの。でも、カジノ誘致に失敗した時に、当人が私にしゃべってくれたわけ」

一応信憑性《しんぴょうせい》はある。しかも、鈴木元町長が犯罪を隠蔽した可能性もある。

「それで、どなたなんですか」

「条件がある」

西尾は、何でも言うことを聞きますからと懇願した。

差し出された資料は、三沢基地撤退シンポの告知だった。

それも掲載を確約すると、岩岬が嬉しそうに犯人の名前を告げた。

「驚くなかれ、鈴木元円山町長のバカ息子だったのよ」

2

ザ・ペニンシュラ東京での記者会見を終えると、洋子は関門市の「海峡ベイかぐやリゾート」に向かった。ホテルに先乗りしていた福原と合流すると、すぐに全館を見て回った。

日本らしさがコンセプトというかぐやリゾートは外観の派手さに比べると、施設そのものは典型的なカジノリゾートで特に目新しいものはない。もっと上手に演出すればいいのにという個人的な感想を持ったが、おそらく誰もここにそんなものを求めていないのだろう。ギラギラと過剰な装飾で、金色に輝くシャンデリア、どこもかしこも凄まじく派手で、人々の欲望を煽りたてている。

カジノエリアに行ってみると、大勢の客が群がったテーブルがあった。洋子も吸い寄せられるようにそこに近づいた。

バカラテーブルだ。最低ベットは、一万円。人だかりが凄くてテーブルに置かれているはずの大量のチップも見えなかった。

バカラは、日本のおいちょかぶに近いカードゲームで、バンカーとプレイヤーに二枚もしくは三枚のカードが配られ、合計の下一桁が9に近くなるのを競い合う。カードは1から9までは数字通りで、10と絵札は0扱い。最も高額のチップを賭けた客がカードをオープンし、あとはバンカーかプレイヤーのどちらが勝つか、あるいは同点《タイ》を予想して、チップを張るゲームだ。

バンカー、プレイヤーの背後では、それぞれに賭けた大勢の参加者が固唾を呑んで勝負の行方を見守っている。彼らが声を張りあげ目いっぱい応援することで、ゲーム台を中心に異様な盛り上がりが起きる。

説明を聞いている時は、なんでそんなつまらないものに熱くなるのかと洋子は不思議だった。だが、プレイヤーになる権利を得て、いざゲームに挑んだ瞬間、その興奮と快感の虜《とりこ》になってしまった。

勝てばもちろん嬉しい。だが、それ以上に勝負のテンションを上げるのが、負けた時なのだ。バンカーにしてやられた悔しさ、カネを失う腹立たしさ、さらに自分に賭けてくれた他の参加者に対する申し訳なさも相まって、我を忘れるような興奮状態に陥るのだ。そして次こそ勝つとリベンジを誓い、もっと大きく張る。しかし、そうなれば、ただただギャンブルの沼に引きずり込まれるばかりで、勝利の女神の微笑は遠ざかる。

負けが込んだらそこで止める。そしたらバカな負け方はしない。

誰もが知っている理屈である。だが、あの場にいると、それがとてつもなく勇気のいることだと思い知るのだ。

プレイヤーがカードをめくると、ウォーッという大歓声が巻き起こった。プレイヤーが勝ったのだ。皆が肩をたたき合い、興奮のあまり飛び回っている者もいる。それもそのはず、プレイヤーが賭けているのは二〇万円以上のチップで、周囲もみな相応の額を賭けていた。

となりに立っていた福原が、参加者の熱狂に唖然《あぜん》としている。

これ以上いると、あの欲望のオーラに毒されそうで、洋子はテーブルから離れた。

「人生に、他の楽しみがないんでしょうか」

福原がそっと言った。

「バカラ、やったことあるの？」

「いえ」

洋子は立ち止まった。

「じゃあ、ぜひ一度挑戦してみるといいわ。今のあなたの意見、変わるかもよ」

「局次長はご経験があるんですか」

「随分昔に。ゲームをやる前は、あなたとまったく同じ印象を持っていた。でも、持っていたお金が三〇分で三倍になったら興奮が止まらなくなった。それが次の二〇分で全部消えてしまった時に、心底怖いと思った」

あの時の熱気だけは今も鮮明に覚えている。それぐらい、強烈な体験だったのだ。

「そうですか……。私の発言、記者としては失格でした。ここにいる間に、挑戦してみます」

体験してみないと分からないことがある。記者という仕事では初歩的なスキルでもある。だが、経験を積むうちに、大半の記者が初心を忘れ、周囲がつくり上げた「常識」を鵜呑みにしてしまう。

背後のテーブルでは再び勝負の熱気が高まって、異様な歓声が上がっていた。

3

新たに東西新聞西部本社社会部カジノ取材班の前線基地となった望海館《ぼうかいかん》ホテルは、その名の通り、関門海峡を見下ろす海沿いに建っている。DTAの瀬戸に記者だとバレてしまったために、急遽、ホテルかぐやをチェックアウトして投宿先を変えていた。

かぐやリゾートのショッピングモールでたっぷりと仕入れてきた菓子や飲み物を、洋子は福原と共に部屋に届けた。

七階の角部屋にある一〇畳ほどの和室で、二人の記者が座敷机に向かい合って、仕事をしていた。

「お疲れ様です」

洋子が声を掛けて、二人はようやく顔を上げた。

「東京本社の結城です」

男性記者が慌てて立ち上がった。

「お疲れ様です。わざわざお越し戴き感激です、局次長。はじめまして、島村です。おい、折原」

折原が慌てて立ち上がって頭を下げた。疲労が顔に出ている。

「どうぞ手を止めないで仕事を続けて」

「局次長からの差し入れです。かぐやドーナツに、スタバのラテとコーヒー」

福原がそう言って差し入れを掲げて見せた。

「ありがとうございます。ちょうど休憩したかったんで、早速戴きます」

折原の方は反応がない。福原が手際よくテーブルの上を片付けて、差し入れを置いても心ここにあらずの様子だ。

「へえー、これが一個五〇〇円也の噂のかぐやドーナツですね」

大手チェーンで見かけるようなプレーンドーナツとチョコドーナツ、さらに表面をアイシングしたドーナツはいずれも一個五〇〇円だ。店の説明によると素材を厳選し、カロリーを極力おさえる特殊な製法だからプレミアムなドーナツとのことだ。

洋子もラテとプレーンドーナツを選ぶと、さっそく食べてみた。一般的なドーナツの食感ではなく、もちもちした弾力性がある。確かに味は悪くはない。

「案外おいしいなあ。それとも、俺が疲れている証拠かな」

島村は、チョコドーナツの半分を頬張っている。

「それで原稿の進捗状況は？」

既に午後三時半だった。そろそろ朝刊分の原稿は書き上げていて欲しいところだ。

「ほぼ、揃いました。目を通していただけますか」

洋子はコーヒーとドーナツを手にして窓際のソファに陣取ると、ノートパソコンと携帯Ｗｉ－Ｆｉを取り出した。島村がさっそく原稿を転送してくれた。

「確か、取材班は三人だったわよね」

「原田という者がいますが、彼は北九州のケアセンターへ取材に行っています。その後、最寄りのファミレスから、原稿を送ってくることになっています」

西部本社の記者は手際が良いと感心した。

人員数は東京本社の五分の一にも満たない。転職組が多く、東京本社に早く上がりたい一心で皆、必死だと、福原が言っていた。折原一人が新卒入社組らしいが、なかなか頑張っている。

その折原の様子がおかしい。洋子は、さきほどからずっと気になっていた。今回のかぐやリゾートにおけるギャンブル依存症隠しの端緒を開いたのは、地道に警察と遺族取材を続けた折原なのだ。彼女のこだわりと粘りがなければ、総理のお膝元にあるかぐやリゾートへの潜入取材など許可されなかったろう。

その努力がようやく報われるというのに、なぜか浮かない表情だ。

声をかけようかと思ったが、その前に折原の原稿を読もうと、島村が送信してきた原稿ファイルを開いた。

蒸し暑い夜だった。夜釣りに来ていた福岡市早良《さわら》区の会社員大濠昌樹さん（六三）は、背後からものすごいスピードで近づいてくる乗用車の音に気づいて振り向いた――。

いかにもルポルタージュらしい書き出しだった。

無理心中の経過が簡潔に綴られており、記者が心中の動機を探るうちに、亡くなった夫婦が、かぐやリゾートに遊びに行ってからおかしくなったらしいことが判明したと書かれている。

自宅から車で一時間程度で行けるテーマパーク――妻の江田安代《やすよ》さん（当時二九）は、周囲の人にかぐやリゾートのことをそう話したという。やがて、ギャンブル好きだった夫婦は、一気にカジノの魔力に魅入られのめり込んでしまう。

近所の人の話では、死ぬ三ヶ月ほど前から夫婦喧嘩が絶えなくなり、子供たちの泣き声が深夜の住宅街に響いたこともよくあったという。

北九州市で自動車工場を経営する安代さんの兄が、心配して子供を預かったり、江田夫妻にカジノ通いをやめるように何度も諫《いさ》めてもいる。それでも夫妻のカジノ通いは止《や》まなかった。

そして、夫が会社のカネを横領したことが発覚、懲戒免職される。その時、夫妻の借金は、三〇〇〇万円を超えていた。

その翌日、家族四人を乗せた軽自動車が、門司港から転落する。

家族旅行が好きな仲良し家族が陥った罠。それが、カジノだった――。

その後、所轄で事故の捜査にあたった捜査員の見解に言及し、最終的に警察は「動機については不明」としたものの、ギャンブル依存症のせいで多額の借金を抱えていたという事実は「把握していた」と答えていた。

この一面のルポに続いて、関門市でのリポートが社会面で始まる。

リゾート滞在記や不夜城のカジノ、さらにそこで遊ぶ中国人や日本人の談話も並んでいる。従業員や、かぐやリゾートを経営するＡＤＥ顧客担当マネージャーの発言は、あまりに能天気すぎて、読者の怒りを買うはずだった。

「良く書けてると思う。押しつけがましくないし、冒頭の心中家族の悲劇は胸を打つ。社会面で関係者を網羅した言葉も、インパクトがある」

洋子は絶賛したつもりだが、書いた当人である折原の表情は暗い。

「おい、折原。局次長にこんなに褒めてもらったんだ。お礼ぐらい言えよ」

島村に言われて、ようやく折原は「ありがとうございます」と気持ちの籠もらない声で言った。

やはりおかしい。

西部本社と東京本社の社会部デスク、そして直井に原稿を転送した後で、洋子は折原に声をかけた。

「素晴らしい原稿だったわ。まさに事件記者の鑑《かがみ》のような地道な取材をしてくれました。本当にありがとう」

痩せぎすの折原は姿勢が悪い。少し猫背気味だし、化粧もほとんどしてないので老けてみえる。

「何か心配事でもあるの？　心ここにあらずだけど」

折原は、島村を気にするように視線を投げている。

「島村さんじゃなくて、私に話してくれないかな」

島村も頷いてみせた。折原が立ったまま話そうとしたので、洋子は椅子に座るように命じた。

「さっき、無理心中夫婦の親戚から猛烈な抗議の電話がありまして」

「何の抗議？」

「カジノに狂っていたなんて書くなと。そんな権利が、おまえらにあるのかって怒鳴られました」

遺族からよく出る抗議ではある。

「それで、何と答えたの？」

「遺族の方のお気持ちは重々分かりますが、同じ不幸を繰り返さないためにも、記事にさせてくださいとお願いしました」

辛いが良い回答だった。

「でも納得してくれないのね」

「取材した時は、妹夫婦の敵《かたき》をとってくれと泣きながら訴えてらしたんです。なのに、俺たちに恥をかかせて楽しいかと罵《ののし》られました」

「記事が出ることは、ご遺族に事前に伝えたの？」

「取材した時にちゃんと記事にしますからと、お約束はしました。でも、スクープですから、掲載の詳細をお伝えするのは控えていました」

それも正しい対応だった。

「なのに、向こうから抗議の電話が来たのね」

折原が辛そうに頷いた。

「人の不幸を食い物にするマスゴミとまで言われました。なんだか、やりきれなくて。ご遺族の無念を汲んだつもりでいたので」

記事は遺族の無念を晴らすために書くわけではない。記事になれば、黙っていれば知られずに済んだことまで白日の下に晒される。

従って、被害者や関係者をもう一度傷つける可能性はある。それでも、社会に伝えるべき事実だと思えば、躊躇《ちゅうちょ》してはならない。

それが、記者という仕事だった。しかし、書いた記者自身は辛い思いをする。

「あなたの原稿は、無理心中した家族の弔いとしても素晴らしいと思うわよ。それよりもあなたが連絡もしないのに、急に遺族がそんな電話をしてきたことの方が、私は気になる。ご遺族以外に、記事についての抗議はなかったの」

折原がハッとして、初めて洋子と視線を合わせた。

「所轄の刑事から、ありました。門司港の無理心中について、警察はカジノ依存症の可能性は考えていないからなって釘を刺されたんです」

そういうことか……。

東京と関門市役所での記者会見だけでは、東西新聞は引き下がらないと判断したのだろう。かぐやリゾートは、より露骨に関係者の口封じをしたに違いない。

「その刑事は、古くからのつきあい？」

「新人時代からの知り合いです。春の異動で門司港署刑事課の係長になりました。彼は上層部が、無理心中の動機追及に及び腰なのを問題視してました。また、捜査の過程で夫婦がカジノ依存症だったという証言も取っていたことも、彼から聞いたんです」

「それが、突然今日になって証言を撤回し、記事掲載をやめろと言ってきたわけだ」

折原が頷いている。

「あの、局次長のご懸念は何でしょうか」

「あなたに証言した人が、今日になって、急に真逆のことを言ってきたのは不自然でしょう。おそらくは、ＡＤＥかＤＴＡがもみ消そうと動いている気がする」

「まさか……」

「関門市は普通の地方自治体じゃないのよ。内閣総理大臣のお膝元なの。そんな場所で、総理の肝いりで誘致したＩＲ施設が市民の精神を蝕《むしば》んでいるという記事が出るのは避けたいでしょう。しかも、東京にもＩＲを誘致しようという機運が高まっている最中よ。与党もＡ

DEもDTAもしゃかりきになって記事を潰しにくるわ」

「それならば、納得できます。遺族も刑事もまるで八つ当たりのように怒鳴り散らしたんです。それも私にはショックで」

誰かに強要された腹いせだったのだろう。

「あの、これはまだ島村さんにも報告していなかったんですが……もしかしたら、私失敗したかも知れません」

やりとりを聞いていた島村が興味深げにこちらを見た。

「かぐやで泊まった昨夜は、あまり眠れなくて。それでカジノにあるバーに一人で行きました。カウンターで飲み始めて暫くすると、隣にディーラーらしき男性が座ったんです。仕事を上がってちょっと一杯ひっかけに来たという感じでした。彼に話しかけられました。他愛ない世間話です。ここのカジノは心理カウンセラーや精神科医が巡回していて、問題行動を起こしそうなプレイヤーを見つけたら、さりげなくサポートするんだという話題になりました。にわかには信じがたかったのですが、いかにもという顔で話すんです」

それのどこが失敗に繋がるんだろう。

「私たちが記者だって見抜かれた件、ご存じですよね。今朝、かぐやリゾートで朝食を摂っている時のことだったんです。そのディーラーが挨拶に来て、名刺を渡されました。それが

ＩＲ総研の主席研究員という肩書きでした」
「昨夜バーで話したディーラーと同一人物に間違いないの？」
「間違いありません。こいつです」
そう言いながら、折原が一枚の名刺を出した。
ＩＲ総合研究所　主席研究員
瀬戸　隆史
とあった。

4

一時間ほど前に、青森支局の船井から連絡があった。

青森市周辺で連続して起きているオブジェ魔事件の犯人が、鈴木一郎の息子、光太郎の可能性が高いという。光太郎は六年前にも酷似事件を起こしていて、その時の被害者にも取材済みだという。

そして、ＩＲ誘致騒動のきっかけをつくった人物として、光太郎の幼なじみで、当時ＤＴＡ社員だった人物が浮上したとも書いてあった。

その人物の名が、瀬戸隆史だった。

船井からのメールには、光太郎と瀬戸の高校の卒業アルバムから複写した顔写真も添付されていた。

洋子は、それを折原に見せた。

「あ、こいつですよ。これがやさぐれた感じかな」

洋子のパソコンに送られてきた写真を見て、折原は即答した。島村も画面を覗き込んで頷いている。

「折原さん、かぐやリゾートに行って、瀬戸を探しましょう」

島村はここに残って、記者が上げてくる原稿の整理を続けると言った。福原は関門市街地で雑感取りをするという。

結城局次長と話したことで、落ち込んでいた折原の気持ちは、軽くなっていた。

女性社会部記者のはしりである結城は、メディアにもよく取り上げられていたので、新聞記者を目指す女子学生の憧れの的だった。

だが、実際に折原が入社してみると、結城のイメージは社によって作られたものだと知った。

男女雇用機会均等法が成立した時、新聞社でも、女性を一人前の社会人として扱っているというアピールが必要になって、結城をモデルとして磨き上げたのだ。

尤も、結城自身に記者としての実力があったからこそ、そのイメージに押し潰されることなく、今日に至っている。

それは凄いことだし、誰にでもできるものではない。

東京での調査報道セミナーに参加して、改めて結城の凄さを知った。結城は一度決めたら迷いなく突き進む。失敗もするし、迷惑もかける。それでも、その突破力が、結果を導き出すのだ。

折原には、そういう発想ができない。事件が発生したと聞いた瞬間から緊張が走る。自分は失敗しないだろうか。人に迷惑を掛けないだろうか——と。

その結果、自分でも呆れるほど神経質になる。

そして何度もチェックする度に、私は間違っているのではないだろうかという不安に襲われて、遂には立ち止まってしまうのだ。

門司港での乗用車転落事故への疑問を抱いて取材を始めても、ずっと不安だった。

私は、事故を事件にしたいだけじゃないのか。その結果、遺族を傷つけ、死者の名誉を冒瀆しているのではないのか。

その不安を常に抱えていたので、遺族からの激烈な抗議や、親しかった刑事係長からの冷たいリアクションに動揺してしまった。

それを、結城はたった数分で吹き飛ばしてくれた。

「あなたが、カジノのバーで瀬戸に声をかけられたのは、偶然だと思う？」

タクシーでの移動中に、結城が話しかけてきた。

「そのことをずっと考えているんですが、絶対に偶然じゃありません」

「でも、瀬戸はなぜそんなリスクを冒したんだろう」

「思い過ごしかもしれませんが、バーから部屋に戻った時に、あれっ？　と思ったことがあります。ノートパソコンが閉じられていたんです。私、不精者でパソコンをデスクに置く時は、ディスプレイはいつも開きっぱなしなんです。なのに、昨夜は閉じられていた」

暫く結城が考え込んだが、何か閃いたようだ。

「朝食会場では、向こうからあなたたちに声をかけてきたんでしょ。それが私には引っかかる。監視されていたと思わない？

かぐやリゾートには、至るところに監視カメラがあった。さすがに部屋の中に隠しカメラを仕掛けるのは無理でしょうけれど、廊下ならウォッチできる。あなたが部屋から出たのを見計らって、部屋に忍び込んだ」

ホテル関係者ならマスターキーがある。部屋に入るのは造作ない。

「つまり何者かが侵入して、私のパソコンから情報を抜き出したということですか」

私が迂闊だったのだ。パニックになりそうだった。

いきなり結城の手が伸びてきた。

「折原さん、落ち込まないで、怒りなさい。それが記者のエネルギー源になるのよ。自分を責めている暇なんてないわ」

タクシーがかぐやリゾートの車寄せに到着すると、ベルボーイがドアを開けて歓迎してくれた。

結城と折原はそれを無視して総合案内カウンターに進み、名刺を出した。

「東西新聞の結城と言います。IR総研の瀬戸さんにお会いしたいのですが」

折原は、黙って隣で控えた。受付嬢は笑顔は保ったが、「お待ちください」と返す声は明らかに強ばっている。

受付嬢が内線電話をしている間に結城が折原の耳元で囁いた。

「まさかとは思うけど、ロビーをうっかり瀬戸君が通るなんてこともあるからね。周りをしっかり見ていてよ」

折原は慌ててロビーを見渡した。

「大変お待たせしました。瀬戸という者は、こちらにはおりません」

ウソだ。怒りなさいという結城の一言が頭をよぎった。あまりにもバカにされすぎている。

「適当なこと、言わないでください。今朝、私は会ってるんですよ」

折原が大声で抗議した。勢いに気圧《けお》されて受付嬢が固まっている。

「無礼でごめんなさいね。でも、それは事実なの。つまり、こちらにいらっしゃるのは分かっているんです。なので、案内してください」

送話口を押さえていた受付嬢が、電話の相手にその旨を伝えた。

「今、ＩＲ総研の者が参りますので、そちらのソファで、おかけになってお待ち願えますか」

洋子は素直に従った。ソファは受付から少し離れた壁際にある。ロビーが見渡せるので、瀬戸を見逃さないようにウォッチした。

「お待たせしました。ＩＲ総研の天城と申します」

瀬戸と一緒に朝食会場に現れた女だった。

「天城さん、今朝、お会いしましたよね！　折原です！　瀬戸さんとお話しさせてください」

「あいにく瀬戸は午後から休暇を取っておりまして、既にこちらにはおりません」

「失礼。東西新聞の結城と申します。瀬戸さんは休暇なんですか。この大変な時に悠長なことですね」

「大変な時とおっしゃいますと？」

結城の皮肉にも動じない。天城もたいした役者だ。

「かぐやリゾートで、ギャンブル依存症疑惑が持ち上がっているんですよ。一大事ではないんですか」

「その件については、東京の方で対応致しておりますので」

「では、瀬戸さんは東京に行かれたの？」

「ここでは落ち着いてお話もできません。オフィスにご案内致します」

エレベーターで地下二階まで降りると、暗い廊下が延びていた。

「こちらは初めてですか」

まるで接客するような口調と笑顔で天城が言った。

「ええ」

「せっかくですから、ご感想を伺っても、よろしいですか」

天城が案内した部屋はテーブルが一つと椅子が四脚あるだけの無機質な会議室だった。

「期待外れだったわね」

結城が断言した。

「いきなり失礼を申し上げてごめんなさいね。でも、正直な意見をお伝えするのが誠意だと思うので、飾らず言わせてもらうわ。派手なんだけれど、チープね」

「なるほど、貴重なご意見をありがとうございます。ところで、誠に申し訳ないのですが、結城様、折原様のご希望については、本日はお応えできません。先ほども申し上げました通り、瀬戸は午後から休暇をとって不在です」

「では、休暇だとして、彼は今どこです？」

「存じ上げません。すくなくとも関門市にはおりません」

「休暇はいつまで？」

「私は聞いておりません」

「じゃあ、伝言をお願いできるかしら？」

結城が言うと、天城が黙って頷いた。

「五年前の円山町のカジノ騒ぎについて、お話を伺いたいと。お時間を戴けないようなら、大変遺憾ですが、ご自身のコメントなしで、瀬戸さんを非難する記事を出すことになると」

重苦しい沈黙が暫し流れた。こんな状況でも結城は堂々としている。そして絶対に後ろに引かない。折原は取材先でこんな態度を取ったことがない。

「瀬戸にお尋ねになりたいことを、もう少し具体的に伺えますか」

「それは申し上げられません。でも、私の取材に応じてくださるなら、申し上げます」

「ちなみに明日の朝刊では、ここのギャンブル依存症についてどのような記事をお出しになるおつもりですか」

「それは乞うご期待ということで」

洋子は、そのまま廊下に出た。

5

洋子が乗った山陽新幹線のぞみ号が関門トンネルを出たところで直井から電話があった。

「お疲れ様。原稿は順調かしら?」

「ええ。それなりに。それより、ちょっと嫌な情報が入ってきました」

東京にも、ADEからの圧力があったのだろうか。

「午後六時半より、総理が緊急記者会見をするそうです。詳細は不明なんですが、テレビ中継されるとか。政治部の知り合いに探りをいれてるんですけど、寝耳に水なんだそうで。ひとまず、それだけお伝えしておきます」

このタイミングで、総理の緊急会見って何事なの。

洋子がこの問題に取り組み始めてから、にわかに信じ難い話ばかりが飛び込んで来る。しかし不確定な情報についてあれこれ考えても無意味だ。

何があっても我々は、前に進むのみ。

東西新聞西部本社に到着したのは、午後六時前だった。すでに、一面、三面、そして社会面の見開きにカジノ問題の記事が埋まりつつあるのを見て、洋子の心配は杞憂に終わりそうだった。

洋子が整理部長の席で記事を見ていると、西部本社編集局長の井川《いがわ》が声をかけてきた。彼とは同期入社の間柄なので話すのも気安い。

「凄い紙面になったねえ」

「どうも各方面で圧力めいたものがかけられているようだけど、大丈夫だった？」

「広告局から突き上げられたよ。かぐやリゾートはビッグクライアントだからね。でも、俺たちはカネでは転ばないと突っぱねた」

誇らしげに言う井川を抱きしめたくなった。

「ありがとう。こういう記事を出してこそ新聞だから」

「まったく同感だよ」

その時だった。共同通信から特報を告げるチャイムが流れた。

「共同通信より重大ニュースの第一報です。本日午後六時半より、松田総理による緊急会見の内容が判明。総理は、今後三年を掛けて、日本国憲法の改正に着手すると宣言します」

なんですって！

そんなものを発表されたら、明日の朝刊のスクープは全部ボツになる。

洋子は内線電話で東京本社政治部長席を呼び出した。だが、繋がらない。続いて社内放送が響く。

「東京本社より各社へ、紙面差し替えの伝達。午後六時半の総理による憲法改正宣言を受けて、一面、二面、三面、さらに社会面両面の記事を差し替える」

洋子は受話器を叩き付けた。

全身を怒りが駆け巡る。だめだ、そういう激しい感情を持つと、病気が再発するというブレーキがあっさり外れた。

これは偶然か。

いや、そんなはずがない。

私は偶然を信じない。

あのくそったれ総理が憲法改正を宣言するなどという暴挙に出たのは、自らのお膝元の不祥事をもみ消すために違いない。

あり得ない！

許せない!!

洋子はそばにあったゴミ箱を思いっきり蹴飛ばした。

第七章　錯綜点——五年前

1

五年前——。

当機はまもなく青森空港に着陸するというアナウンスが流れた。

青森空港は何年ぶりだろう。洋子は、記憶を辿った。

前回訪れたのは、ねぶた祭りの取材だった。

真夏の本州の北端で繰り広げられる青森ねぶた祭りは、日本人の魂を揺さぶるような迫力に満ちている。幅九メートル、高さ五メートル、奥行き七メートルの武者等を模《かたど》った人型や武者絵の描かれた巨大山車灯籠《だしとうろう》が街を練り歩く様子は、ダイナミックの一言に尽きる。

その取材体験は新聞社の社会部という殺伐とした職場に身を置く洋子には、身も心も浄化されるような時間であった。

だから、毎年見に来ようと固く決意したのに。実際は、それ以降一度も行けず、もう十数年が経つ。

今回の出張目的は、ねぶたではない。だが、青森県をヒートアップさせているという意味では、これもまた〝祭り〟といえるかもしれない。

日本初のＩＲ誘致という〝祭り〟は、異様なほどの盛り上がりだと、青森支局で取材を続ける船井小太郎《こたろう》というベテラン記者から聞いている。

ＩＲの第一号は、当初、青森県円山町で決まりと言われていた。それが、誘致先には松田総理のお膝元である関門市に、逆転内定かという情報が飛び交っている。それでも、青森県の興奮は止まらないらしい。

なぜなら、総理のＩＲ指南役が青森県円山町長の鈴木一郎だからだ。しかも、「日本初のカジノ、山口県に決定か」という週刊誌のスクープ記事が出た三日後に、総理が円山町のＩＲ誘致場所である夢島を電撃訪問したため、県民は「やっぱり本命は円山に間違いない」と確信したらしい。

ボーディング・ブリッジを通ろうとして洋子は目を見張った。

大ぶりの金のリボンがブリッジを派手に飾り、赤字で「ようこそ現代のユートピア青森へ！」と日本語、英語、中国語で書かれていた。さらに、ターミナルとの接続部には、〝グローバルの中心・夢島へＧＯ！〟とあった。

ターミナル棟のあらゆるスペースに無数の桜の花びらが描かれ、その隙間をうねるように金糸があしらわれている。

この賑々しい徹底ぶりはなんだ。

青森は、ＩＲがやってくると本気で信じ、歓喜している。

荷物をピックアップし、ゲートを出たところで、また足が止まった。

巨大なドリーム・キングダムの完成予想図が飛び込んできたのだ。到着ロビーは二階までの吹き抜けになっているのだが、天井から大きな懸垂幕が下がり、その予想図が到着客の目を奪っていた。

「お疲れ様です。青森支局の船井でございます」

頬髯を生やしたダンディな船井は、洋子と目が合うと小さく会釈した。

「お疲れ様です。結城です。どこもかしこもドリーム・キングダム一色で、驚いています」

「文字通りお祭り騒ぎですな。この夢が、破れないと良いのですが」

船井は今年で五二歳になる。洋子より年上だが地方紙からの転職組なのと当人が管理職を拒んでいるとかで、現在も最前線の記者を続けている。

群馬県の県紙で一〇年働いた後、東西新聞に転職した。一時期は警視庁担当だったこともあるらしいが、東西新聞での社歴のほとんどを地方支局や通信局で過ごしている。

「わざわざお迎えに来て戴いて恐縮です」

「我が社のスター記者が、青森までいらしてくださるんです。お迎えするのは当然です」

人を食ったところのあるタヌキオヤジという印象だが、容貌そのものはタヌキよりキツネ顔だ。高い鼻ととがった顎、そして顎からこめかみまで頬髯がはえていた。

「それで、結城編集委員。まずはホテルにチェックインされますか？　一応、午前一〇時から三〇分、県知事との面会時間を確保していますが」

「知事に会わせて。それと、編集委員なんて肩書付きで呼ばないでください」

「畏まりました」

船井は洋子のスーツケースを手にすると、駐車場に向かった。

一〇月に入ったばかりだが、すでに肌寒かった。もっと厚手のコートを着てくるべきだったと後悔したが、前を歩く船井はツイードのスーツだけで平気のようだ。

「知事に会う前に聞いておきたいんですが。地元は、本気でＩＲが円山町に建設されると思っているんですか」

船井が用意したサーブの助手席に乗り込むなり、洋子は尋ねた。

「地元とは誰を指すのかによりますが、イエス。大いにイエス！　です」

「つまり、中央では関門市でほぼ決まりというムードがあるのを、青森は知らないということですか」

「そういう話は知ってますが、本命隠しの煙幕だと思っておるようですな」

だが、船井自身はそうは思っていないと言外に仄めかしている。

「その解釈の根拠が、分からないんだけど」

「それ以外に現況を説明できないからです」

「つまり、現実逃避ってこと？」

船井が苦笑いした。

「手厳しく言えばそうですな」

「じゃあ、本当のところはダメだと諦めているんですね」

「そうでもないんですよ、これが。というのも、円山町の鈴木町長がとにかく口達者ですし、さらに、彼が松田総理に信頼されているのは事実でもある。その鈴木町長が太鼓判を押しているんだから、本当にドリーム・キングダムは実現すると信じている人の方が多いでしょうなあ」

「知事は誘致のことをどう思ってるの？」

「知事はね、確信してますよ。しかも、この男、相当のワルでして、主導権を鈴木町長から奪い取ろうと色々画策しています。総理側近の国会議員に取り入り、横取りを企んでおります」

ＩＲ施設が建つ可能性は低いのに、横取りもなにもあったもんじゃない。

「尤も、代議士先生の方がワルとしてのレベルは何枚も上ですがね」

やれやれ、どこもかしこも利権食いのオンパレードか。

「じゃあ、ＩＲ誘致が難しいという声が中央ではあるけど、という問いはするだけ無駄ってことなのでしょうか」

「ぜひ、ぶつけちゃってください。知事が激怒するという見世物が楽しめますから」

冗談とも本気とも取れる態度が、気に障った。

「いつもこんな感じなんですか」

「こんなと申しますと？」

「話を茶化して、おもしろおかしく煽る」

「おもしろおかしく煽っているつもりはございません。私は常に真実一路、質実剛健がモットーですよ。ただ、この面体でこの雰囲気なんで、真面目な態度をすると逆に疑われちゃうんですよ」

確かにそうかも知れない。

「私には本音の部分を聞かせてもらえませんか」

「勿論です。IRというかカジノが青森県に誘致されるのは確実と知事が信じている根拠は不明です。でも、彼がこれでぼろ儲けしようとしているのは事実です。知事の後援会長でもある地元土木業者や家族に企業を立ち上げさせて、真っ先に荒稼ぎしようと目論んでいます。新幹線が通るというだけで、それまではタダみたいな土地が高騰したようなバブルが既に起きてますから。それに、ＩＲのような巨大施設を建設するとなると、山のような許認可が発生します。それはおいしい利権になる」

船井は、贈収賄まがいの斡旋《あっせん》や知事が便宜をはかったような実態も取材で摑んでいるらしい。だが、肝心かなめの捜査当局が重い腰を上げないのだという。

「どうして県警も地検も動かないの？」

「県内の異様なフィーバーぶりを見ていると、水を差すのは難しいと思っているんでしょうなあ」

確かにＩＲ誘致場所が決まるまでは、下手な動きは難しいだろう。しかし、容疑者に任意同行を求めて追い詰めるためには、それなりに時間がかかるはずなのに。

「じゃあ、やる気はあるの？」

「まったく、ない、ですな」

それでは困るじゃないか。

「その時は我らが、ワルどもの不正を紙面で暴きますよ。編集委員の後押しを期待しております」

「勿論です。ぜひ、やりましょう」

盛り上がっているうちに車は市街地に入り、青森県庁の駐車場に到着した。八階建ての地味な庁舎で、竣工が一九六一年だというのだから、くたびれて見えるのも当然だった。

ここでも、空港にあったのと同じ金糸をちりばめた懸垂幕が、来庁者の目を奪っていた。

「このデザインは、洒落《しゃれ》ているけど、誰がデザインしたの？」

「何でも、香港の著名なデザイナーらしいですよ。日本でＩＲ運営を目指す香港のア《A》ジアン・ド《D》リーミング・エ《E》ンターテインメントの会長からプレゼントされたものらしいです」

薄暗い廊下を進み、喘《あえ》ぐように上昇するエレベーターに乗り込んで、洋子は知事室の前で案内を待った。

2

青森県知事赤羽信幸《あかはねのぶゆき》は現在三期目だ。成長著しいとは言いがたい青森県にビジネスマインドを取り込み、それなりの結果を出している。その手法に対して弱者切り捨てという批判もあるのだが、当人は「まず、豊かな人を増やさなければ、社会的弱者を救えない」と言い切る。

鈴木町長とはタッグを組んで地方再生に取り組んだ。しかし、鈴木町長が松田総理のブレーンになった頃から、両者には溝が生まれる。

その隙を見て、反鈴木派の県議や首長が知事に取り入り、遂に県と円山町の対立構図が生まれた。

「ようこそいらっしゃいました。僕はねえ、結城さんの大ファンなんですよ。ニュース番組も拝見しているし、そう、この本も愛読しているんです」

知事の大げさな歓迎ぶりに洋子は、うんざりしながら名刺交換した。

応接セットのテーブルに、洋子が一〇年以上前に刊行した著書が置かれていた。

『ＮＯと言わせない取材』という本で、けばけばしい化粧をした若い洋子の写真が表紙になっている。

「サインをお願いしてもよろしいでしょうか」

サインペンと一緒に本を渡されて、洋子は笑顔で応じた。

「それにしても、今もお美しいですなあ。本当に惚れ惚れする」

「こんな懐かしい本をお持ち戴けて光栄です。ところで、お忙しい知事の貴重な時間を割いてくださっているのですから、早速本題に入らせてください」

「勿論です。ＩＲの話ですな」

「青森空港に到着して驚きました。もうＩＲ誘致が決まったような盛り上がりですね。知事も確信なさってますか」

「もちろん！　我が県以上の最適地が他にありますか。そもそもはＩＲを成長産業の柱にしようと総理に提案したのは、我々青森県なんですよ。そこに日本初のＩＲ施設が誕生するというのは、とても自然な流れでしょう。それを疑うのは、総理に失礼ですよ」

明るく振る舞ってはいるが、話の内容は半ば総理を脅迫していた。

「県が提案したとおっしゃいましたが、実際に提唱されていたのは円山町長の鈴木さんお一人では？」

「彼一人でというのは、ちょっと違うなあ。一言で申し上げるなら、県民が一致団結して日本初のIR誘致に邁進《まいしん》しているということです」

「一部の県民の中には、カジノが及ぼすリスクを懸念する声もあるようですが」

IRと言わず、わざとカジノと言ってみた。

背もたれに体を預けて足を組んでいた知事が前のめりの姿勢になった。

「一つ訂正させてくださいよ、結城さん。我々が誘致するのはIRです。カジノじゃない。船井さん、そういう基本的な話は、何度もしているよね」

赤羽の視線は、洋子の隣でじっと話を聞いている船井に向けられた。

「まさしく。そして、ちゃんとそういう基本的な話は、結城に説明しております。しかし、結城の問いは読者の疑問であろうかと」

「バカな。我らのドリーム・キングダムは、国際交流の一大拠点として構想しているんだ。カジノだけにこだわるのは、偏向報道じゃないのかね」

どうやらこの男、相当頭が悪いようだ。それとも、自分たちがよほど舐められているのか……。

「赤羽知事、お言葉ですが東西新聞に限って偏向報道なんてあり得ません。私達は、それぞれのお立場の方々から意見を伺い、記事にします。客観かつ公平中立がモットーなんです」

「しかし、船井さんはねえ、ちょっと偏りが強いから」

「船井一人が、ＩＲ問題の取材をしているわけではありません。また、知事がおっしゃるＩＲ戦略については、私達も大いに期待しています。それでも、やっぱり読者の心配事は、私達が代理でお尋ねしなければならないんです。そうでなければ、メディアとしての責任放棄になります。

ＩＲはカジノじゃない、カジノの問題ばかりを記事にするなとおっしゃるなら、いっそのことドリーム・キングダムにカジノをお作りになるのをやめられては？」

予想外の問いだったのか、知事はフリーズしてしまった。

洋子は出されたお茶をゆっくりと味わった。上等な煎茶らしいが、濃すぎる。

「いやあ、さすが『ＮＯと言わせない取材』の著者だなあ。いきなり心臓にナイフが突き刺さって息ができなくなってしまいましたよ。ご意見は一考に値しますな。しかし、エリートは仕事ばかりではダメです。オフタイムにハメを外すことも大切でしょう？　だから、ＩＲには様々なアミューズメントが必要なんです」

「質問の答えにはなっていませんよね、赤羽知事」

「そうですか」

「私は、国際会議に集まる方々のオフタイムについてお尋ねしておりません。様々なアミューズメント施設も楽しそうです。ただ、国際会議の空間からカジノを差し引くのに何の問題があるのかを伺いたいんです」

知事は、背後に控えている県の幹部に声をかけた。

「君はどう、思う？」

なるほど嫌な問いは、こうやって逃げるわけだ。

県の幹部はＩＲ推進本部事務局長の大江《おおえ》だと自己紹介した。

「ご質問については、ご案内の通り、カジノ施設も含めてＩＲと呼ぶわけで、それを外すのは難しいという見解です」

「そんな定義がどこに書かれているんですか。私が知る限り、ＩＲには必ずカジノを建設しなければならないなんて制約は、聞いたことがないですけど」

「確かにそうだなあ。結城さんの言うとおりだよ。ちょっとそこは真剣に考えますよ。素晴らしいサジェスチョンを戴けて感激です」

「それは、知事はカジノは不要だと考えているという理解でよろしいですか」

「いや、それはどうかな。再度検討するという意味で」

「では、知事個人の意見を聞かせてくださいよ。ドリーム・キングダムには、カジノは必要ですか」

その答えに興味があるのは、洋子たちだけではないようだ。背後にいる県職員も熱い眼差しで知事を見ている。

「申し訳ないんですが、私がここで個人的な意見を申し上げるのはよろしくないので、控えます」

その回答だと、カジノは必要だと考えているという意味に取られるという意識が、赤羽にはないようだ。

「建設予定地である円山町の夢島周辺では、地価が異常高騰しているようですが、こういうバブル現象をどう思われますか」

「県民の期待の表れですよ。だから、私はバブルだとは思っていませんよ。ドリーム・キングダムが建設されれば、自ずと様々な付帯施設が必要になる。周辺の土地の評価があがるのは当然ですから」

「ちなみにドリーム・キングダムの経営主体は円山町ですか、それとも県ですか」

質問が進むにつれて眉間の皺が深くなっていた知事だが、その質問で一気に晴れやかな表情になった。

「それは、県に決まっているでしょう。いくら鈴木町長が日本へのＩＲ誘致の父とは言っても、人口一万人程度の町に、巨大な国際施設の運営なんてできませんよ。県が主導して進めることになります」

そんな既定事実はない。

そもそも鈴木は、行政があまりしゃしゃり出ない方が良いと発言している。運営は専門家に任せて、土地をIR運営施設に貸すことによる借地料と、さらにはIR推進法で設定されるであろう地元への地方税収入を期待するというのが鈴木の意見だ。

だが、知事は県が運営すると断言してしまった。

赤羽知事は、IRについて余りにも知識が浅すぎた。彼にはドリーム・キングダムは錬金術の王国にしか見えないのだろう。

この県にはカジノはつくらない方がいいのではないか。

そんな疑念が、どんどん強くなっていった。

3

「何だって！　なぜ、そんな対応を僕がやらなければならないんだ」

光太郎が青森空港まで迎えに来てくれたはいいが、そこで依頼された件で、瀬戸はたちまち不快になった。

今日の午後、鈴木町長は東西新聞の結城編集委員と会うらしい。彼女はマカオやシンガポールのIR施設も取材しており、今回の取材では、ドリーム・キングダムの展望や課題を聞きたいと言っている。

そこで、瀬戸が取材現場に立ち会って、ADEの考えと方針、さらには政府の見通しを記者にレクチャーして欲しいと町長が望んでいるという。この青森出張は、「私を信じて欲しい」というエリザベスのメッセージを鈴木に伝えることだ。しかし、それを受け入れた途端、鈴木は間違いなく切り捨てられるのだ。こんな役目はまっぴらなのに、断れなかった。それだけでも気が重いのに、さらに面倒を押しつけられるのは我慢ならなかった。

「隆ちゃんはエリザベス・チャンの代理人としてきたんだろ。だったら、君の口からADEの日本戦略と、円山町にどんな施設を構想しているか説明する義務があるだろう」

だから、円山町にIRは来ないんだって。

だが、まだ公式発表できないのだから、そのカードは使えなかった。

「それは得策じゃない。だって、まだ政府は何の意思表示もしていないんだ。先走ったことをしたら、来るものも来なくなるぞ」

「だったら隆ちゃんが政府の見解を話してよ。隆ちゃんの立場なら、それくらいの情報は持ってるでしょ？」

「僕が、政府の見解を話すなんて、あり得ないよ」

「マスコミに対しておいしいネタをリークするとか日常茶飯事なんだろ。それを今回もやって欲しいんだよ」

そんなことができるか！

「遠からず決まることを、東京から取材に来る記者に耳打ちするだけだよ。嘘をつくわけじゃない」

光太郎は、日本初のＩＲが円山町に決まることに何の疑いも持っていないようだ。

思わず大きなため息が漏れた。

「光太郎、おまえ、何にも分かってないな。そういう重大情報は、マスコミに漏らしちゃだめなんだ。それこそ命取りになる」

これ以上、円山町民や青森県民に勘違いさせてはならない。堤やエリザベスに激怒されても、真実を告げるべきではないのだろうか。

「とにかくお父さんに会わせてくれ。ちゃんと説明するから。それと、結城という編集委員とは会わない方がいい。それも僕から説得するよ」

このままでは、とてつもない悲劇と破滅が待っている。

二人を乗せたベントレーは、重苦しい空気を乗せたまま市街地に入った。

「ちょっと、そこのコンビニに寄ってくれ。トイレに行きたいんだ」

青森市街が前方に見えてきたところで、それまで黙り込んでいた瀬戸はようやく口を開いた。

光太郎は舌打ちしたが、車を駐車場に停めてくれた。レジでコカ・コーラゼロを買い、トイレに籠もった。コーラを半分ぐらい一気飲みしてから、堤を呼び出した。

相手はなかなか出ない。

頼むから電話に出てくれ！　と心の中で叫んだ。二〇コール以上鳴らしたところで堤が電話に出た。

「どうした？」

寝起きのようだ。既に時計の針は午前一一時を回っているというのに。

「鈴木町長が、東西新聞の結城洋子の取材を受けるようです」

「別にどうってことないだろ」

「そこに私も同席してＡＤＥの代理人として、地方ＩＲ第一号は円山町に建設すると明言しろと言われています」

「笑わせるな」

いや、笑い事じゃない。

「相手は本気ですよ。エリザベス・チャンの代理として青森にいるのだから、取材に立ち会うのは義務だと言わんばかりです」

不快なくらい大きなため息を返された。

「まったく、あのオヤジ、面倒ばかり起こしやがる。いいか瀬戸、おまえはADEの代理人じゃない」

「いつからそうなったんですか。自分の代理として円山町に行って欲しいとエリザベスから直接言われたんです」

「今、俺が解任した。だから、おまえはADEの代理人じゃない。さっさと東京に戻ってこい」

「それじゃあ鈴木町長を蔑《ないがし》ろにしすぎじゃないですか」

「蔑ろも何も、あのオッサン、ついに総理を脅したようだ。だから、ウチの社の者は鈴木に会って欲しくない」

そんな話は初めて聞く。

「いったい何をしたんです？」

「電話では言えない。でも、そのせいで総理がまた迷い始めた。起死回生の大どんでん返しが起きるかも知れない」

「つまり関門市ではなく、円山町にＩＲが来るんですか」

「それ以外のどんでん返しがあるのか」

そんな可能性が、まだあるのか。瀬戸としては、むしろ喜ばしい話ではある。

「だとしたら、ますます東西新聞の記者に会わせるべきじゃないのでは？」

「マスコミなんか、どうでもいい」

「鈴木町長が、彼女に総理を脅すネタを漏らしたらどうするんです？」

「チクショウ！」という悪態と一緒に何かが割れる音がした。

「大丈夫ですか」

「ああ。おまえ、妙案でもあるのか」

そんなものはない。瀬戸一人で、うまく言いくるめるなんて不可能だ。

「取材を止められないなら、関わるな。おまえが同席なんぞして、鈴木町長に身元をばらされでもしたら、もっと厄介になるだろう」

「なぜですか」

「ＤＴＡのＩＲ担当が同席していることこそ、円山町ＩＲ誘致決定の証だとほざかれるかも知れないじゃないか。とにかく東京に戻ってこい」

トイレのドアをノックされて、

「隆ちゃん、大丈夫かい？」と光太郎の声がした。

「ああ、大丈夫。ちょっと腹を壊しただけだから、すぐ出るよ」

「おい、いきなり何の話だ」

まだ、電話は繋がっていた。

「とにかく、東京に戻ってこい。いいな」

また、ノックがあった。今度はさっきよりも乱暴だった。

瀬戸は考えもまとまらないままトイレを出た。扉の外にいたのは、大柄な男性だった。

「あんた、長すぎだ」

太い声で怒鳴られた。

光太郎は、車のそばでスマートフォンで通話している。

さて、どうする？

このまま姿をくらまそうか……。いや、それはないな。

むしろここに止《とど》まるべきだ。

鈴木が何を武器に、大逆転を狙っているのかは別にして、結城と鈴木が何を話すのかはしっかり聞いておいた方がいい。要は、ＤＴＡの社員であることを、結城に知られなければばいいのだ。

そして町長と腹を割って話そう。もう無駄な抵抗はやめましょうと。

「あ、隆ちゃんおなか、大丈夫かい？」

「ごめん、もう大丈夫だ。急ごう、東西新聞の編集委員の取材は何時からなんだ？」

「午後一時からだって聞いている」

まだ一時間以上ある。

4

ホテル青森のロイヤルスイートで、鈴木は天井の一点を見つめていた。賽《さい》は投げられた。もう後もどりはできない。

これで、松田総理は「予定通り」、円山町を日本初のIR施設候補地と宣言せざるを得ないだろう。

IRの見識を深めるため、松田は頻繁にIRや世界のカジノを視察した。それには妻の勅《とき》子《こ》も同行していた。

やがて勅子はカジノに溺れ、エリザベス・チャンが経営するカジノのVIPルームで、高利貸しから莫大な軍資金を融通してもらう。

借金が膨らみ返済不能になった勅子を救うために、エリザベスと話をつけたのは鈴木だった。

ところが、勅子のカジノ狂いはそれで止まらなかった。夫の目を盗んでカジノに通い続け、遂には、エリザベスとは無関係のカジノで大金をすってしまう。すっかり感覚が麻痺してしまった勅子はそこでも借金を重ねるが、今度の貸し主はマフィアだった。そして借金は五億円を超えていた。

その事実が世間に露見した瞬間、松田は総理辞任はもちろん、国会議員すら続けられなくなる。そしてADEが掲げる「カジノ依存症など心配ご無用！」の金看板もメッキがはがれてしまう。それはIRの自滅でもあった。

再び松田が泣きついてきた。さすがに鈴木も半ばダメ元でエリザベスに相談してみた。すると彼女は、あっという間に貸し主と話をつけてくれた。但し、借りたカネに加えて「口止め料」もたっぷり払ったそうだ。

その一件を鈴木はすべて文書にして、松田から直筆の詫び状を受け取った。

その時点で、円山町のIR開発権がエリザベスが経営するADEに与えられるのは決定的になった。

なのにこんな恩すら忘れて、松田は約束を反故にしようとしている。地元関門市の誘致圧力に耐えきれなくなったらしい。

ＩＲ推進を重要政策の一つに掲げた時から、総理のお膝元にこそ日本初のＩＲ誘致がふさわしいという機運が関門市で盛り上がっていた。その熱気は円山町の比ではなく、第一号案件が関門市に決定という噂は、いよいよ現実味を帯びてきた。

しかしそれは、あまりにも酷い裏切り行為である。恩を仇で返されて黙っているわけにはいかない。そこで遂に最後の切り札を使った。

鈴木は腕時計に目を遣った。あと一〇分で約束の時刻となる。それまでに、松田が翻意しないのであれば、東西新聞の結城編集委員に勅子のスキャンダルを告発する——。

それは、正しい選択だと言えるだろうか。

正しいはずがない。そんなことは分かっている。だが、日本の未来を明るいものにするためにも、日本版ＩＲは円山町で産声をあげなければならないのだ。ことＩＲに関しては、鈴木は我欲だけで突き進んでいるのではない。

日本の再生のためにはＩＲしかないと、誠意を尽くして訴えてきた。

名声や面子はどうでもいい。ただ、孫たちの世代に明るい社会を見せてやりたかった。豊かな日本で人生を過ごして欲しい。今やすっかり疲弊しきって袋小路で途方に暮れるニッポンにとってIRは福音なのだ。商社マンとして、行政マンとして、いつも全力で取り組んできたのに、あと一歩がいつも弱い。貧乏くじばかり引いてきた人生とも言える。だが今度ばかりは負けるわけにはいかないのだ。私の周囲にいる人々を敗北の道連れにはできない。勝って明るい未来を渡すのだ。

「町長、松田総理の遣いとおっしゃる方が見えておられます」

私設秘書の麻岡が声を掛けてきた。

驚いた。わざわざ人を寄越すとはどういう腹づもりなんだろう。

秘書と入れ替わりで現れたのは、総理夫人の松田勅子だった。勅子は松田とは同郷だが、地元の大実業家の令嬢だった勅子と苦学生だった松田の結婚は、電撃逆玉婚として地元のみならず日本国中の注目を浴びた。彼女は慶應義塾大学文学部を卒業しNHKで記者を務めて人気を博した直後、当時民自党の、若手イケメン議員として注目されていた松田に一目惚れしたのだ。

それまでどこか貧乏臭さがあった松田の雰囲気は、結婚後一変した。彼女がスタイリストを務め、多くのセレブリティに夫を引き合わせた成果だった。勅子がいなければこんなに早く松田は、総理になれなかったと、もっぱらの評判だ。それぐらいできた嫁だった。

ただ、二人は子宝に恵まれなかった。また、社交的な勅子は何事にも積極的で行動的だ。

プライベートでは孤独を好む松田とは正反対のライフスタイルで、やがて互いの間にすきま風が吹き始める。

そんな勅子の寂しさを埋めたのが、カジノだったようだ。

莫大な借金を抱えた後、勅子はほとんど外出もせず、東京の自宅で謹慎していると聞いていた。

そのせいか勅子はすっかりくすんでいた。かつてはキラキラと輝くほどのオーラを身にまとっていた女なのに、それがまったく見受けられない。

「これは、驚いた。勅子さん、随分久しぶりじゃないですか」

「鈴木さんは、お元気？」

「まあ、なんとかやってますよ。それより、勅子さんこそはるばる青森までご足労戴いて、お疲れになったでしょう」

「疲れなんて全く」

「ぜひ、ゆっくりしていってください」

鈴木としてはどう切り出していいものか迷ったが、勅子が総理の代理人としてやって来たのだから、やるべき話はしなければ。

「それで、総理のお答えは？」

「以前、三人で一緒にクルージングしたわよね。あれは本当に楽しかったわ」

鈴木はソファを勧めたが、勅子はそれを無視して窓際に立った。

「津軽半島まで行って、おいしい海の幸を船上BBQでたくさん戴いた。あの時、三人でお話ししたこと覚えてます？」

「もちろん、よく覚えていますよ。だからこそ、私も総理にあの時の誓いを忘れたわけではありますまい、とご連絡を差し上げたんですよ」

「全く同感。私も彼も、あの時の情熱を忘れてはいない。なのに、なぜ私たちは反目しあうんでしょうね」

それはこちらが聞きたい。

「一郎さん、きっとお互いに小さな誤解があると思うんだけど」

「誤解……ですか」

「あの時、私たちは日本をもう一度世界に誇れる国にしようと誓ったわよね」

よく覚えている。赤く大きな夕陽を眺めながら話したのだ。

「そして、この身をニッポンに捧げようと誓い合った。たとえ、自分たちは捨て石となっても、次世代のための明るい未来を創出するんだって」

だから、円山町の発展なんぞ忘れてしまえとでも言いたいのか。

「もちろん、今でもあの時と気持ちは変わってない。だが」

「だがはないわ、一郎さん。本物のＩＲをこの国に生み出すことが我々の目標でしょ。場所なんてどこでもいい、――でしょう？」

「その言葉のままお返しします。国中から我田引水と非難を浴びるような場所に、なぜ私たちの夢のＩＲを建てなきゃならないんですか」

「それは、あなたがしくじったからよ」

なんだと！

鈴木は思わず立ち上がってしまった。胸ぐらを掴まなかったのは、勅子の首筋の皺のせいかもしれない。

「言うに事欠いて何を言い出すんだ。無理にでも関門市に決めたいのはあんたの実家の暴走をもみ消すためじゃないか」

関門市のＩＲ誘致を見越して最も多額の投資をしているのは、勅子の父親の会社だった。

「とんでもない。そんな問題ぐらいならエリザベスに銀座のＩＲ開発を認めてあげれば、一掃できるの。問題は、私たちじゃないのよ。あなたたちなの」

彼女の細く長い指が、鈴木の胸をついた。

「あなたたちだと？　それは一体誰を指してるんだ？」

「カジノ狂いになったのは、私だけじゃないのよ、一郎さん。ご子息の光太郎君も、首までどっぷり借金に浸かっている」

なんだと……。

光太郎が、カジノに溺れていないと断言する自信はなかった。それどころか、呆れるほどに負け続け、ばかげた額を失っているのも知っている。ただ、遊ぶのはいつもエリザベスのカジノだったから、大事には至らないと思っていた。

「言っておきますけど、エリザベスがチャラにしたカジノの話じゃないわよ。光太郎君は、世界中のカジノで負けまくっている。そして、私以上に厄介な連中から借金をしている。その様子じゃ、ご存じなかったのね」

初めて知った。

狼狽を隠すために鈴木は、ソファに座り直した。勅子が近づいてきて、バッグから文書を取りだして見せた。

「ウチで調べた限りの光太郎君の借金よ。あなたの資産管理は大丈夫？　相当使い込みしている気がするけど」

それが、どうした。この女には非難する権利はない。

「誤解しないでね。私より光太郎君の方が酷いなんて言わないわ。松田とあなたは、同様の病を抱えた身内がいるという意味で、似た者同士だと言いたいの」

「だから、私にドリーム・キングダムを諦めろと言うのかね？」

「諦めてくださるのなら万々歳だけど、ならばウチも諦めよとおっしゃるんでしょ。言い分は分かります。でもね、そちらにはもっと致命的な問題があるの」

勅子は、さらに分厚い書類袋を取り出した。

封筒には、法務省とある。

「東京地検特捜部が、赤羽知事を収賄容疑で調べているわ。既に物的証拠も握っているとか。もちろん容疑はドリーム・キングダム関連よ」

「まさか」

「知事が品行方正なんだとは思っていないでしょう」

思っていない。だが、東京地検特捜部にしっぽを握られるほど愚かではないはずだ。

「政府としてIR推進法が成立するまでは動かないよう、勉は必死で運動しているけれど、法案が成立したら、ただちに赤羽知事は逮捕される。つまり、どう考えてもドリーム・キングダムをオープンするのは無理ということなの」

震える手で書類袋から中身を取り出した。

農地だった円山町の土地を開発可能に変更する際、便宜を図った誓約書が一枚入っていた。

誓約書には金額も明記されている——その額、一億円。

さらに、土地開発や様々な許認可についての便宜供与の証拠も数枚入っていた。マスコミが「汚職の百貨店」とでも名付けそうなほどの物証だった。

「なぜ、こんなものを文書化してるんだ」

「並の神経じゃ理解不能ね。要するに赤羽って男はそれほどに信用されてなかったんじゃないの。同じ土地開発で複数の業者から賄賂をもらっていた事実もあるそうよ。とにかく知事は、これで終わりね。同時に、ドリーム・キングダムも暫し凍結ね」

もはや、打つ手はない。

「五年、我慢してくれないかしら」

「どういう意味だ？」

「関門市でＩＲをオープンしたら、次は東京でしょ。そのプランを実現するのに、三年から五年はかかる。その後で、必ず円山町にＩＲを建設します。勉は、それを約束すると言ってるの」

思わず鼻で笑ってしまった。

「勉君は、そんなに長く総理をやるつもりなのかね？」

「当然でしょ。彼は戦後の総理在任記録の更新を狙っている。日本を再生できる政治家なんて彼以外にいると思う？」

しかし、松田には勅子という爆弾がある。さらに、エリザベス・チャンという刺客もいる。勅子をカジノ狂いにしたのは、エリザベスの策謀だった。松田の愛妻を堕落させることで、ＩＲ誘致の主導権を握る——。勅子がマフィアの借金まみれになった時、エリザベスはいかに自分が策士かということを得々と話してくれた。

エリザベスの欲望は、際限がない。一つ実現すれば、もっと大きな欲望を叶えようとする。そんなエリザベスのわがままに、松田が、いや日本が耐えられるとは思えない。

「関門市を第一号案件として発表する時に、同時に三番目のＩＲは円山町につくると、発表して欲しい」

「血迷っているの？　そんなことをしたら、ドリーム・キングダムは青森県知事がらみの汚職にまみれて、あなたの夢はもろとも水泡に帰すわよ」

「では、誓約書が欲しい」

「誓約書なんて、勉は書かないわ。エリザベスにちゃんと伝えておく。それで十分でしょ」

どうだろうか。

エリザベスは、鈴木にだけは特別な計らいをしてくれる。ドリーム・キングダム建設だって彼女なりに本気ではある。

何の約束もないよりましか……。

「一郎さん、全てはニッポンの未来のためです。勉だって苦渋の選択をしている。それはあなたもお分かりでしょ。まずは、ＩＲ推進法の成立。そして、日本初のＩＲ施設の建設と運営の成功、次いで東京、そして円山町。この流れを実現するためにも、私たちはもう一度同志になるべきなの」

カジノ狂いで窶《やつ》れた哀れな女だと見くびったのが間違いだった。

勅子は、ハードネゴシエーションを見事にやり遂げた。

鈴木の選択肢は、破滅か服従かの二つのみだ。

「いいだろう。君の言葉を信じよう。そして、勉君に必ず約束を果たしてくれと伝えてくれ」

勅子は立ち上がると、躊躇なく鈴木を抱擁した。高級な香水の匂いがした。

「このご恩は一生忘れない。そして、必ずやあなたの夢を実現させてみせる。私を信じて。それとこれから東西新聞の雌狐と会うそうだけど、くれぐれも彼女に私たちのことを悟られないようにしてね」

何を悟られないようにせよというのだ。

「あなたは、日本初のＩＲがどこに決まるのかなんて気にしてない。大切なのは、ハブ大国になるための起爆剤であるＩＲを、パーフェクトな状態でこの国に根付かせることだ。そのためにあなたも勉も全身全霊を捧げるのみだと」

女は怖いな。

破滅の淵にまで追い詰められたこともあるのに、今や勅子はエリザベス級の策士となって俺に服従を強いるとは。

だが、鈴木には為《な》す術もなかった。

「任せておきなさい」

自らが発した言葉が虚しかった。

5

ホテル青森に到着した瀬戸は、鈴木町長が待つロイヤルスイートのフロアに向かった。できれば、鈴木と二人だけで話をしたかった。堤の命令に背《そむ》くことになるが、東西新聞の結城記者には本当のことを伝えるべきだと説得したいのだ。

一緒にいる光太郎をどうにか引き離せないかと考えたが、妙案が浮かばなかった。

町長の部屋の前に私設秘書が立っていた。

「来客中ですので、こちらの部屋でお待ち願えますか」

秘書が隣室に案内しようとしたその時、ロイヤルスイートから女性が出てきた。

なんだ、もう取材は終わったのかと焦った。それで、女性の顔を確かめようと近づいて凍り付いた。

どういうことだ。なんで、総理夫人がこんな場所にいるんだ。

目が合ったが、向こうは瀬戸を覚えていないようだ。

いったい総理夫人は、何をしに来たんだ。

考えられることは一つしかない。

関門市へのIR誘致について、鈴木の了解を得に来たに違いない。

結婚前はNHKの記者だった勅子は、頭が切れ、行動力もある。松田より勅子の方が、総理にふさわしいのではないかという評価もあるほどだ。

鈴木に遠慮して、煮え切らない夫に代わって、IR誘致のことで説得に来たのだろうか。

「ねえ、隆ちゃん、さっきの女性は誰？」

控えの部屋に入ると、光太郎が尋ねてきた。

「知らないよ」

「ウソつくなよ。あの女とすれ違った時、ものすごくびっくりした顔してたくせに」

口の軽い男に答えるわけにはいかない。

その時、秘書が「坊ちゃん、一緒にきてくれますか」と呼びにきた。

ドアがしっかりと閉まってから、瀬戸は電話を手にした。

「堤さん、今、ホテル青森にいます。これから鈴木町長と会います。ところで、総理夫人がこちらにいらっしゃいました」

「冗談だろ。そんな話を俺は知らんぞ」

松田総理のことなら何でも知っているという態度を隠さない堤だけに、明らかに動揺している。いい気味だ。

「彼女の用件は？」

「知りません。でも町長と会っていたと思われます」

「調べろ。土壇場で総理が独断専行して、すべてをぶち壊すなんて目も当てられん」

それで困るのは、堤だけだ。

「努力します」

「勅子夫人の用件を必ず探り出せ。そんな調子だと鈴木のオッサンも何をしでかすか分からん。しっかりと監視しろ」

「畏まりました」

ここで大混乱が起きるのも一興かも知れない。

その時、光太郎が叫ぶ声がした。

「どうした？」

部屋を飛び出してみると、光太郎が廊下の壁に拳を打ち付けていた。

「光太郎、何があった？」

声を掛けても答えないで、壁を叩いている。もう一度名を呼ぶと、ようやく視線が合った。

顔色が悪い。

「隆ちゃん。最悪だよ」

光太郎は乱れた上着を整えると、エレベーターホールへ歩き出した。

一体、鈴木の周りはどうなっているんだ。


見晴らしの良い部屋だった。

遠くに陸奥湾が一望できる。

「やあ、瀬戸君。東京からわざわざありがとう。エリザベスの代理なんだって」

「一応そうですが、お察しください」

「なるほど、察した方がいいわけだね」

瀬戸はエリザベスの手の湿り気を思い出した。

——私の気持ちを、ちゃんと伝えてよ。私は必ず、ドリーム・キングダムを小父さまの町につくるからって。

ソファにゆったりと座っている鈴木の手に、ロックグラスが握られていた。ウイスキーを飲んでいるのか。

「君もどうかね？」

「結構です。それより、どうされたんですか。メディア取材前に、お酒を飲まれるなんて」

「光太郎と親子の縁を切った」

とんでもないことを平然と言う。

「どういうことです!?　何があったんですか」

「バカ息子の恥ずべき行為が露見しただけだ」

光太郎がやりそうな恥ずべき行為など、当てはまるものが多すぎる。

「光太郎の様子が変でした」

「当然だな。一生掛けても返せないような負債を抱えて生きていくんだから」

もしや、カジノで莫大な借金を抱えたのか。

光太郎がギャンブル好きで、エリザベスのカジノで大きく負けているのは知っていた。それをエリザベスは笑って棒引きにしてやっている。彼女なりの鈴木への義理立てなんだろう。

だが光太郎は、他のカジノでも借金をつくっているだろうと、エリザベスは言っていた。

「なんで、あんな出来損ないになったんだろうねえ。何をやってもダメな子だ」

これまでにも鈴木から同じ台詞を何度も聞いた。だが、何度聞いても瀬戸には答えようがない。

「総理夫人がいらしてましたが。どういう用件だったんですか」

聞こえたはずだが、答えはなかった。鈴木は黙って窓の外に視線を投げたままだ。

「もしかして日本初のＩＲは、関門市でという最後通告ですか」

「まっ、そんなところだ。だが、悪い話ばかりじゃない。いやあ、あれは大した女だよ。松田君より遥かに肝が据わっている」

何かを吹っ切ったような口調で返された。

「と申されますと？」

「円山町でのＩＲは、三番目で決まったよ」

三番目だと……。東京にＩＲを誘致する話はまったく進んでいない。大阪や横浜が立候補するという話もある。そんな時に、「三番目はウチに決まった」というのは、暢気すぎないか。

「まるでバカだろ。笑ってくれ。それにしても、女は怖いねえ。結局総理も私も、いやニッポンは、エリザベスと勅子夫人の好きなように引っかき回されそうだよ」

「それで関門市誘致を承服されたわけですか」

「問答無用で降参した感じだ」

「町長は、大逆転の切り札をお持ちだと伺いましたが」

「私の切り札なんかより凄い最終兵器が、勅子夫人から飛び出した。瞬殺だった」

光太郎のカジノ負債程度では、鈴木は諦めはしないだろう。カジノ狂いという意味では、勅子夫人も負けてはいないのだから。

「それでは、この後の東西新聞の編集委員に、敗北宣言されるんですね？」

「そんなことは、しないよ」

「なぜです。ここは潔く敗北宣言された方が、少しでも地元の傷は少なくて済みます」

「地元の傷なんて気にしていない。皆、欲の皮が突っ張った連中が後先考えずに膨らませたバブルだ。勝手に破産でも破滅でもすればいい。そもそも結城洋子は、どこにＩＲができるかなんて気にしていないよ。おそらく、私に質問すらしないんじゃないか」

「なぜです。場所が分かれば、大スクープですよ。円山町にＩＲが来ないといえば、必ず記事になりますよ」

「それは、困るんだ」

「なぜです？」

「円山町が今、敗北宣言を出せば、探られたくない腹まで探られることになる。それはＩＲの未来にはマイナスでしかない。だから、円山町——いや総理と懇意である円山町長は最後の最後までＩＲ誘致の実現を信じて、ＩＲの真価を訴え続けなければならない。ひいてはそれが、関門市で成功する可能性をわずかでも高める効果にもなるかも知れない」

政治力でねじ伏せられたのに、関門市ＩＲの成功を願っているのか。

「私が、ドリーム・キングダムこそ日本初のＩＲにふさわしいと訴えたのは、欲得のためじゃない。何事も最初が肝心なんだ。ＩＲの意義をしっかりと理解し、ＩＲ運営会社とやり合えるだけの見識を持った経営者によって成功モデルをつくることが、第二、第三のＩＲを生むからだよ。もはや我が町が第一号にはなり得ないと知った今、これまで以上にＩＲの素晴らしさと必要性を訴える必要がある。だから、ＩＲそのものに懐疑的な結城洋子を説き伏せたいんだ」

瀬戸は黙って聞くことしかできなかった。

「だからね、結城さんには最後の最後まで、日本初のＩＲはドリーム・キングダムだと思わせた上で話をしたいんだ。分かってくれるだろう」

「分かりました。私も立ち会わせて戴きます」

ＩＲ誘致を社命としているＤＴＡの一社員として、手助けをしなければならない。

そこに秘書が入ってきた。

「東西新聞の結城さんがお見えです」

6

鈴木は上機嫌で迎えてくれた。

「何かいいことでもありましたか」

鈴木の笑みが大きくなった。

「もしかして朗報が届いたんですか」

「朗報ねえ。届いて欲しいもんですな。そうではなくて、地元に戻ってきたからですよ。東京にいると顔つきが険しくなると言われるんでね」

にこやかな表情で洋子と船井にソファを勧める鈴木の余裕は、環境の違い程度で生まれるようなものではない。何か、心弾ませるような出来事があったに違いない。

「では、早速、インタビューを始めてもよろしいですか」

「まずはドリーム・キングダムを見に行きませんか。実弟の会社が所有するクルーザーが港に停泊しているんですよ。それに乗って夢島にご案内したいんですが」

予定では、夢島取材は明日のはずだった。だが、面白そうな趣向にも思えた。

船井に目で尋ねると、洋子に任せるというリアクションを返してきた。

「では、お言葉に甘えて」


鈴木が用意した車を断って、洋子は船井のサーブに乗り込んだ。

「鈴木町長に達観したような明るさを感じるんだけど、船井さんはどう思います？」

「私も、あんな明るい鈴木町長を久しぶりに見ました」

「堀部《ほりべ》君の情報は、本当だったのかも」

IR特集班の中堅記者である堀部が最新情報を送ってきていた。堀部はギャンブル関連産業に精通していて、パチンコから競馬までたいていの裏情報も知っていた。

〝IR一号案件が、大逆転するかも知れないという噂が昨夜から出回っています。真偽の程がまだ掴めていないのですが、鈴木町長が、政権を追い詰めるほどの爆弾をちらつかせているとか。それに総理がカジノを自身の選挙区に誘致するのは、利益誘導だという反発が与党内からも上がっているようです〟

とあった。

「鈴木町長は相当の策略家ですからなあ。ＩＲ誘致実現のためなら、手段を選ばないでしょう。総理を脅すなんて大胆不敵な行動をとっても驚きませんなあ」

船井は妙に納得している。

「鈴木町長評を聞かせてくれない？」

「なかなかのカンですよ」

「カン？」

船井は笑いながら漢字の「漢」だと教えてくれた。

「つまり熱血漢ってこと？　あるいは悪漢？」

「熱血漢でもあるし、おそらくは、相当な策士でもあるでしょうな」

船井は鈴木贔屓なのか。

「ああいうの、嫌いじゃないですね。危ういところはあるし、強引だし、おそらく彼の思考を理解できる人は、さしていないでしょう」

洋子にはそれほど高い評価が理解できなかった。

ＩＲに注ぐ情熱は、確かに「漢《おとこ》」だろう。鈴木なら日本にＩＲを根付かせる事が出来るかも知れない。ＩＲの本質を理解しているようだし、ＩＲにかける情熱は本物のようだ。

その一方で、偏執狂的な性格と、目的のためには手段を選ばないという強引さが気になる。総じて清廉潔白な郷土愛の士とはとうてい思えない佇まいなのだ。

「結城さんは、お嫌いですか」

ド直球が胸元に飛んできた。

「好き嫌いというより、怪しいのよ。あくまでも東京で会った印象だけれど、強引で独りよがりな面倒なオヤジというイメージがあった」

「それは、多くの人が鈴木町長に抱く印象でしょうね。それで相当損していますな」

「じゃあ、素顔は違うってこと？」

「素顔は存じません。鈴木町長は、自分に分かることは誰にでも分かるという前提で、話しますす。だから、ついつい前のめりでまくし立てる。ところが、大抵の人には彼の話がちんぷんかんぷんです。その結果、結城さんが抱いたような勘違いオヤジのイメージを抱く人が多い。私は会うたびに忠告しているのですが、本人はどこ吹く風です」

「船井さんは、鈴木町長をどう評価されているんですか」

「彼は地方行政の本質をよく理解していると思います。ああいう人物が地方に革命をもたらすんじゃないでしょうか。例えば、地方の問題は人口減少にあるなどと言われますが、そうではなく、産業育成の脆弱性こそ問題の根幹であると鈴木町長は訴えています。しかし、まともな産業がない自治体がたくさんあるというのが現実です。掘り起こしたくても、掘り起こす歴史も文化もない。そんなまちが無数にあるんです。円山町もそんな自治体です。ならば新しい産業を創出するしかない。何も持っていないから、絶対にIRが必要だと、町長は考えたんです」

地方だって個性を磨けば光るという論調を、マスコミはすぐに敷こうとする。あるいは政府も、地方全てに活性化の可能性があると公式にはコメントする。

だが、船井の言うとおり、活性化のきっかけとなる素材がまるでない、という自治体はいくらでもある。地域おこしの名人として全国的に名の知られた鈴木の地元も、その一つにすぎなかったのか。

「不勉強でごめんなさい。だとすれば、IRを成功させるのも難しいんじゃないのかしら」

「海外からの動員を考えると、円山町の立地は不利ですね。そこで青森空港を国際空港にすることはもちろん、新千歳《しんちとせ》空港から直行ヘリを飛ばせないかと国交省などに打診していますす」

「そんな大がかりなことを小さな町の首長が訴えたところで、誰が耳を傾けてくれる？」

それは単なる誇大妄想だと思うのだが。

「そこは、総理の地方活性化指南役という知名度が奏功します。ただ、耳は傾けてはくれますが、どこもIRが本決まりにならない限り検討できないと返されているようですな」

全てはIRが円山町に誘致出来るかどうかにかかっているという堂々巡りか。

「要するに、IRを誘致できない円山町は座して死を待つのみ、ということね」

「まさしく！　IRの研究と誘致のために、町長はもちろん、町も死にもの狂いで動いてます。少しでもプラスになりそうなイベントを次々と企画し、それに伴う費用も突っ込んでいます。国と県の補助金で賄《まかな》ってはいますが、誘致に失敗すれば円山町が被る被害は甚大です」

それは鈴木町長の破滅を意味する。

「だとすれば、ますます彼の上機嫌が不可解ね」

もう勝負がついてしまったのかも知れない。もしかして、あれは敗者の開き直りなのだろうか。

「堀部記者の情報が真実なのではと思います」

「それが本当なら面白いけど、既に関門市では誘致決定で盛り上がっている。そんな時に、あれは間違いでしたでは、総理は選挙民に顔向けできないでしょう」

「しかし鈴木町長は一筋縄ではいかない男です。彼なりの秘策があるのかもしれません」

船井の見解には、彼自身の期待値もプラスされている気がする。

鈴木の口から大逆転の事実が摑めたら、大スクープだ。

だが、洋子は気乗りがしなかった。

地方ＩＲがどこに建とうと、どうでもいいことだ。それより、地方にＩＲなんて持ち込むことの方を問題にしたいのだ。

とはいえ、このネタを鈴木当人にぶつけないわけにはいかない。

それならば、堀部に確かめたいことがある。彼の携帯電話を鳴らした。

「結城です。さっきくれた情報だけど、追加で分かったことはある？」

「今のところないですが、ＩＲ誘致推進議連の会長は、総理の地元にＩＲを建設するのは問題だという意見が根強く、再考を強く促していると言ってます。鈴木町長の方はどうですか」

「なんだか今日はやけに機嫌がいいの。それで、もしやと思って」

「そうかあ。鈴木町長が総理の座が吹っ飛ぶほどの爆弾を持っているというネタは、あながちガセではないかも知れませんね」

「爆弾の内容についてのヒントもないの？」

「残念ながら摑めていません。考えられるとしたらＩＲ利権に絡む贈収賄《サンズイ》かと」

事実なら、政権どころか永田町全体に衝撃が走る。

「そんなにバカなの、松田は？」

「それは、磐田政治部長に尋ねてください。ただ、関門市でＩＲの誘致が成功すれば、総理夫人の実家がボロ儲けできるそうです」

独身時代にテレビ記者として活躍していた松田勅子のことはよく知っている。取材現場で出くわしたことも何度もあった。

美貌と育ちの良さを武器に、いくつものスクープをモノにした敏腕だったが、人を見下すような態度が露骨で、現場では相当に煙たがられていた。

期待の若手政治家と電撃結婚した時は驚いたが、彼女らしい選択だとも思った。

「堀部君、総理夫人の父親の企業の財務状況を調べて」

「すぐに調べます」

総理が、妻の実家が潤うために職務権限を悪用しただけでなく、日本の成長産業だとアピールしているＩＲの成功に泥を塗る――。そんな愚かなことをするだろうか。

「ところで勅子夫人について、面白い噂があります」

「何？」

船井が機転をきかせて道順を変えてくれたおかげで時間が稼げたが、そろそろ話を切り上げなければならない。欲しい情報は得られた。

「夫人は、二週間に一度のペースで関門市にお国入りしています。その時に、精神科医にかかっているとか」

「まさか。あの人、鉄の心臓よ」

「ギャンブル依存症という説とアルコール依存症という説があるんですが、僕はカジノだとみています。夫人は夫のカジノ視察に何度も同行していますし、単独での海外旅行も多い」

だとすれば、松田は絶体絶命だった。

「堀部君、助かったわ」

洋子が電話を切ると、船井は車の速度を上げた。

7

「光太郎君を勘当したとおっしゃっていましたが、いったい何をしたんです」

ホテルを出た車が国道を走り始めたところで、瀬戸は思いきって鈴木に尋ねた。追い詰められた時の光太郎が何をするか、古いつきあいの瀬戸には手に取るように分かる。彼が暴挙に出ないか心配だった。

「身内の恥だよ。聞かないでくれ」

「すみません。でも友人としては、光太郎君が心配で」

「これまでは私もそう思って、すぐに救いの手を差しのべてしまった。だが、それがあの子をダメにした気がする。今度ばかりは自分で始末させたいんだ」

「そういう意味ではありません。怒りにまかせて、マスコミにカジノ誘致の裏事情などをぶちまけたりしないかが、心配なんです」

鈴木の顔つきが変わった。

「まさか、そんなバカなことをするはずは」

「ないと言えますか」

鈴木が助手席に座っている秘書の肩を叩いた。

「麻岡、光太郎を探してホテルに押し込んでおけ」

麻岡は小さく頷くと携帯電話を取り出した。

「君は今、エリザベスの一番のお気に入りだそうだね」

あまり触れて欲しくない話題だな。

「彼女は鈴木町長一筋ですよ」

「お追従は無用だよ。エリザベスの男遊びは有名だ。いや見境ない。それはともかく、今回の件ではエリザベスも私を裏切ったんだろうか」

　エリザベスとは瀬戸よりもはるかに長いつきあいがある鈴木に、誤魔化しはきかない。ただ、いくらエリザベスとデキていても、彼女が腹の内を全て明かしているわけではない。

「エリザベスは裏切ったつもりはないと思います。僭越ですが、エリザベスが鈴木さんに抱く感情は、父への思慕に近いと思います。彼女が肉親だと考えているのは、鈴木さんただ一人じゃないですか」

「だったら、なぜこんな結果になるんだね」

「それよりも大事なことがあるのでしょう」

　鈴木は悲しげにため息を漏らした。

「カネかね？」

「彼女の最優先事項は、負けないことです。常に一番でいたい。特に、日本で一番になりたいという気持ちは相当なものです。日本初のＩＲは誰にも渡したくない。自分が手がけられるなら、場所がどこになろうと構わないのでは」

　そこまでエリザベスが日本にこだわる理由は、分からない。だが、彼女は欧米よりも日本にこだわっている。

「そうだったな。それを私は忘れていたよ。あの子は日本が大好きなんだ。日本人に生まれたかったと、しょっちゅうため息をついている」

「なぜですか」

「彼女にとって、日本は完璧なんだそうだ。美しくて可愛い。全てが素敵で全部自分のモノにしたいとよく言っていた」

あのゴテゴテした悪趣味の女が、日本の美の何を理解しているというのだろう。

「エリザベスは、東京のIRも絶対に自分がやると意気込んでいます。だから、それを有利にするためになら、松田総理に恩でも、カネでも惜しまず与えるでしょうね」

東京を手に入れなければ、何の意味もない――。エリザベスは、ことあるごとにそう叫び、周囲にプレッシャーをかける。その徹底ぶりも凄まじい。何事においても過剰で暑苦しい――それがエリザベス・チャンなのだ。

「エリザベスのスマートフォンの待ち受け画面が、ドリーム・キングダムの完成予想図なのをご存じですか」

鈴木は本気で驚いている。

「いや、そんな話は初めて聞く」

「これは私と小父さまの夢なんだ。だから、必ず実現するというのも、彼女の口癖です」

「そうか……。あの子はあの子なりに、私のことを大事に思ってくれている訳か。瀬戸君、いい話をありがとう。これで私も完全に腹をくくれた。結城記者には徹底的にIRの素晴らしさを、大切さを訴える」

瀬戸は泣きたくなった。誰よりもＩＲを理解して、誰よりもＩＲを成功に導けるであろう男が、なぜ切り捨てられなければならないのだ。一体、誰が悪いのだ？

「町長、後ろの車が左折してしまいましたが」

運転手がルームミラーを見て言った。

振り返ると、ワインレッドのサーブが反対に折れて青森港内に入って行くのが見えた。

麻岡は気にしていたが、「放っておけばいいよ」と鈴木は言った。

「それより光太郎の行方はどうだ？」

「今のところ不明です。必ず見つけ出しますので、ご安心を」

「よろしく頼むよ。君は船に乗らなくていいから光太郎探しに専念してくれ」

「畏まりました。では、瀬戸さん、よろしくお願い致します」

マスコミとは距離を置きたかったが、そうも言ってられなくなりそうだ。

東西新聞記者が運転するサーブは、しばらくするとクルーザーの停泊地に戻ってきた。

「随分、遠回りされたんですな」

鈴木が結城のためにドアを開いて言った。

「あんまり空が青いので、港を一周して欲しいとおねだりしたんです。失礼しました」

見え見えのウソを堂々とつく。それが新聞記者だと改めて肝に銘じた。

「じゃあ、陸奥湾でのクルーズはきっと楽しんで戴けそうですな」

「期待しています」

そこで結城と目が合った。

「私のところの若いスタッフです。瀬戸君、ご挨拶を」

「瀬戸と申します。申し訳ありません。名刺を持ち合わせておりません」

結城は軽く会釈して、鈴木に続いて船に乗り込んだ。

「このあたりではお見かけしない顔ですな」

髯面の中年記者は怪訝《けげん》そうだ。

「普段は、東京に駐在しております」

「なるほど。鈴木町長は、東京でも引っ張りだこでしょうからなあ」

鈴木が用意した純白のクルーザーは八〇フィート級の船だった。“Dreamer”と名付けられた船は外洋航海も可能と聞いている。船内をワンフロアーの宴会場仕様に改装して、ドリーム・キングダムを案内するためのガイド船として活躍しているという。

甲板には数脚の丸テーブルと椅子が置かれている。

「ここで眺望を楽しみませんか」

二人の記者は鈴木の提案を笑顔で受け入れた。テーブルセッティングが手際よく進む中で、鈴木は客を舳先《へさき》に誘った。

「船はまっすぐ北に向かいます。今日のような秋晴れの日なら、津軽半島も下北半島も見えるんじゃないかな。湾の中程まで進んだところで西に舵を取り、夢島に向かいます。所要時間は三〇分ほどです」

結城はサングラスをかけ、風にたなびく髪を後ろでまとめながら取材を始めた。

「ドリーム・キングダムが完成したら、夢島まで、クルーズ船によるアクセスも考えているんですか」

「さすが結城さん、鋭いなあ。まさにそういう計画もあります。これと似たような船を二艘、さらに一五〇フィート級のクルーザーを只今物色中です。青森港だけではなく、例えば函館からクルージングを楽しんで戴いて、ドリーム・キングダムにお招きできたら素敵でしょう」

瀬戸も初めて聞くプランだ。確かに外国人や日本の富裕層には人気を呼ぶかも知れない。

「ＩＲの活性化には、空港の整備や空港からの迅速な移動手段の確保が大切だとは思いますが、同時にのんびりとした時間を楽しみながら、ドリーム・キングダムに乗り込むようなプランも提案したいんですよ」

寝ても覚めてもドリーム・キングダムのことだけ考えていると、鈴木はいつも言っている。そして彼の頭の中には日本と地方を元気にするための多彩なアイデアが溢れ返っていた。鈴木のようにIRを熟知した者が地元にいないのなら、関門市でのIRは前途多難と改めて思った。

「クルーズ船での上陸、楽しそう！　ぜひ実現してくださいね。ところで鈴木さん、ついさっき入ってきた情報なんですけど、地方IR第一号は、大逆転で円山町となるように総理の了解を取りつけた――、というより奪い取ったそうじゃないですか」

8

大逆転ネタをどこでぶつけるか。船に乗ってからずっと、洋子はタイミングを計っていた。

IRの本質についての取材を優先すべきなら、最後でいい問いだった。しかし、冒頭で言ってしまった。不意打ちを狙いたかったのと、誘致先問題が気になって本論に集中できない気がしたのだ。

鈴木のリアクションは、期待したほどではなかった。彼は暫し表情を強ばらせただけで、苦笑いを浮かべながら空を見上げてしまった。

「あれは、オオワシかな？　時々、このあたりの上空を飛ぶんですよ」

「トンビですな。オオワシは真冬にしかやってきやしません」

船井がまともに答えたのに驚いたが、鈴木は笑みを大きくした。

「結城さん、いきなりとんでもない球《たま》を投げるんですなあ。でも、私には何のことやら」

「つまり、総理と、そのような交渉をなさっていないんですね」

「そのことについては、総理にはずっとお願いしていますから、総理は私の思いを重々ご承知です。しかし、最後は総理がお決めになることとです。それを一町長ごときが奪い取るなんて、さすがにそれは笑止千万です」

鈴木はまっすぐに洋子の目を見据えている。心底そう思っているという意思が強く伝わってきた。

「そもそも結城さんは、そんなことをお知りになりたくて、青森までいらしたんですか」

やられた——。つまらないことにこだわった己を呪った。私は、どこにIRができようとあまり気にしていない。なのに、つまらぬスクープ欲に踊らされてしまった。

「失礼しました。私が青森にお邪魔したのは、この目で鈴木さんご自慢のドリーム・キングダム予定地を見たかったからです」

「結構。じゃあその話をじっくり致しましょう」

テーブルの用意ができたとボーイが告げ、船長が出港すると告げた。

「まずは、再会を祝いましょう。船井さん、あんたの車はウチの誰かに運転させて支局に送ってあげるから、乾杯をご一緒に」

純白のテーブルクロスの上にシャンパングラスが並んでいた。洋子も断る状況ではないと判断した。

全員のグラスにシャンパンが注がれたのを見計らったように、船が汽笛を鳴らした。

洋子は乾杯の酒を一気に飲み干した。

「鈴木さんの、IRが地方活性化の起爆剤になるという説は、大変興味深いと考えています。ただ、問題があります」

「カジノですな」

「カジノに対して抵抗を感じる日本人は少なくありません。たとえばカジノ抜きのIRというのは、どう思われますか」

「無理ですな」

鈴木は悠然と構えている。誤魔化そうという態度がみえみえの県知事とは大違いだ。

「なぜですか。アジアのハブ施設を目指されているのでしょう。ならば、施設で催す会議やイベントが魅力的であれば、カジノがなくても世界中から人は集まってくるのでは？」

「結城さんは、人集めをされたことがありますか」

「いえ」

「確かご主人は大学教授でしたな。ならば、国際学会に頻繁に参加されているでしょう」

夫は日本の政治学を研究する英国人だった。東京大学で教授を務めている。

「カジノの話と何か関係があるんですか」

「学会とは、知の巨人たちが学術的な見解を深めるためにある。しかし、それにはもれなく付帯的なお楽しみがセットになっているのでは？」

確かにそうだ。洋子も何度かそれに惹かれて同行したことがあった。

「学術会議やビジネスだけではなく、オフタイムに様々なお楽しみがあることが、人を集める大きな要因になっているんです」

「それは一部の人に限られるのでは？」

「そうかなあ。例えば、お楽しみが充実していると夫人同伴や家族連れでやってくる先生方が増えます。あまり魅力的でない場合は、お一人が多い。これは確かなデータがあります。あるいはアミューズメント施設を訪れて、偶然ビジネスチャンスを見つける人もいます。それに学会や会議だけではなく、アミューズメントを第一の目的にしたお客様も欲しい。なぜなら、ＩＲの成否は、その場所が常に大勢の人で賑わっているかどうかに懸かっているからです」

鈴木が周囲から誤解されるのは、皆が自分と同じ知識を持っているという前提で話を飛ばすからだと船井は言った。しかし、今日の鈴木はとても丁寧に説明している。

「つまり、人を集めるためのキラーコンテンツとしてカジノは、必要だと」

「まさしく。近年、郊外型のショッピングモールが乱立していますが、実際はなかなかうまくいかない理由をご存じですか」

「都会のルールでやるからでは？」

「それもあるでしょう。でも、最大の原因は、土日と平日の来客数のギャップが大きいからです。平日の来客数をベースにモール全体のオペレーションを準備すると、休日は大混乱を来す。逆だと、平日は人余りが起きて、経費を垂れ流す。土日だけのパートという手もあるが、いつも都合良く確保できるわけではない。しかし、平日でも休日の七割ぐらい来客数があれば、そのモールは大成功します。同じ理屈です」

説得力はあるが、その集客方法をカジノに頼る必然性はない。

「だからといって、カジノである必要はないのでは」

「では他国の実績をお調べになってください。カジノに勝る集客装置はないんですよ」

「近年はラスベガスでもカジノ客が減少し、今や成功しているのはマカオやシンガポールぐらいだといいますよ」

「失礼、ちょっと話を中断して、景色を見てください。今日は二つの半島がきれいに見える。ラッキーですよ」

鈴木は嬉しそうに舳先に歩いて行った。右に下北半島、左に津軽半島が見える。本州最北端の両半島は、海から眺めると相似形のように見える。

だが、実際に刻んできた歴史は対照的だ。

まさかりに似た形の下北半島は、米軍の三沢基地を抱え、その北には、核再処理工場や日本最多の風力発電所を抱える六ケ所村《ろっかしょむら》がある。さらに東通《ひがしどおり》には東北電力の原子力発電所、そしてマグロ漁で知られる大間《おおま》には、東京電力福島第一原子力発電所事故のあおりで工事が頓挫している大間原子力発電所もある。まさに日本のタブー銀座のような半島だと洋子は思う。

一方竜飛崎《たっぴざき》で知られる津軽半島は、北海道新幹線の開通によって話題となった程度で、昔と変わらぬ雰囲気を残している。

とはいえ、厳しい冬を耐える暮らしはどちらも並大抵ではなく、過疎化は止まりそうにない。

「ここから見ると両半島に抱かれているような気持ちになって落ち着きますね」

洋子は素直な感想を口にした。

「いいことを言いますね。東北は寒くて貧しいというイメージを持つ人が多い。でも、この景色を見れば、海と山のある暮らしこそが日本人の風土を培ってきたと思い出すはずです」

鈴木の声も弾んでいる。

風もない穏やかな午後は、都会のしがらみも取材までも忘れて、のんびりしたい気分になってくる。それは魔力だった。

「仕事も日々の煩雑な暮らしも忘れてのんびりと過ごしたいなら青森は格好の場です。静かな癒しを求めるだけなら、カジノなんて邪道なものも不要です。しかし、あまりにも多くの楽しみを知ってしまった現代人には、わざわざここまで足を運んでもいいと思うほどの刺激物がいるんです」

それがカジノだといいたいわけだ。

「確かにカジノの集客力は、かつてのパワーを失っている。ただし、アジアだけは別です。カジノ好きの中国人だけではありません。これまで発展途上国といわれたアジア諸国の民は、ようやく物質的な豊かさを手に入れて、自らの物欲と刺激を発散させる場所を求めているんです。

マカオとシンガポールが成功しているのは、両都市が様々な方策を練っていることもありますが、アジア人の欲望を満たしてくれる身近な場所だからです。ならば、もっと治安がよく、四季の変化が豊かな日本にカジノがあれば、アジア人たちは我先にと訪れるでしょう。日本でＩＲを軌道に乗せたいなら、まずは大きな成功例を作る必要があります。それにはカジノは不可欠なんです」

理屈は理解できる。だが、カジノは、深刻な副作用をもたらす劇薬でもある。

「日本進出に熱心なＡＤＥのエリザベス・チャンは、自社のカジノではギャンブル依存症なんて起きた例はないと断言しています。しかし、パチンコ依存症で苦しむ患者が多い日本では、カジノ依存症となる人が大勢出るのではと懸念しています」

「結城さんのご心配は間違っていない。カジノ依存症に陥る人が一定数は出ると私も思っています。なので、そういう方々を早期発見して救うという仕組みを用意します。発症は防げなくても、深刻な状態になるのは阻止できます」

「言うは易《やす》く行うは難《かた》しじゃないんですかね」

「あなたがたメディアの人は、どうしようもない悲観論者で、小さな問題点を針小棒大にしたがる。まあ、そういう役目も必要でしょう。でも、我々人類は、目の前に高い壁があってもそれを克服して前に進んできた。ＩＲにまとわりつく様々な問題点も、そうやって解決しますよ」

雲一つない秋の空をトンビが滑空している。

だが、そののどかな雰囲気は、彼方から聞こえてきた金属的な轟音《ごうおん》によって引き裂かれた。

二機の戦闘機が一瞬で通り過ぎ、洋子は、ここが軍事基地に近いということを思い出した。

第八章　逆襲――現在

1

現在――。

「13版の早刷りです！」

午前一時、刷り上がったばかりの朝刊を、アルバイトが会議室に置いていった。

土壇場で紙面の差し替えが決まった。

もちろん改憲宣言の記事で、松田総理の演説写真が一面を占拠していた。顔つきに悲壮感が滲んでいるのは、お膝元が大炎上しそうになった焦りだろうか。

それとも、不祥事発覚潰しのためとはいえ、憲法改正などという無謀を宣言しなければならず、自らの政治生命を縮めたせいだろうか。

「憲法改正というギャンブルで、ギャンブルの不祥事をもみ消したいかさま師っていうキャプションにしてほしいですね」

福原は皮肉混じりにぼやいてから、総理の顔に赤ペンで落書きした。

福原は逞しい。出端《でばな》をくじかれたカジノ取材班がショックから立ち直れない中、全員にカツを入れた。

「そう書いてくれたなら、この一面も読む気になるね。福原さん、整理部長やってくださいよ」

ギャンブル依存症専門病院を取材し、入院患者や看護師らの話をまとめた素晴らしいルポをボツにされ、さっきまで怒りをまき散らしていた原田が、鼻で笑いながら言った。

「あたしは現場派だから、デスクワークしたらノイローゼになる」

「いや、あんたは、どこで働いても楽しくやるさ」

取材班キャップ島村の一言で、笑い声が広がった。

くよくよしたって始まらない。悔しさは明日の紙面にぶつければいい。

だが、気持ちが落ち込んでいる時は、そう簡単に気持ちを切り替えられるものではない。だからこそ、停滞ムードを撥ねのける福原のパワーはありがたい。

「よし、じゃあ、これからの話をしよっか」

洋子のかけ声に、記者達の反応は鈍い。

「私達の記事がボツになったわけじゃない。もっと磨きを掛けて明日の朝刊一面から張る」

「お言葉ですが、明日も憲法改正一色じゃないんですか」

原田は悲観的だ。

「改憲宣言の続報より、良い記事を出せばいいでしょ。もしかして自信がないの？」

「そういうわけじゃないですけど、我が社は、本社の専務が松田推しですから」

だからどうだというのだ。新聞社の使命は権力の監視だ。

「東西新聞は磐田専務の私物じゃないのよ」

「それで、具体的に何をすればいいんですか」

福原一人がメモ帳を開いて既に闘志満々だ。

「まずは、例の一家心中の遺族と、カジノ依存症が一家心中の動機だと折原さんに教えたサツ官に当たってください。彼らは、東西新聞に協力するなと圧力を掛けられたに違いない。そのウラを取って記事にして」

原田が口笛を吹いた。

「それはヒリヒリするなあ」

だが、折原は拒絶するように眉をひそめている。

「そんなウラは、取れないと思います。遺族の方にしても、私にネタをくれた係長にしても、断り切れない圧力に屈したからこそ、証言を変えたんです。そんな人たちが、話してくれるとは思いません」

「早希ちゃん、それって市民の泣き寝入りを容認することになるわよ。そんなの絶対許せないでしょ。私達が彼らを解放してあげないと」

折原がやらないなら、自分がやると言わんばかりの福原だ。

「でも、彼らを守れますか。誰が圧力を掛けたのかは分かりませんが、市民が権力者に楯突くんですよ。私達は、必ず守りますからって空約束して、相手に口を開かせますけど、FBIのような証人保護プログラムを持っているわけではない。どうやって、彼らを守るんですか」

「記事にすることで守るんだよ、折原。記事として世間に知られたら、彼らを簡単に潰せなくなるだろ」

「島村さん、そんな幻想を誰が信じるんです。総理の突然の憲法改正会見が、自らのスキャンダル隠しのためだったとしたら、市民や下っ端警官の口を封じるなんて簡単なことでは？」

　折原のリアクションは、近年の新聞記者の典型的な発想にも思えた。

　なぜ記者をやるのか。社会正義のためだとか、社会の木鐸《ぼくたく》になりたいからと口では言うが、正義を貫き権力を相手に本気で闘おうとする記者なんて今や化石だ。

「じゃあ、彼らにはボディーガードをつけましょう」

「そんなことができるんですか」

　折原は懐疑的だ。

「やったことはないけど、それで問題が解決するなら、私が交渉する」

　重大な情報提供者には、多額の謝礼を支払うのは当然だ。ならば、ボディーガードを雇う費用なんて安いものだ。

「とにかく、私達の仕事は、市民が権力や暴力、お金などに屈して虐げられるのを防ぐためにあるという自覚を持って頂戴。それも権力を監視することに繋がる」

　ハッパをかけて部屋を出たところで、折原に呼び止められた。

「姿を消したＩＲ総研の瀬戸ですが、どうやら青森に向かったようなんです」

「情報源は？」

「かぐやリゾートのスタッフです。休暇の理由は、母親が危篤だからだそうです」

「確かなの？」

「福岡空港に知り合いがいるので、乗客名簿を洗ってもらったんです。そしたら、羽田経由で青森に向かう便に名前があったそうです」

スマートフォンで、船井を呼び出した。

「船井さん、朝刊の差し替えはごめんなさい。どうしても止められなかった」

船井は明るい声で笑った。

「さすがの結城さんでも、総理会見は止められないでしょう。それにしても、総理もとんでもない領域に足を踏み込んだもんですな」

「飛んで火に入る夏の虫は、焼き殺してやりましょう」

松田総理は、自ら着火した炎を全身に浴びればいい。

「ＩＲ総研の瀬戸隆史が昨日午後、青森に着いたようです」

「ほお、面白い展開ですな」

「会社には、母親が危篤だと届けているそうだけど、鈴木光太郎に会うためじゃないかと考えてます」

「なるほど、可能性は大いにあります」

「探していただけますか」

「畏まりました。ところで、結城さん、これからはどうされるおつもりですか」

洋子は朝刊でのリベンジの内容を伝えた。

「それはよろしいですなあ。『不屈の洋子』復活ってところでしょうか」

社会部記者として最前線にいた時、そんな風に呼ばれたこともあった。

「まあね。年寄りは執念深いから」

「それで、今日の夕刊はどうしますか」

カジノ問題を取り上げたいところだが、この状況では、改憲問題でまた潰される可能性もある。

「とりあえず見送ろうかと思っている」

「できれば、オブジェ魔が故鈴木元町長関係者かという記事は載せたいんですが」

船井の希望には応えたい。

「どうせなら鈴木元町長の息子関与か、と踏み込みましょう」

「そいつはいい。ぜひ、お願いします」

「そうすると他紙も動くわよ。何が何でも他社に先んじて瀬戸と鈴木光太郎を見つけて」

船井は委細承知と告げて電話を切った。

2

記事の差し替えが決まった夜、西尾と船井は支局裏にある行きつけの居酒屋の座敷に上がり込んだ。それから既に四時間、飲んだくれている。日付が変わってから既に一時間が経つ。記者になってまだ半年だったが、こんな悔しい夜は初めてだった。青森、山口、福岡で連携して総理のお膝元のIR施設の欺瞞を暴く大スクープが実現するはずだったのだ。それが、思いも寄らぬ理由で頓挫した。

総理が自らの保身のために、いきなり改憲宣言をしたと船井は断言している。西尾には信じられないが、それが事実なら、日本はどれだけバカなんだ。

普段は温厚な船井がどんどんヒートアップしている。互いにすっかり酔いが回り、二人揃って絶対に総理を辞任に追い込むと気勢を上げていた。そんな矢先に電話が入った。

電話を終えて戻ってきた船井は、やけに上機嫌になっている。

「何か、いい話でもあったんすか」

「『ビッチ洋子』が本気で怒っているよ」

船井は嬉しそうに、田酒《でんしゅ》を威勢良く飲んだ。

「ビッチって。誰です？」

「結城洋子編集局次長のことです。あれは一度狙いを定めたら、手段を選ばずネタを奪い取るクソ女です」

一度、電話で話したことがある。あの女《ひと》、そんなに恐いのか……。

さらに酒で喉を潤してから船井は、結城局次長は、何一つ諦めていないと言った。

「僕らの記事もボツにならないんですね」

「まだ、予断は許しませんけどね。何しろ、我が社には総理の犬がいますからね」

「マジっすか！」

「磐田専務ですよ。彼の援護射撃のおかげで松田勉は総理になれたといっても過言ではない。総理を引きずり下ろすような記事を、快くは思うわけがありません」

「いくら専務だからといっても、そんなことができるんですか」

「彼はただの専務じゃありません。社主のお嬢様の婿であり、次期社長候補です。彼なら何でもできちゃいます」

なんだか悪酔いしそうだった。正義の味方を標榜する新聞社が、総理を守るために、社会的意義のある記事を握りつぶすなんて。それがまかり通るなら、この世は闇だらけになる。

「それで結城局次長は、闘うということですか」

「そのようですな。局次長は五年前、青森で故鈴木元町長をインタビューした直後に倒れましてね。長い療養とリハビリを経て復帰しましたが、かつてのような激しさも鋭さも消えてしまったと言われていました。それが、今日の改憲騒動で、眠っていた本性が目覚めたようです」

「僕らは局次長を信じてついていけばいいんですね」

「西尾君、そんな消極的でどうするんです。彼女がいなくても、我々は知り得た情報を記事にする努力を怠ってはならない。そのために記者をやってんでしょ」

西尾は背筋を伸ばすと、「気合い入れます！」と言って杯《さかずき》を飲み干した。

「オブジェ魔の続報は、今日の夕刊で打ちます。鈴木光太郎が犯人か？　と踏み込んでもいいと局次長は言ってます」

「そこまでやっちゃって、いいんですか」

「いいんです。今はひたすら攻める時です。但し、夕刊でそこまで踏み込むなら、鈴木光太郎を大至急見つけなければなりません」

「その件で、一つ気になる場所があるんですが」

「どこです？」

「夢島です。円山町の鈴木氏の元自宅に急行した時、近所のご婦人にぜひ見てみろって言われて、夢島に行ったんです。雑草だらけの荒れ地でしたが、工事関係者の事務所みたいなプレハブ小屋が残っていたんです。そこを覗いた時、中から人が飛び出してきたんです」

「初めて聞く話ですな」

「すみません。報告するのを忘れてました。その時、見つけたのがこれです」

西尾はカジノで使用するチップを取り出した。船井は老眼鏡だけではなくルーペまで取り出してチップを入念に見ている。

「ドリーム・キングダムのチップだな」

「分かるんですか」

「チップの側面に、ＤＫという刻印が刻まれているんです。鈴木元町長がまだイケイケドンドンだった頃にドリーム・キングダムのＰＲ用にわざわざ作ったんです。ＩＲ誘致熱で青森が沸騰していた頃は、事あるごとに関係者に配布されてましたよ」

船井からルーペを借りて再度見ると、確かにあった。

「君はＤＫの予定地に行ったんだから、そこでこれを拾うのは不自然ではありません。そういえば鈴木元町長宅で積み上げられていたオブジェには、ビニールテープに貼り付けたチップでモールのように装飾していませんでしたっけ」

「そうです！　ああ、僕はやっぱり頭悪いですね。この二つが結びつかなかった。だったら、小屋から飛び出してきた男は」

「鈴木光太郎君かも知れませんな。ちょっと行ってみましょうか。女将《おかみ》、お勘定」

「こんな時間にどこに行くんですか」

「夢島に決まっとるでしょ」

午前二時前だ。だが、船井は残りの田酒を飲み干して立ち上がった。

3

西部本社の編集局長である井川が、局長室から出てきた。どうやら帰るようだ。

「井川さん、ちょっといいかしら」

エレベーターホールで追いついた。

「結城さん、さすがに今日は疲れた。明日にしてくれないか」

エレベーターに乗り込む井川に、洋子も続いた。

「頼むよ、もう二時だよ。勘弁してくれ」

「雑談よ。明日の朝刊なんだけど、今日見送ったカジノの記事を載せたい」

井川は大げさにため息をついた。

「その話は、明日しましょう」

「やけに及び腰じゃないの。東京から因果でも含められた？」

その一言で、井川の表情が、急に硬くなった。

「何ですか、因果って？」

「カジノ問題は、当分棚上げ。磐田君ならそれぐらい言いそうでしょ。何回電話したって出てくれないし」

「わかってるなら、私を巻き込まないでくれないか」

つまり、磐田が圧力を掛けてきたということだ。

「井川さん、あなたは西部本社の編集権を持つ統括責任者なんでしょ。そんな他人事《ひとごと》の発言は通用しない」

エレベーターが地階に到着した。降りようとする井川の前に、洋子は立ちふさがった。

「あなたの大切な部下たちが頑張った大スクープを潰す気？」

「当分の間、一面については、東京本社の指示に従うようにという通達が来たんだ。だから、私は何もしないよ。文句があるなら、直接東京と交渉してくれ」

なんですって。

呆気に取られて気を抜いた瞬間、井川は洋子の脇をすり抜け、車に飛び乗ってしまった。

スマートフォンで、磐田を呼び出した。

いくら呼び出しても、留守番電話に変わる。

小心者の磐田は今、怯えながら電話のディスプレイを睨んでいるに違いない。

ついでに東京本社の社会部長に電話した。

「局次長、今夜は夜更かしなんですね」

洋子や北原に鍛えられた東西新聞最後の武闘派と呼ばれる田之倉が渋い低音で応じた。

「夕刊の件で、お願いがあります。朝刊でボツにした青森のオブジェ魔の件、一面でよろしく」

「記事の掲載については異論はありません。しかし、一面か社会面かを決めるのは、私の権限にはないので」

「でも、編集会議《セットアップ》の時に強くアピールはできるでしょ」

社によって「土俵入り」とか「立ち会い」などとも呼ばれる編集会議を、新聞社は毎日二回おこなっている。夕刊と朝刊の紙面構成を、編集局長の前で各部の責任者がプレゼンテーションするのだ。

「そうは言っても、決めるのはいつも殿下ですから」

磐田はいつから殿下などと呼ばれるようになったんだろう。

「私も顔出しするから、あなたも頑張って」

「東京に戻ってこられたんですか」

「まだ、博多よ。朝一で戻るわ」

「そいつは、心強い。じゃあ、頑張りましょう」

そこで田之倉が電話を切ろうとしたのを、洋子は止めた。

「もう一つある。ボツにされたかぐやカジノ・スキャンダルは、明日の朝刊に載せたい」

「私は大賛成ですが、殿下を説き伏せるのはさらに至難の業ですよ」

そりゃあそうだろう。ここで松田総理がスキャンダルにまみれたら、磐田は日本の最高権力者のブレーンという地位を失う。

腕時計は午前二時五一分を指している。ホテルに引き上げて、少しでも睡眠を取るべきだった。

4

目が覚めたら、六時半を回っていた。一時間の寝坊だ。慌ててベッドから飛び起きた洋子は、シャワーを浴びた。

バスルームから出ると、フロントにタクシーの手配を頼み、身繕いをした。

寝起きの顔は老いをごまかせない。疲れてすっかりくすんだ中年女の顔だ。それを人前に出せる顔に化粧して、洋子は何度も深呼吸した。

チェックアウトを済ませてタクシーに乗り込んだら、北原からのメールを受信したとスマートフォンが告げた。昼に、ランチがてらに打合わせしようとある。

よかった！　北原の助力が今は何よりも心強い。

病に倒れてからは、結城洋子は「終わった」存在だと社内ではみなされている。磐田はともかく総理を追い詰めるとなると、北原の加勢がなければ、突破はおぼつかない。どんなことをしても、彼に助けて欲しかった。

続いて、船井のメッセージも受信した。

〝鈴木光太郎の隠れ家を見つけたかも知れません。残念ながら、もぬけの殻でしたが、明らかに最近まで人がいたらしい形跡がありました。ひとまず西尾君を張り込ませています。ちなみに場所は、夢島です。工事現場の事務所です〟

事件が動き出し、渦巻き始めた。しかも、逆風と追い風が同時に勢いよく吹いている。二つの風を利用して上昇気流に乗れるかが勝負だ。

磐田からも来ていた。

〝今後の紙面について相談したい。今日の昼には東京に戻ると聞いた。都合の良い時刻を聞かせてくれ。

可能なら、セットアップ前が望ましい〟

八時発のＡＮＡ二四二便なら乗れそうだった。それだと、東京本社には一〇時半には到着できる。

その一点だけを返信した。そして、航空券を予約したら、前方に福岡空港が見えてきた。


羽田空港では、直井が待っていた。

「お疲れ様です」

社旗を立てた黒塗りの車が、到着ロビー出口の真っ正面に横付けされていた。

「今日だけは、メディア特権を行使しました」

そう言って、直井は洋子を車内に押し込んだ。

「社内のムードはどう？」

「そりゃあ、もう大騒ぎですよ。でも、それは結城さんが期待されている種類のものとは異なります」

「どういう意味？」

「結城さんは、総理がカジノスキャンダル潰しのための苦肉の策として、改憲をぶち上げたと見立てていますよね。でも、社内は少し違います。改憲についての総理の動きを把握できなかった焦りと、ついにその日が来たかという戦《おのの》きで、大騒ぎになっています」

「つまり、カジノ問題がボツになったことに憤っている記者は少ないと」

直井は渋い顔で頷いた。

「カジノスクープは、青森と西部本社からの出稿でしょう。東京本社管内で関わっている記者はほとんどおりません。しかも、12版が刷られていたならまだしも、紙面になる前に消えてますから」

それが磐田と松田の狙いなのだ、当然だ。

「改憲論一色ですからね。そんな中で、かぐやリゾートのカジノ依存症問題はスクープだと、いくら叫んでも、バリューが違うと考える者が多いのでは？」

「あなたは、どうなの？」

「私は、保留です」

直井は悪びれもせずに返した。

「狡いわね。風向きを見るんだ」

「そうではありません。確かに結城さんが想像している通り、権力者の蛮行がまかり通ったのかも知れません。しかし一方で、曲がりなりにも先進国の内閣総理大臣が、己が選挙区内のスキャンダルを隠すために、憲法改正を持ち出すとは到底信じがたいのです」

「松田は、ある意味恩人である鈴木一郎を裏切った男よ。蛮行くらい朝飯前じゃないのかしら」

「田舎の町長の破滅と憲法改正ではレベルが違います。カジノ問題ではケチをつけましたが、松田は日本の総理としては相当まともです。松田政権になって景気も上向いたし、何より地方が元気になりました。その背後には、いろんな犠牲者もいたのでしょう。しかし、彼はよくやっています。それは日本国民の共通認識じゃないですかね。だとすれば、そんな人物が、スキャンダル隠しに、憲法改正なんて持ち出しますかね？」

どれだけ良い政策を実現してきた総理であろうと、過ちは犯す。特に評判が良ければ、小さなスキャンダルにも恐怖を感じるものだ。

「分かった。じゃあ、つまらない勘繰りは引っ込めるわ。でも、かぐやリゾート問題をボツにするわけにはいかない」

「そこは全く賛成です。素晴らしい記事が集まっています。東京でのＩＲ建設が現実味を帯びてきた今だからこそ、こういう記事は重要です」

「ありがとう。パワーアップした原稿が続々と出稿されてきている。これらを明日の朝刊で扱ってもらえるよう磐田専務と交渉する」

「了解しました。それと、私の方で、かぐやリゾートの財務状況も調べています。プラス、都庁担当者に銀座カジノの最新情報をまとめるようにも指示しました」

どこまでもドライなスタンスは崩さないが、仕事の手配は早い。それが直井の頼もしいところだった。

ハイヤーが大手町の東西新聞東京本社ビル地下駐車場に滑り込んだ。約束の時刻よりも早い到着だったが、洋子は高層階行きのエレベーターに乗り込んだ。

おそらく徹夜に近かったはずなのに、磐田は普段と変わらない颯爽としたいでたちで洋子を迎えた。全国紙五紙が整然と置かれた長テーブルで、一面比較をしていた。彼は本当に満足そうだ。

洋子も磐田の隣に立って、各紙を眺めた。

いずれ劣らぬ派手な見出しで、昨夜の松田総理の憲法改正宣言を扱っている。突然の改憲会見に驚いている見出しが多い中、東西新聞だけは「満を持した大英断。日本人による日本人の憲法発布へ」と手放しで賞賛している。

「松田総理御用達紙の面目躍如ってとこかしら」

「褒め言葉だと取っておくよ。それより、暁光《ぎょうこう》新聞や毎朝《まいちょう》新聞に、カジノスキャンダル隠しかとあるのが気になる。馬鹿げた誹謗《ひぼう》だな」

メインの大見出しではないが、一面に堂々と見出しを立てているのを見て、自紙の不甲斐なさを噛みしめた。

「考えてもみろ。内閣総理大臣ともあろう者が、そんなくだらない疑惑を潰すために、伝家の宝刀を抜くと思うか」

「思っているから、皆、驚いているんじゃないの」

「君も、驚いている一人か」

「いえ、激怒している」

秘書が二人分の紅茶を運んできた。磐田は一人掛けのソファに腰を下ろした。洋子は、彼の向かいに座った。

秘書が紅茶を淹《い》れてくれる間に、洋子はじっくりと磐田を観察した。

もはやジャーナリストの雰囲気ではない。むしろ政治家と言った方が似合っている。殿下と揶揄されるのも当然かも知れない。

「九州から今朝戻ってきたんだろ」

「そうよ。あなたは、社に泊まったの？」

「まあね。お互い自分の体力を過信しないことだね。さすがに睡眠時間が短いと集中力が鈍る」

ウソばっかり。この男は何時間でも集中力を維持できる。すっかりメタボになった北原と異なり、磐田は二〇代から体型も全く変わっていない。摂生に努め、体を鍛えている証拠だ。

「それで、用件はなんでしょうか、専務」

「かぐやリゾート関連の大スクープをボツにしてしまって申し訳ないと、直接詫びようと思ってね」

「それはご丁寧に。でも、ボツじゃないでしょ。明日の朝刊で一面からぶち上げさせてもらう」

「それは、無理だね」

磐田はティーカップを手にしたまま即答した。

「なぜ?」

「夕刊で、最低限の記事は載せる。それで、ひとまず幕引きにする」

「何をバカなことを。あれだけのインパクトのある記事よ。明日の朝刊の一面でしょ」

「確かにそうしたかった。でもね、君も見たとおり暁光や毎朝は、総理が関門市のカジノ問題を隠すために横車を押したと匂わせている。おそらく、夕刊でもっと叩くかも知れない。

だったら、折角の独材《スクープ》なんだ。ウチも夕刊でやるべきだろう」

「卑怯な言い訳ね」

「そうか。だが、夕刊で他紙がカジノ問題を取り上げたら、明日の朝刊ではさして紙幅を取れなくなるぞ」

悔しいが理屈はそうだ。

だが、夕刊ではインパクトが弱い。

「これは、既に決定事項だ。私から田之倉君に指示済みだ」

「それは、越権行為でしょ。紙面は、セットアップで決めるのが筋でしょ」

「今は筋がどうと言っている場合じゃないだろ。とにかく、既に各本社にも通達した。どこからも異論は上がらなかったぞ」

どいつもこいつも専務になびいたわけだ。

「で、私だけが蚊帳の外で、こうして紅茶でもてなされて、事後報告されるわけ？」

「アッサムだよ。ミルクティにすると素晴らしい」

紅茶の銘柄なんてどうでもいい。

「青森の一件は夕刊の一面でやらせてくれるのよね」

「社会面トップだ。それと、門司港の一家心中のルポはボツだ」

「なんですって!」

「遺族の代理人という弁護士から、東京本社の社長宛に抗議が来て、私が応対した。心中した家族がカジノ依存症だった事実はないそうだ。そんなでっち上げを記事にするのであれば、告訴も辞さないと言われたよ」

用意周到な茶番だ。

「なんで、そんな手回し良く弁護士が登場するわけ? そもそもあのルポは、複数の情報源から裏を取っているのよ」

「西部本社に、福岡県警本部長から抗議があったそうだぞ。事故捜査に当たった警察官にウソを強要しようとしているとね」

話にならない。

「洋子、おまえの悪い癖を出さないでくれ。思い込みで記事が書けるわけじゃない。それらの抗議を覆すだけのネタがない限り、ルポは掲載できない」

「ならば、探すわ」

磐田は紅茶を飲んで聞き流した。

「それと、北九州市にある病院からも抗議がきている。いやがる患者や、病院関係者に取材をして、記者の勝手な憶測にすぎないものを事実だと認めるように迫ったと言っている。なので、それらの記事も掲載しない」

「そんな愚行をして、胸が痛まないの」

「胸はずっと痛んでいるさ。君が現場復帰したら、こういうことが起きるんじゃないかと懸念してはいた。案の定、想像をはるかに超える強引な取材ばかりだ。いつになったら、独りよがりの正義感を捨てられるんだ」

磐田は感情を込めず淡々と話す。

「貴史、あなたって人は……」

怒りが全身を駆け巡り、それ以上言葉が出てこない。

「洋子、私が君を謹慎処分にする前に、自宅に帰って休め。君は、行く先々で東西新聞の名誉を傷つけてばかりいる」

洋子は無視して部屋を辞した。

感情的になったら負けだ。

事実の裏付けを積み上げるしかないんだ。ならば、潔く撤退するしかなかった。

5

明日、午前九時、三内丸山《さんないまるやま》遺跡の大型竪穴式住居に来い――という光太郎の指示通り、瀬戸は遺跡にやって来た。

国の特別史跡に指定されている同遺跡は、広さ約三八ヘクタールの日本最大級の縄文集落跡だ。ここの発掘によって、従来考えられていた縄文時代の常識の多くが覆された。

芝生が敷き詰められた広大な展示エリアにひときわ目を引く巨大な建造物がある。高さ約一〇メートル、長さ三二メートル、幅一〇メートルにも及ぶ大型竪穴式住居だ。

朝早かったこともあって、住居内に人影はなかった。

壁際に丸太を切って作った椅子が置いてある。そこに腰を下ろし、光太郎を待つことにした。

待っている間に、スマートフォンをチェックした。メールの大半が堤からで今後の対応についての指示だった。ひとまず大禍は去った。ならば、返事は光太郎と会った後でいい。

「やあ、お待たせ」

三内丸山遺跡の職員の作業着を着た男が近づいてきた。

「光太郎なのか？」

間近で見ても分からなかった。

たった五年の間に、すっかり変わっていた。

まず、生え際が後退していた。さらに、むくんだような不健康な太り方で別人の面相になっている。

「相変わらず、いい男だな、隆ちゃんは」

「その格好は、ここで働いているということか」

「まあね。臨時雇いで掃除のおじさんしてるよ。誰も、僕のことなんて気にもしないから」

昔から存在感はなかった。

「銀座にカジノができるそうじゃない」

「まだ、噂程度だけどね」

「今度は、エリザベス・チャンの会社は苦戦しているんだろ」

「よくは知らない。僕はもうカジノから足を洗ったから」

「ウソつけ。隆ちゃんは、関門市のかぐやリゾートの偉いさんだって聞いてるぜ。まあ、そんなことはどうでもいいよ。隆ちゃんに来てもらったのは、僕の復讐を手伝ってもらおうと思ってね」

「誰に復讐するんだ」

「僕やオヤジを破滅させた奴らにさ。いや、この国全部かな」

「今頃になってか」

「何年経とうが関係ない！　僕やオヤジを破滅させた奴が、のうのうと生きているのが許せないんだ」

「たった一人でどうやる？　せいぜいが留守宅に忍び込んでインテリアを積み上げるのが精一杯だろ」

急に光太郎が大声で笑い出した。

「なんだ、なんにも分かってないんだ。天誅の塔は付録さ。僕の目的は他にあったんだよ。それが何か、知りたい？」

いや、知りたくない。復讐でも脅迫でも何でもやってくれ。俺の望みはただ一つだ。

俺を巻き込まないでくれ！

しかし、そうも言えず、瀬戸は渋々頷いた。

6

午前七時過ぎ、西尾は五所川原《ごしょがわら》市へ向けてデミオを飛ばしていた。

かつて鈴木一郎元町長の秘書を務めていた麻岡という人物が、円山町の温泉旅館で働いているという情報を、船井が摑んできた。そこで鈴木光太郎を匿《かくま》っている可能性があったので、夢島での張り込みを中断して、そちらに向かった。

麻岡が勤めている温泉旅館は、五所川原市と円山町の境に近い熊郷《くまのごう》温泉郷にある。青森で暮らしてまだ半年にも満たない西尾は、名前すら知らない温泉だった。

国道二八〇号線を北上しながら、この道を猛スピードで走り、鈴木元町長宅を目指したほんの数日前のことを、はるか昔の出来事のように思った。

それほどに濃密な時間だったし、船井の行動や発言から事件記者のいろはを学ぶのが面白くて仕方ない。

これまでは、船井のことを地方の通信局によくいる似非《えせ》文化人程度にしか思わず、なんとなく見下していた。だがこの数日で何度も記者の凄みを目の当たりにした。

こんな人が、青森県の通信局で隠居生活のような日々を過ごしているのが理解できなかった。

やがて円山町役場の交差点が見えてきた。

そこを左折して山道を登ると目指す熊郷温泉郷に至る。


麻岡は鈴木一郎の幼なじみで、鈴木が町議選に立候補した時に、勤務していた青森市内のホテルを退職して私設秘書になった。資料写真を見る限り、一度会っても記憶に残らないような平凡な容姿の男だった。

町議レベルで私設秘書がいる議員は珍しい。しかし、鈴木に経済的余裕があったのだろう。麻岡は生活の糧を別で稼ぐこともなく、鈴木が町長を辞任するまで影のように寄り添ってきた。

そして、鈴木の辞職後に、円山町から姿を消した。鈴木の資産を預かって隠れたのではないかという噂もあったが、真相は謎のままだ。

現在、勤めているという巴屋《ともえや》旅館は、青森の生き字引と自他共に認める船井も知らなかった。ネット検索でも全く引っかからないので、長期逗留《とうりゅう》者向けの小規模旅館ではと船井は推測していた。

人目に触れたくないような人物には格好の隠れ家だ。

山道のカーブを何度も切ってようやく、「ようこそ熊郷温泉郷へ」という看板が見えてきた。

各旅館案内図のある路肩に車を停めた。標高が高いのか、肌寒い。

温泉郷内には、一〇館ほどの宿があるだけだ。目指す巴屋旅館は、一番奥まった場所に建っていた。

もちろんアポイントメントなんて取っていない。いきなり訪れて、突撃取材をするつもりだった。

県道から脇道に逸れ、舗装も悪くなるが、目に入るのは古い民家ばかりだ。先にカーナビが案内放棄を告げ、毒を吐いたところで、旅館名を記した小さな看板を通り過ぎた。

その先は未舗装の下り坂だ。しかも急なうえに道幅が狭い。

舌打ちをして坂を下りた。対向車があればバックするしかないような砂利道を下りきったところに木造平屋建ての旅館が見えてきた。

鄙《ひな》びたという表現でも誇張になると思いながら、開けっ放しの門に車を入れた。

側頭部以外がみごとに禿げ上がった老人が玄関先を掃除していた。車から降りると硫黄の臭いが鼻をついた。

「おはようございます。こちらの麻岡さんを訪ねて参りました」

耳が悪いのか、老人は俯いたまま箒《ほうき》をかける手を止めない。

「あの、おじいさん、麻岡さんはいませんか」

「麻岡に何の用だ？」

ようやく老人が顔を上げた。

「ちょっと話を聞きたくてお邪魔しました」

「あんたは？」

身分を告げるべきだろうか、迷った。

新聞記者だと分かったら、麻岡を逃がすかもしれない。

「昔、世話になった者です」

「あんたのような者を世話した覚えは、ないな」

うっそ、と思って、手にしていた麻岡の写真を見た。そこに写っている麻岡は、髪を七三に分け、髯など一本もはやしていない。しかし、髪を削り、頰髯を足し、やさぐれた感じに加工すると、目の前の老人と重なるような気がする。

「失礼しました。麻岡さん、ご本人ですね。東西新聞の西尾と申します」

「記者に用事はないよ」

「私の方にはあるんです。少しだけお話を伺えませんか」

いきなり箒で足下を払われそうになって、西尾は飛び退いた。

「麻岡さん、こちらに鈴木光太郎さんがいらっしゃってますよね。会わせて欲しいんです」

「そんな奴は知らん」

また、箒が足下を襲う。

「またまたあ。息子のように可愛がってらっしゃった光太郎さんを、知らないなんてありえないでしょう」

麻岡が光太郎を息子のように可愛がっていた事実については、複数の証言者がいた。光太郎は、父親に「バカ息子」「出来損ない」と嫌われていた。しかし、麻岡が常に光太郎を庇い、取りなしたことで、危うかった父子関係が何とか維持できていたらしい。

「話すことはないよ。帰れ」

箒の先が鼻先に向けられた。

「ですから、私にはあるんです。ご承知かと思いますが、光太郎さんが青森県内の有力者宅に不法侵入して悪戯をした事実を記事にしたんです。今日の夕刊で、東西新聞に掲載されます。そうなると、いろんな方面から、光太郎さんは追いかけられることになります。だから、ぜひご本人の口から悪戯に至った経緯とメッセージの真意を伺いたいんです」

「そんな男は知らんと言ってるだろう」

「鈴木元町長が、東京代々木公園でホームレスになった挙げ句に、熱中症で死亡したのはご存じですよね」

「知らん」

ずっとこの調子を貫くんだろうな、このおっさんは。

西尾を睨みつける眼力は、政治家秘書を長年務めた者ならではの迫力があった。

だが、西尾も引き下がるつもりはない。

「鈴木元町長が、死ぬ間際に、首相官邸周辺でカジノのチップをまいていたのをご存じですか。きっと鈴木さんは無念だったんでしょうね。今の松田総理があるのは、鈴木さんのサポートがあったからでしょう。なのに、利用するだけ利用しておいて、最後は鈴木さんを棄《す》てた。そして、鈴木さんは社会的地位も財産も家族も失った。

それに命がけで取り組んできた円山町のＩＲ誘致は、地元を不幸にしただけだった」

「おまえに何が分かる！」

「分かりません。だからこそ、あなたに会いに来たんです。そして、光太郎さんから直接話を聞きたいんです」

「話を聞いても何にも分かりはせん」

門前払いだった相手が、はじめてまともに答えた。

「でも、光太郎さんが侵入した家は皆、ＩＲ誘致の際に知事派に属した有力者ばかりじゃないですか。何か訴えたいことがあったんじゃないですか？」

「あれは妻子を失ったことに対する単なる逆恨みにすぎんよ。だから、あんな奴を追いかけるのはやめなさい。あれは光太郎個人の問題だ」

「じゃあなぜ今頃になって、こんな手の込んだ悪戯をするんです」

「それを調べるのが、記者の仕事だろ。とにかくここに、光太郎はいない。私もドリーム・キングダムのことを話すつもりはない」

「光太郎さんの行動を止めなくていいんですか。いずれ命を狙われるかも知れませんよ」

そう言えと命じたのは、船井だった。もし、麻岡が光太郎の居場所を知らないと言った時は、そうぶつけろと言われた。

そんな大袈裟な話かと思ったが、ダメ元で言ってみた。

「何を言ってる」

「誰かが止めなければ、光太郎さんは、ずっとオブジェ魔をやり続けるのでは。彼の動機は分かりませんが、それを快く思っていない誰かが、彼を消すかもしれない」

あり得ないけどな。そんな簡単に人は、殺人を犯さない——。

だが、目の前の老人は真に受けている。

麻岡が大木の木陰にあるベンチに腰を下ろした。西尾は黙って隣に座った。

「光太郎を止められる自信があるのか」

そんなものはないけど。

「ベストは尽くします」

「そんな空約束じゃ信用ならんな」

「分かりました。必ず止めます。というか、我々が彼を守ります」

大きな目が西尾を見つめている。

「本当だな」

喉がカラカラになったが、西尾は頷いた。情報源を守れないようでは新聞社と言えない。

「誓います」

「光太郎は今、三内丸山遺跡の公園で清掃作業員をしている」

「じゃあ、ここに来たんですね」

「ああ。半年ほど前に突然」

「ここに来たのが、オブジェ魔を始めるきっかけだったんですか」

「そうかも知れない」

食道を酸っぱい胃液が逆流してくるのが分かった。

「あいつは、会社のカネを持ち逃げした挙げ句、愛人とフィリピンに逃げた。だが、その愛人に裏切られてフィリピンの警察に逮捕されて投獄されたんだ。そして、去年の秋に釈放されたが、家族の誰に連絡をとっても返事がない。自力で渡航費を稼ぎ、私のところを訪ねてきたんだ」

7

「オヤジに勘当された後、僕は当時つきあっていたガールフレンドと一緒に、日本を脱出したんだ。週刊誌などでは、僕がIR誘致推進協議会のカネを二億円も持ち逃げしたことになっているが、それはウソだ。実際は、北斗ゲーミング総研の金庫に保管していた一〇〇〇万円を、退職金代わりにいただいただけさ」

北斗ゲーミング総合研究所は、光太郎の叔父が経営していたIR誘致活動の中心企業だった。

当時、複数の週刊誌が、総研社長の談話として、光太郎が二億円のカネを着服して逃げたと伝えていた。

「IR誘致がらみで知り合ったちょっとヤバイ筋の人に頼んで、僕らはフィリピンに逃げた。

でも、そこから先は最悪だったよ」

光太郎の甲高《かんだか》い声が、三内丸山遺跡の大型竪穴式住居内に広がった。そんなことはお構いなしで、光太郎はひたすらしゃべり続けている。

「マニラで彼女と大げんかしてね。それで持ち金を奪われた挙げ句、なぜか僕は逮捕された。窃盗の濡《ぬ》れ衣《ぎぬ》を着せられて、四年もの間、刑務所に放り込まれていたんだ」

にわかには信じがたい。

「あっ、信じてないな。まあ、しょうがないけど、本当の話だ」

「家族か、秘書の麻岡さんに連絡すればよかったんじゃないのか」

「携帯電話も女に取られたんだ。それに通訳も弁護士もつかないまま、刑務所に放り込まれたんだよ。本当に地獄だった」

日本に残された光太郎の妻子や母親が味わった地獄に比べれば、たいしたことはないとも思う。

「僕は劣悪な四年間を生き抜いた。でもな、出所しても、また地獄だよ。日本から離れてすぐに逮捕されたから、円山町で起きた騒動を僕は知らなかった。その上、親族の誰に電話しても繋がらない。なんとか帰国しようと思ったんだけど、旅費もなくてね」

「日本大使館に飛び込むという考えはなかったのか」

「だって、会社のカネを持ち逃げしたんだぜ。大使館に駆け込むってことは、逮捕してくださいって言うのも同然だろ。結局、日本に帰る渡航費を稼ぐのに半年ぐらいかかったんだ。そして、帰国したら、信じられないようなことが起きていた」

光太郎がすすり泣いている。まるで安いドラマの主人公気取りだな。

「麻岡が一部始終を教えてくれたんだ。僕は死にたかったよ。いや、実際、死のうとした。でも、麻岡に止められた。それで死ぬ前にやるべき事があると思い直したんだ」

小学生の一団が大型竪穴式住居内に入ってきた。

瀬戸は、光太郎に外に出ようと誘った。

「気にしなくていいさ。子どもが聞いて、分かる話じゃない」

それを無視して、瀬戸は一人屋外に出た。爽やかな空気が、新鮮だった。

瀬戸は巨大なやぐらのような大型掘立柱建物跡に近づいた。この大集落跡のシンボルだ。そこにも遠足の一行はいたが、屋根がない分、声が反響しないし話しやすいはずだ。光太郎は太い柱にもたれて立っている。

「それで、麻岡さんと何を話したんだ？」

「多くの地元有力者が、ドリーム・キングダムの建設に人生を賭け、敗れた。けどギリギリのところで上手に財産を守った奴らがいたんだ」

「それがオブジェ魔のターゲットだったんだな」

「あいつらは、青森選出の国会議員から、いち早く日本初のIRが関門市に決まったという情報を入手してたんだ。それを隠して、ドリーム・キングダムで一攫《いっかく》千金を狙う人たちに、高値で不動産を売りつけて、大損を免れたんだ」

「円山町のIR誘致のために投資してくれた多くの支援者を裏切る結果になるのだから、一刻も早く真実を告げるべきだ」と瀬戸が鈴木に訴えた時のことを思い出した。

——それよりもIRの成功が私には重要だ。それに、どうせみんな欲の皮の突っ張ったカネの亡者ばかりだ。そんな奴らは、破滅すればいい。

鈴木はそう言ったが、「一緒に破滅すればいい」と思った連中の大半が、結果的に難を逃れたわけだ。

皮肉な話だが、「悪い奴ほどよく眠る」のは、世の常だ。

「裏切り者たちが売り逃げた不動産の売買契約書のコピーなどを、麻岡が持っていた。麻岡が様々な手立てを使って集めたんだ。それを使って、僕は奴らに懺悔《ざんげ》を求めている。侵入した家には連中の署名が入った売買契約書のコピーと自らの罪を認めよという告発文も置いてきた。告白しないなら、県民を裏切って私腹を肥やした事実をマスコミに提供するとも書いたんだ。でも、驚くべき事に全部、無視された」

当然だろう。

被害者の方はオブジェ魔の正体を、察しているのだ。だから、やれるもんならやってみろと開き直っている。

「もし彼らの誰かが告白したら、おまえも一緒にバッシングされるんだぞ」

「かまわないさ。僕にはもう失うものはない。それより隆ちゃんに聞きたいことがある。最初のＩＲが関門市にできるって、隆ちゃんはいつから知ってたんだ」

「そんなことを今更聞いてどうする？」

「やっぱり、そうやって逃げるんだ」

「逃げるわけじゃない。だが、それを聞いたところで、失ったものは取り戻せないぞ」

「そんなことはどうでもいいよ。いつから知ってたんだと聞いているんだ！」

「おまえが、鈴木町長から勘当を言い渡された時には知っていた」

「やっぱり、隆ちゃんが僕らの夢を破壊したA級戦犯だったんだな。おまえが、オヤジを殺したんじゃないか！」

「町長もご存じだったよ」

「ウソをつけ！　卑怯だぞ、死人に口なしを良いことに」

「ウソじゃない！　円山町誘致では失敗したが、ＩＲの素晴らしさを訴え続けるために、政府からの発表があるまでは伏せておきたいとおっしゃったんだ」

いきなり胸ぐらを摑まれた。

「じゃあ、みんなが不幸になったのは、オヤジのせいだというのか。美奈や光一が死んだのもオヤジのせいなのか」

近くにいた子どもたちが、怯えたように二人を見ている。引率の教師は、慌てて生徒を引き連れて行った。

「そうじゃないだろ。二人を死に追いやったのは、おまえだろ。家族をほったらかしにして、愛人と逃げたんだ。もし、美奈さんと光一君の心中に、責任を負うべき者がいるとしたら、それはおまえだろ」

「僕は悪くない」

勝手なことを。

「おまえが勘当を言い渡された時に、女性が親父さんに面会に来ていたのを覚えているか」

「何の話だ」

「まあいい。あの日、鈴木さんは松田総理夫人と会ったんだ。オヤジさんは、最後の最後まで円山町にIRを誘致するために、あらゆる手を尽くしていた。関門市をIRの第一号都市にするなら、オヤジさんが握っていた秘密を暴露すると総理に迫っていた。だが、それを吹き飛ばすほどの青森のスキャンダルを松田夫人は持っていた。それで遂にオヤジさんは負けたんだ」

「どんなスキャンダルだ」

「知らない。けど、その時に夫人から、日本で三番目のＩＲは必ず円山町に建てるから、暫く待って欲しいと約束をかわしている」

「やっぱり、噂は本当だったんだな。じゃあ、隆ちゃん、あんたにやって欲しいことがある」

　光太郎が勢い込んだ。

「オヤジは松田総理から、三番目のＩＲは円山町でという念書をもらっているらしい。それを探して欲しい」

「どうやって探すんだ」

「そんなの自分で考えてよ。麻岡は実物を見たことがないと言ってたけど、オヤジは絶対に持っていたと思う。だから、東京でホームレスをしながら、総理に約束を果たすようにプレッシャーをかけていたんだ」

　尾羽うち枯らしたホームレスに何ができたというのだ。

「それが、隆ちゃんにできるせめてもの罪滅ぼしじゃないか。隆ちゃんだってオヤジから全てを奪った共犯者の一人だろ」

「罪滅ぼしだと！　おまえに言われたくないね。俺は俺で十分苦しんだんだ。実家にだってまともに帰れなくなった。なのに未だに、ＩＲビジネスの渦中で喘いでいる俺の気持ちがおまえに分かるのか。ふざけるな！」

光太郎に食ってかかっている時に、声をかけられた。

「あの、お取り込み中のところすみませんが、鈴木光太郎さんでは？」

いつからいたのか。若い男が立っていた。

8

久々に洋子は東西新聞記者研修センターに戻ってきた。本社にいたら、辺り構わず怒りをぶちまけそうだったので、自主退避したのだ。

「ちょっとよろしいですか」

センター長室の入口に、警視庁担当の佐々木が立っていた。

「あら、いらっしゃい。私からも連絡しようと思ってたところ」

「以心伝心って奴ですか。光栄です」

佐々木は人懐っこい笑顔で洋子のデスクの前に椅子を引き寄せて座った。

「面白いものが出てきました」

佐々木が透明のジップロックに入った薄汚い財布を見せた。

「覚えてらっしゃいますか。鈴木元町長の財布です」

代々木公園で鈴木が遺体で見つかった現場にいたホームレスから、佐々木が買い取ってきた財布だった。

「覚えているわよ。これがどうかしたの？」

ジップロックを開くと異臭が漂った。だが、佐々木は気にもしていない。

「昨夜《ゆうべ》、この縫い合わせの部分を全部ほどいてみたら、中に何かあるかもしれないって勘が働いたんです」

佐々木が取り上げると、財布が展開図のように開いた。

「それで、こんなものを見つけたんです」

幾重にも折りたたまれた紙だった。

「かなり劣化が進んでいるので、文字が読みにくいんですが、何とか判読できます」

手書きの書簡だ。

〝謹啓
この度は、私の不徳の致すところで、貴兄との約束を反故にするような背信行為を犯したことを、心から陳謝致します。
暫時の猶予を戴ければ、必ずや貴兄の町、円山町にＩＲを誘致致します。
敬白
内閣総理大臣　松田　勉〟

「これって、もしかして松田の直筆？」

「かも知れないんです。特定するためには、本当に松田が書いたものであると証明しなければならないんですが」

洋子の興奮をよそに、佐々木は冷静だった。

「筆跡鑑定の必要があるということね」

「そうです。ただ、松田の直筆文書を持っている者を、僕のネットワークでは見つけられなくて」

磐田なら、山のように持っているだろう。だが、彼は絶対に協力しない。いや、それどころか火を点けて燃やしそうだ。

「分かった。何とかするわ。あなたは、記事の準備をして」

「どんな記事を準備すればいいんでしょうか」

何を言い出すんだ。

「死んだ鈴木元町長の遺留品から、総理直筆の念書が発見されたって記事に決まってるでしょ」

「それは、ニュースになりますか」

「佐々木君、何を言ってるの。なるでしょ」

「地元へのIR誘致に人生を懸けた挙げ句、破滅した鈴木元町長が後生大事に持っていた総理の念書には、それなりにニュースバリューがあるでしょう。でも、この念書には、いつまでに円山町にIR誘致を決定するという期日が書かれていません。ということは、総理が約束を反故にしたことにはならない」

確かに、佐々木の話は筋が通っている。だが、IR誘致を巡って、特定の町だけに総理が詫びているのだ。十分ニュースじゃないか。

「お涙頂戴の話にはなるかも知れません。でも、総理が不正を働いたという証拠にはならないのでは？」

反論する前に、もう一度念書を読み直した。佐々木の指摘通り、この念書だけで総理を糾弾するのは難しい。

「僕も昨晩、これを見つけて、すぐに結城さんに連絡しようとしたんです。でも、はたと気づいたんです。これって世話になった鈴木さんの期待を裏切ったことを詫びているに過ぎないのではないかと。もちろん記事として価値はあるかも知れませんが、総理はいくらでも言い逃れできるなと気づいたんです」

佐々木は、自分よりはるかに優秀だ。

「その上、世間は憲法改正論議で大騒ぎしている。そんな最中にこんな念書を出したところで、ボツにされるのが関の山じゃないかなと」

つまり磐田があっさり握りつぶすと言いたいのだろう。

「佐々木君、一つだけ言っておくけど、東西新聞は松田総理の機関紙じゃないわよ」

「それは、分かっています。でも、松田推しであるのは間違いないでしょ。だから、総理を叩くなら、もっとガツンというのでないと、結城さんも上と闘えないのでは？」

言ってくれる。だが、それは間違っていない。

「で、鈴木さんが上等なスーツを着た男にワインをもらっていたのを見たと言ったホームレスのところに行って、他に何か覚えていないか聞いてみました」

佐々木は何かを摑んだという表情をしている。

「二万円ほどかかりましたけどね。上等なスーツの男が乗ってきた黒塗りの車のナンバーをそのおっさんが覚えていたんです。調べてみたら、松田総理の公設第一秘書の車だと分かりました。

もしかしたら、鈴木さんはこの念書で総理を脅迫してたんじゃないでしょうか。それなら記事にもなりますよね」

9

西尾が、作業着の男に話しかけると、男はギョッとして振り向いた。

「東西新聞の西尾と言います。ちょっとお話を伺えませんか」

不覚にも、次の行動を予想していなかった。

いきなり連れの男を突き飛ばしたのだ。避ける余裕もなく、西尾とまともにぶつかって、二人揃って地面に倒れ込んでしまった。

「おい、光太郎！」と連れの男が叫ぶのを無視して、鈴木光太郎は駆け出していった。

追いかけるべきか迷った。

だが、連れの男も重要人物だった。迷った末に、まずは一緒に残った方を攻めることにした。

「失礼ですが、DTAの瀬戸さんですよね」

男は黙って立ち上がると、光太郎とは反対方向に歩きかけた。

「ちょっと待って。瀬戸さん、話を聞かせてください」

西尾は反射的に男の手首を握りしめた。

「やめてください。人を呼びますよ」

「お話を聞かせてください」

「話すことなんてありません」

「僕にはあるんです。瀬戸さんは鈴木光太郎さんと、何を話されていたんですか」

「彼が誰か、私は知りません。ただ、ここに観光に来ていたら、突然、向こうから絡んできたんです」

笑わせるな。「光太郎」と叫んだではないか。

「お母様のご容態はいかがなんですか」

「何ですか」

「お母様がご危篤だから、関門市から青森に戻ってこられたと聞いていますが」

「プライバシーに関することを、お答えする義務はない」

「瀬戸さんは、鈴木光太郎さんがオブジェ魔を続けるのを、止めにいらしたんじゃないんですか」

いきなり手を振り払われたが、また摑みなおした。

「ちょっと。本当に人を呼びますよ」

「鈴木光太郎さんは、復讐をしているんですよね。でも、それって逆恨みでは」

「本人に聞いてください」

「じゃあ、さっきの清掃員が、お友達の鈴木光太郎さんだと認めるんですね」

「私は何も認めないいし、光太郎は私の友達でも何でもない」

「恨みを晴らす相手を間違ってませんか。恨むなら地元の有力者じゃなくて、松田総理でしょ」

「本人にそう言ってやれ」

「もちろん、ちゃんとお話しできたら、言いますよ。大体、親に勘当されてフィリピンに愛人と逃げた挙げ句、現地警察に逮捕されて、投獄されていたなんて、笑っちゃいますよ」

西尾は、瀬戸を引きとめようと必死だった。

「あんた、なんでそれを知っている？」

「鈴木元町長の秘書を務めていた麻岡さんから聞いたんです。光太郎さんが、ここで清掃員をしているのを教えてくれたのも麻岡さんです」

「ならば、奴が何のためにバカげたことをしているのかも、聞いたろう」

「自分の妻子や母親を死に追いやった奴らへの復讐なんでしょう。だとしたら、やっぱりターゲットが違うでしょう」

瀬戸が考え込んでいる。

あと一息だ。もう少しで、こいつは口を割る。

「きっと、僕がまだ知らない別の理由があるんじゃないんですかね」

「知らないな」

「じゃあ、あなたが知っていることを教えてください。かぐやリゾートの一大事を放って、五年も前の出来事のために、なぜ、こんなところに来ているんですか」

「答える義務はない」

「あなただって、光太郎さんの行動が不可解だったのでは？」

瀬戸は背を向けて歩き出した。

「光太郎さんを保護しなければ、殺されるかも知れませんよ」

「それは自業自得だろ。私は知らない」

「IRを守ることがそんなに大事なんですか。ギャンブル依存症患者の存在を隠したり、マスコミに圧力をかけて記事の掲載を邪魔したり。あなた、そんなことをして恥ずかしくないんですか」

ようやく瀬戸が足を止めた。

「あなたに何が分かるんだ」

「分からないから教えてくれって頼んでいるんです。円山町はあなたの故郷でもある。そこをあんなにメチャクチャにされたのに、なぜ、総理やカジノ会社の連中を庇うんですか」

結局、瀬戸は口を開かず、再び背を向けた。

ここでようやく写真を撮っていないことに気づいて、西尾はカメラを取り出した。まずは背後から。そして、ダッシュで回り込んで瀬戸を撮影した。

10

車を降りると機械油の臭いがした。

目の前にある自動車整備工場のものなのかは分からない。ここは一大工業地帯なのだ。いずれにしても、折原早希はその臭いで父を思い出した。愛知県の実家は自動車部品工場を経営している。

ネジ一個五銭などと言われる業界で、父は機械油にまみれながら、ひたすら生真面目に部品をつくった。不況で工賃が下がった時も文句一つ言わなかった。

日本の製造業について語る時、メディアはものづくり大国と誇らしげに修辞する。だが、現実はそんな明るいものではなく、下請けや孫請けの汗と涙が支えている。安い賃金、危険と隣り合わせの作業という悪条件の中で、一体何に使われるのかさえも知ることもなく、ただ黙々と小さな一部品を作る。クリエイティブな喜びなんてものとは、一切縁がない。

とにかく愚直に注文を受けて納期を守る。そうすれば、少なくとも明日は生きていける――。

早希は、そういう負け犬のような生き方に甘んじる父が嫌いだった。その父を支える母も軽蔑した。だから、東京に出て、頭脳ひとつで勝負できる人間になろうと決めた。

死に物狂いで勉強して横浜国立大学経済学部に何とか潜り込み、アルバイトを掛け持ちしながら、新聞記者を目指した。その夢は果たせたが、入社以来ずっと西部本社管内から抜け出せない。

努力は報われず空回りばかりして三〇歳を過ぎた。気づくと、同期はおろか要領の良い後輩までもが次々と東京に呼び戻されて、将来を嘱望される中堅記者になっている……。

このままでは、父と同じ敗残者で終わる――。それが嫌で、寝る暇も惜しんでネタを探した。苦労がようやく報われてカジノ依存症の夫婦の一家心中ネタをモノにしたのに、結局はボツになった。

その上、取材協力者からは、一斉に恨み言をぶつけられる始末だ。

もう一刻も早く、この一件は忘れてしまいたいのに、まだ遺族を取材しようとしている。

なにやってんだ。

いっそのこと、取材を拒否されたとウソをついて、このまま一人カラオケでも行こうか……。


いや、ダメだ。逃げたくなかった。負け犬は、絶対いやだ。

怒りを糧に闘えと結城は言った。記者として結果を出したければ、前進あるのみだ。

早希は気合いを入れて、自動車整備工場に向かった。

目指す相手、権藤克利《ごんどうかつとし》は大型トラックのボディーの下に潜って仕事していた。

「やっぱりシャーシーを換えないとダメだな」

薄汚れたつなぎ服を着た若い男が従順に頷いてメモをとっている。

「失礼します、権藤さん、東西新聞の折原です。お話ししたいことがあって参りました」

柔和だった権藤の顔つきが険しくなった。

「話すことはないぞ。言いたいことは全部言った。記事にしなかったことには、礼を言う。

した。
「そこをなんとか。少しだけ、お時間を戴けませんか。お願いします」
つなぎ服の若者は気を利かせたのか、二人から離れた。その背中を見送った権藤が歩き出
だから、帰ってくれないか」

それが取材に応じるという意味かは分からなかったが、早希は黙ってついていった。

自販機の前で立ち止まると、権藤は缶コーヒーを二本買って、差し出してきた。

「五分だけだ」

「安代さんご夫妻の件、なんとか記事にさせて戴けませんか」

「ダメだ」

「かぐやリゾートでカジノを楽しむ方の大勢が、依存症に苦しんでいます。しかし、かぐや
リゾート側は、深刻な依存症患者などここにはいないと言っています。このままでは、同じ
不幸がまた繰り返されます」

権藤は、空を睨んで缶コーヒーを飲んでいる。

「先日伺った話を記事にさせてください」

折原は頭を下げた。

「ダメだと言ったろ。もうそっとしておいてくれないか」

私だって、そうしてあげたい。だが、私は記者だ。それに心中事件をうやむやにしてはいけない。

「お二人を死に追いやった連中に、ちゃんと謝罪させましょうよ。泣き寝入りなんて辛すぎます」

「泣き寝入りじゃねえよ。あいつらがカジノ狂いした挙げ句に借金まみれになって一家心中したのは、自業自得だろ。そんな家族の恥を、なぜさらす必要がある。あのな、ギャンブルに狂う奴ってのは、どんな記事が出ようとも、ギャンブルはやめんよ」

たしかに、権藤の妹の一家心中の記事が、カジノ依存症の減少に影響を与えるとは思えない。

「だけど……悔しくないんですか」

権藤がいきなり自販機を大きな手で叩いた。それに驚いて飛び上がったせいで、早希のスーツにコーヒーが飛び散った。

「悔しくないわけがないだろ。バカ夫婦はともかく、子どもたちはまだ八歳と幼稚園児だったんだぞ。バカな親のせいで、なんであいつらの命まで絶たれなきゃならないんだ」

権藤にも子どもが三人いる。子煩悩な権藤は、安代の子どもたちも我が子のように可愛がり、毎年夏休みには一緒に家族旅行に連れて行った。

「けど、もう、全部忘れることにした。世の中悪い奴らばかりだ。真面目に生きている者が幸せになったことなんてない」

早希は準備してきた登記簿を、権藤に見せた。

「失礼ながら、御社の土地と建物の登記簿です。本日、全ての抵当が外れていますね」

大きな手が登記簿をわしづかみにしたかと思うと、引き裂いた。

「融資元の金融機関に問い合わせたら、昨日借金を完済されたそうですね。それで抵当が外れたとか」

「だったらどうだと言うんだ」

「総額で一四〇〇万円もの借金を一日で返せるなんて、宝くじでも当たりましたか」

いきなり強い力で肩に張り手を食わされた。身構える余裕もなく折原はよろめいて、全身をしたたかに自販機にぶつけた。一瞬息ができなくなったが、何とか耐えた。

「大きなお世話だ」

「返済したのは、香港上海《ホンコンシャンハイ》銀行博多支店に口座を持つ香港系の金融機関です。オーナーは、エリザベス・チャン。かぐやリゾートを運営するＡＤＥの会長でもある」

つまり、権藤は妹夫婦の心中についての一切を沈黙するのと引き替えに、借金を肩代わりしてもらったのだ。

「権藤さん、恥ずかしくないんですか」

権藤は工場に向けて歩き出した。

「お金で、全てを水に流す。それでいいんですか」

権藤の足は止まらない。

「可愛い甥っ子たちを奪った相手に、魂まで売っちゃうんですか！」

権藤が振り返った。

「正義では飯は食えないんだ。あんたらは、すぐ社会正義とか言うがな。所詮、文字を書いているだけだろ、偉そうに言うな。俺たちは、明日も生きていくためにカネが必要なんだ」

そう吐き捨てて、整備工場に戻る権藤の背中は泣いている——、そう思いたかった。

11

ランチがてらに打合わせしようと言ってきたくせに、北原が待ち合わせの場所に指定したのは、荒木町《あらきちよう》のバーだった。タクシーを車力門通り《しやりきもんどお》りの入口で降りると、グーグルを頼りに店を探した。

四谷荒木町の細い迷路のような路地には、無数の酒場がひしめきあっている。

かつては洋子にも、記者仲間とたむろした行きつけの店が数軒あった。しかし、この一〇年以上は足が遠のいている。

北原が指定したバー「ペンと剣」も、随分前に行った記憶はあったものの、印象も場所もすっかり忘れている。

真っ昼間に〝夜の街〟を歩くのは不思議な感覚だった。古ぼけた雑居ビルが明るい日射しの中で並ぶ風景は、何か見てはいけないものが剝き出しになっているようで、落ち着かない気分になる。

暫く来ないうちに小洒落た店が増えていて、ランチを出している店もあった。細い路地をあちこち迷ってようやく看板を見つけた。

急角度の階段を上がると、黒光りする木の扉が見えた。さすがにバーでランチはないだろうと思いながら、洋子は扉を押した。

長いカウンターの中央で、北原が背中を丸めて座っている。

北原の相手をしていたバーテンダーと目が合った。

「いらっしゃい。ご無沙汰しています」

誰だっけ。バーテンダーに声を掛けられても、すぐには見当がつかなかった。

カウンターに近づいて、ようやく思い当たった。

「もしかして、あなた堀部君？」

「嬉しいなあ。覚えてくださっていたなんて」

社会部で金融犯罪を追いかけていた記者と、スキンヘッドでグラスを磨いている目の前の男とはまるで別人だった。

「堀部は今は、ここのマスターなんだよ」

信じられなかった。

「先代のマスターの娘と結婚したんですよ。で、マスターが二年前に死んだ後、僕が引き継ぎました」

「こいつのギムレットは最高だぞ。ぜひ、試してみろ」

まだ、正午前だ。さすがにギムレットには早すぎる。ペリエを頼んだら、隣の北原はビールをおかわりした。

「知らなかった。いつ、社を辞めたの？」

「もう四年半になりますかね。結城さんが、スコットランドで療養されていた頃ですよ」

「でも、どうして？」

「総理のご機嫌とりばかりする磐田とやり合ってな。結局、会社を辞めたんだ」

「北原さん、かなり話をはしょってますよ。確かに、磐田さんの松田びいきにはうんざりしてましたけど、それより僕自身が記者として行き詰まってしまったんです」

堀部は、反社会的勢力が絡んだような経済事件も物怖じせず取材し、何本もスクープ記事をモノにしている。五年前のＩＲ問題の時も協力してくれて、彼がライフワークのように追っていたパチンコ業界との関連からアプローチしていた。文字通り、根っからの事件記者で、北原からもずい分と目をかけられていたのに。

「何に行き詰まっていたの？」

「その前に、北原さん、約束ですよ。シャンパン開けます」

「しょうがねえな。この店で一番安い奴にしてくれよ。なんならシャンメリーでもいい」

「ウチはジュースは置いてませんから。安心してください、上得意価格で出しますから」

「なんでシャンパンを開けるわけ？」

「結城さんが、僕のことを覚えているかで賭けをしたんです。で、僕が勝った」

失礼な男たちだ。

「私が、可愛い後輩を忘れるわけないでしょう」

北原に鼻で笑われたが、堀部は嬉しそうだ。

「ブラン・ド・ブランの良いのが手に入ったんで、これを開けましょう。小さな醸造所のものなので名は知られていませんが、味は保証します」

ブラン・ド・ブランというのは、通常のシャンパンが黒ブドウなどをブレンドして作るのに対して、シャルドネだけで製造したものを指す。

有無を言わさず堀部は抜栓し、三人分のグラスに注いだ。

「社会部のはみ出し組に乾杯」

北原がそう言ってグラスを掲げた。

「おいしい。これは癖になりそうな味ね」

香りが素晴らしかった。昨夜から続くもやもやも吹き飛ばしてくれそうだった。

「それで、相談というのは何だ」

「どんなことをしても松田を叩きたい。でも、私の力だけでは限界なの。だから、改めてスーパーデスクをお願いしたい」

「その話は前にも断っただろう。俺は今、事業局第四事業部長なんだぞ。無理だ」

「これは、お願いじゃない。局次長命令よ。既に、事業局長の許可も取っている。あなたは、当分の間、私の直属の部下になる」

事業局長は二つ返事で応諾してくれた。「何なら、そのままずっとお宅で預かってくれ」とまで言われたが、それはここでは飲み込んだ。

「おい、堀部、どうやらはみ出し者は、二人だけだな。こちらは社のお偉いさんだったのを忘れてたよ」

「結城さんだって相当はみ出してるのは、間違いないと思いますよ」

堀部が混ぜ返してくれたおかげで、問答無用の交渉決裂は免《まぬが》れた。

「ちなみに、どうやって松田を叩くつもりだ」

「かぐやリゾート誘致にまつわる不正。青森県円山町に誘致が決まりかけていたのをひっくり返したからくり、その円山町長を務めた鈴木一郎氏の不可解な行動と熱中症による衰弱死……。それらを一本の糸で繋いで松田を叩く」

鼻で笑われた。

「まるで二時間ドラマの予告編みたいな筋書きだな。おまえ、そもそも最初から松田おろしありきで動いてないか」

「それのどこが悪いの」

「公正中立が、東西新聞のモットーだろう」

今度はこっちが鼻で笑ってやった。

それでも気持ちが収まらず、シャンパンを一気飲みしてお代わりを頼んだ。

「そんなもの、我が社にはとっくにないわよ。ウチは今や、松田総理の広報紙と化している」

「よかったな、堀部。ようやく、結城局次長も我が社の本性に気づいてくれたようだぞ」

北原の皮肉を無視して、洋子は青森と山口から発信するはずだった大スクープが、総理の突然の会見で潰された経緯を一気にまくしたてた。

「おまえ、松田は自身のスキャンダル隠蔽のために、改憲着手の緊急会見を開いたと思ってるのか」

「確信している」

「根拠は？」

「あの記事が出ていたら、総理は辞任会見を開かなければならなかったからよ」

興奮したら体に障ると自戒しながらも、沸々と湧いてくる怒りを堪《こら》えられなかった。

「でもね、不正を裏付ける証拠はまったくなかったんです」

カウンターの向こうから指摘されて驚いた。

「堀部君も調べたの？」

「ええ。僕が調べたのは四年半前ですが。海峡《カナル》ベイかぐやリゾートの開発を一手に引き受けたのは、長門《ながと》未来開発という山口県最大のデベロッパーです。ここのオーナー社長は、鮫島《さめじま》大吾《だいご》」

鮫島と言えば、松田夫人の勅子の旧姓だ。

「つまり、ファーストレディの父親の会社ってことね」

「そうです。五年前、長門未来開発は倒産の危機にありました。それを救ったのがIR誘致だったんです」

「総理が義父を救ったということでしょ」

「でも、不正の事実はなかったんです」

なぜだ。分かりやすい話ではないか。義理の父に、総理はIR利権の全てを差し出したのだ。

「長門未来開発からカネが流れた痕跡はゼロでした。義父からの支援は、全て勅子夫人に生前贈与されたカネです。贈与税もしっかり支払われている。つまり、全ては父と娘の間でカネが動いていた」

巧妙なシステムだ。

「総理の道義的責任は追及できるでしょ」

「違法性がないのに、現職の総理は叩けないと却下されました。僕だって腹は立ちましたが、松田が岳父のためにIRを誘致したという確たるウラは取れませんでした。撤退やむなしです」

「堀部に泣きつかれて、俺も頑張ってみた。だが、突破できなかったよ。関門市にIRを誘致したことについて、松田は当時、それなりの批判を受けている。それに一切動じることなく、前に進みやがった。だからな、奴は簡単には叩けない」

「かぐやリゾートのカジノ施設からは、ギャンブル依存症患者を出さないと松田は約束したのよ。なのに極秘で、依存症患者専門の病院まで設立していた。これは、社会的に糾弾できるでしょ」

「若干はな。けど、俺が松田のブレーンだったら、ADEのエリザベス・チャンに騙されたという筋書きを提案するだろうな。私もまた被害者だったという立場を貫く」

「そんな言い逃れが許されると思う？　それに、ここで叩いておけば、銀座へのIR誘致を止められるでしょ」

「そうかな。今度は、カジノ依存症にならないような万全の対策を取るし、ADEを外すと言えば、世間はなんとなく納得するんじゃないか」

忌々しいことばかりか……。

「おまえの目的は何だ。松田総理は悪い奴だぞと叫ぶことか。それとも総理の座から引きずり下ろしたいのか。あるいは、銀座にIRができなければオッケーなのか」

「全部、やりたい」

北原は笑いながら、タバコの煙を天井に噴き上げた。

「堀部、説明してやれ」

「松田総理は悪い奴だと叩くのは、東西新聞では無理だと思います。いや、これだけメディア・コントロールが上手な現政権では、確実な裏付けなり不正の事実がなければ、ウチ以外でも無理でしょう。総理の座から引きずり下ろすのも同様です。高い内閣支持率と松田個人の人気を考えても、よほどの道義的責任を追及できないかぎり、あり得ないですね。

それに銀座のIRについては、前都知事は反対してましたけど、現知事はIRウェルカムですから、これも潰すのは無理では」

「洋子の悪いところは、こいつは悪だと決めたら、総論的に叩くところだ。だが、権力者を追い詰めるには、具体的な事実を積み上げない限り無理だ」

その自覚はある。だからこそ、北原を引きずり込んだのだ。

「堀部君、もしかして今でも、松田を追いかけているの？」

「あくまでも趣味の範疇ですけどね。時々、匿名で週刊誌とかには原稿を書いていますが、総理批判にはどこも及び腰です。結城さんはボツになったとおっしゃるけれど、カジノ依存症のルポや青森のオブジェ魔の記事は、明日の朝刊に出るんでしょ」

「今日の夕刊でおしまいよ。しかも大幅に縮小されてお茶を濁すだけ。おまけに、門司港の一家心中事件については、昨日の夜に関係者が突然証言を翻したために立ち往生している」

「まるで、昭和の大疑獄事件の妨害工作のようだな。今に死人が出るんじゃないのか」

北原が茶化した。少しは乗り気になってくれたかとは思ったが、まだ押しが足りないようだ。洋子は総理直筆の念書を取り出した。

「死んだ鈴木元町長が後生大事に持っていたの。そして、彼が死ぬ前日に、松田の公設第一秘書と会っているのも目撃されている」

目撃者に、秘書の顔写真を見せて確認もした。

「こういうのをもっと早く出せ。と言いたいところだが、これがあっても何もできないな」

「これを見つけてきた佐々木君は、鈴木元町長が総理を脅迫していたんじゃないかと疑っている。ならば、記事になるのではと言ってるわ」

「被害者として松田総理をクローズアップするってことか。佐々木は優秀だなあ」

堀部は褒めたが、北原は苦笑いしているだけだ。

「北原君、つまらないこだわりは、棄ててもらう。あなたにスーパーデスクを命じます」

「おまえがやれば、いいじゃないか」

北原は手にしていたジッポーのライターでカウンターを軽く叩くばかりで、取り合わない。

「あなた、私のことをよく知ってるでしょ。私は結果ばかりに目が行くから、冷静で客観的な判断ができない。その上、マジで松田に腹を立てているから、なりふり構わず松田降ろしをやろうとする。それでは成果は上がらないのも自覚している。だけど今度ばかりは負けるわけにはいかないの。優秀で粘り強い現場の若手が必死で頑張っているんだから、その努力に報いたい。そのためには優秀なスーパーデスクが必要なのよ。それを任せられるのは、あなたしかいない」

「俺はもう四年以上、編集業務から離れているんだぞ。今更、そんな大役できるか」

「やれるわよ。あなたにはできる。事件の本筋をしっかり見ているし、あらゆる視点から事件を検討して、記事を構築できる。それは才能なの」

その時、西部本社カジノ取材班キャップの島村がメールを送ってきた。

〝一家心中の遺族の協力は拒否されました。

記事は出さないで欲しいの一点張りです。

それと、遺族が抱えていた一四〇〇万円の借金を、ＡＤＥの系列金融機関が返済した事実を、折原が摑みました。

カネで口封じされたようです〟

洋子はそのままディスプレイ画面を北原に見せた。

北原はそれに目を通して、舌打ちした。

「仕方ないな。俺も宮仕えの身だ。上司の指示に従おう。ただし条件として俺の専属アシスタントにフリージャーナリストを一人つけて欲しい」

「恩に着るわ。それで、そのフリージャーナリストって誰？」

「目の前にいるだろ」

12

瀬戸を捕まえたものの一向に取材に応じる様子がなく、遂には制止を振り切ってレンタカーに乗り込んでしまった。その時点で西尾は瀬戸への取材を諦めた。

船井に現状を報告してから、三内丸山遺跡の事務所に駆け込んだ。

「東西新聞の西尾と言います。ここの清掃作業員について伺いたいことがあります」

受付カウンターで声を張り上げた。室内にいた職員が顔を見合わせたが、奥にいた作業服の中年男性が立ち上がった。

「どういうご用件ですか」

「清掃作業員の鈴木光太郎さんを探しています。彼はある犯罪に関わって命を狙われている可能性があります」

過激な一言で、男性は慌てて西尾を廊下に連れ出した。

「いきなり物騒なことを言わないでくださいよ。ウチの清掃作業員が何をしたんです」

「鈴木光太郎って名前に覚えはないですか」

「まさか、円山町の？」

さすがに悪名は消えないようだ。

「そうです。私はつい先ほどお会いしたんです。でも、逃げられてしまって」

「もしかして、あの鈴木光太郎が、ここで清掃作業員をしていたって言うんですか。そんな人物を雇うとは思えないけどなあ。いずれにしても、清掃は業者委託事業なんで、作業員については分かりかねます」

その業者に尋ねる時間が惜しかった。

「ところで、こちらは正面玄関の反対側に出入口はありますか」

「ありますよ。大型の物品を搬入したり、作業員が出入りする通用口です」

「その場所、教えてください。それと委託されている清掃業者の連絡先もお願いします」

通用口はその場で教えてもらえたが、業者の連絡先は改めて調べないと分からないと言われた。西尾は名刺を渡して、分かり次第、ただちに教えて欲しいと念を押した。

光太郎がどうやって逃げたのかは不明だが、自家用車を持つ財力はないだろう。だとすれば、徒歩かせいぜいが自転車に違いない。ならば、デミオで飛ばせば追いつける。

作業員通用口には、トラックが入れるほどの大きな門があり、守衛室もあった。

西尾は記者証を見せて、光太郎が出て行かなかったかを尋ねた。

「ああ、佐藤《さとう》さんね。つい今し方、慌てて自転車で出ていったよ」

礼もそこそこに車に戻ると、アクセルを力一杯踏み込んだ。

国道七号線に出るまでに捕まえないと。交通量の多いところに紛れ込まれるとお手上げだ。そう思った矢先、前方に自転車を立ちこぎしている男が見えた。作業服を着ているように見える。

西尾は威嚇《いかく》するために、クラクションを鳴らし続けた。男が振り返った。そして、次の瞬間バランスを崩して、自転車が横転した。

「よっしゃ！」

車を横付けして飛び降りた。男はうずくまったままだ。

「鈴木さん、大丈夫ですか」

男の前でかがみ込んだら、いきなり体当たりされた。とっさに鈴木の足にすがりついた。

「痛い！　放せ！」

甲高い声で男が叫んでいるが、もちろん手を放すつもりはない。

「鈴木さん、言いたいことあるんでしょ！　東西新聞に全部ぶちまけてくださいよ」

「おまえらマスゴミに言うことなんてない」

光太郎の足が、見事に西尾の左頬にヒットした。気が遠くなりそうだったが、両手の力だけは抜かない。

「僕らはあなたの味方です。責任を持ってあなたをお守りすると約束したから、麻岡さんはあなたの居場所を教えてくれたんです。だから」

もう一度キックが飛んでくる前に西尾は両手を放した。足が空を切ったせいで、光太郎は背中から、もんどり打って倒れた。道路に強《したた》か打ち付けたのか、激しく咳き込んでいる。

「もうあがくのはやめましょうよ。これ以上暴れるなら、警察に通報しますよ。そんなのイヤでしょ」

そこで光太郎は諦めたのか、大の字になって寝転んでしまった。

「自転車、弁償します」

前輪が直角に曲がっている。

「そんなもんはいいよ。それより、今の話、本当だろうな」

「今の話って、なんのことですか」

「俺の言いたいことを記事にした上で、身の安全も守ってくれるって話に決まってるだろ」

思わず生唾を飲み込んでしまった。

上の許可は取ってない。だが、ここで引き下がるわけにはいかない。

「もちろんです。東西新聞はウソをつきません」

13

北九州市八幡西区にある診療所の駐車場に折原は車を停めた。そこで待ち合わせしていた社会部の先輩記者の原田が助手席に乗り込んできた。

この先に江田夫妻の自宅がある。

「お疲れ様です」

「嫁さんの兄貴の件、残念だったな」

キャップの島村から聞いたんだろう。

「妹夫婦はカジノに殺されたんじゃない。あれは自業自得だと言われました」

「一応は一理あるな。カジノでいくら遊ぼうとも、依存症にならない人も大勢いる。だが、カジノが関門市になければ、一家は心中しなかったかも知れない。難しいな」

そんなふうにあっさりと言えるものなんだろうか。

「折原、くよくよするな。それより、一四〇〇万円にのぼる兄貴の借金をＡＤＥ系列の金融機関が肩代わりして払ったのを調べ上げたのは、お手柄だ」

「記事にすべきでしょうか」

「当然だろ。真実を摑んだら記事にするのが、俺たちの仕事だ。なんだ、もしかして何か言われたのか」

「正義では飯は食えないんだ、と言われました」

「身も蓋もないな。けど、カネをもらえば妹夫婦の悲劇を全部忘れられるってのも、尋常じゃないぜ」

「借金がなくなれば、三人の子どもたちに、もっと楽をさせてやれると考えたんでしょうね。だから、無理矢理にでも全て忘れることにした。それは、ある意味健全かも知れません」

正義で飯は食えない。その言葉は重かった。

「おまえさんが、裏を取ったカネについて、兄貴は認めたんだろ。だったら、それで書け」

「そんなことをしたら、権藤さんたちが苦しむだけです」

「もらういわれのないカネを受け取ったんだ。それこそ自業自得だ。それより、この診療所の内科で江田の奥さんが診察を受けていた。本当にノイローゼだったらしいな。ギャンブル依存症の可能性が高いと診断されて、九州医科大の心療内科を紹介されている。紹介状の写しもある。九州医科大に行ってこい。それも記事にしろよ」

「なぜ、原田さんがやらないんです。見つけたのは原田さんじゃないですか」

「このヤマはおまえのもんだろ。最後まで闘い抜け。俺の方は、〝虎の穴〟を辞めた医者に会ってくる。が、患者に対する対応の酷さで辞めたという医者に会うんだ。俺たちが思っている以上に、深刻な患者が大勢いるらしいんでな」

それだけ言うと、原田は車を降りた。

エキセントリックで気の短いところがあるが、一度狙いをつけると、必ずネタをモノにする。イヤな取材でも苦にしない原田のような記者に、いつかは自分もなれるのだろうか。

おそらく無理だと思いながら、紹介状を開いた。確かに江田安代にはギャンブル依存症の可能性があり、心療内科への紹介状がしたためられていた。

これだけでも十分な裏付けにはなるが、九州医科大で診察を受けていたなら、もっと明確な症状が分かるだろう。

悩んだら動け。

新人の時に、デスクに何度も言われた言葉だ。その通りにやるしかない。

14

「お疲れっす」

北原が、堀部特製のカレーライスを平らげて、ボウモアのロックを飲み始めた頃に、佐々木が現れた。急遽呼び出したのだ。

「よう」

どうやら、堀部と佐々木は顔見知りのようだ。

「北原さんもいらっしゃるなんて、オールスターキャストな感じですね」

「聞いたか、堀部。こういう調子のいい奴が出世するんだぞ。佐々木君、良い仕事してるじゃないか」

人を滅多に褒めない北原にしては、最上級に近い賞賛だった。

「いつもはすぐに腰砕けになるんです。でも北原さんの講義を伺って、今回は粘り腰で頑張ってみようと思ったんですよ」

確かに調査報道特別講座での北原の講義は素晴らしかった。

「何を言ったっけ？　覚えてないな」

「新聞記者の存在意義とは、すなわち、権力の監視——。それに尽きる。だからこそ、調査報道には意味があるんだ。そういう自負で頑張ってくれ、とおっしゃいました」

「俺もたまには良いこと言うんだな。それで、念書の件だが、突破口は見つけられそうか」

「どのタイミングで、松田の第一秘書に当たるかを迷っています」

「それは最後の最後だな。おまえが接触したらすぐに相手は隠蔽に動く。またぞろ、磐田の妨害も入るかも知れない」

「大丈夫。獅子身中の虫は、私が退治する」

磐田を何とかするのは、自分の役目だ。

「そんなことができるのか。あいつの立場は、もはや洋子が同期の桜のレベルで説得できるようなところにないぞ」

「分かっている。考えがあるから、ちょっと預からせて。それよりも、青森の船井さん情報では、例の新人君が鈴木元町長の元秘書を見つけたそうよ。そっちからアプローチしてみましょうか」

「オブジェ魔を追いかけている子ですね。彼はラッキーボーイですねえ。羨ましい」

佐々木はどこまで本気なのか分からないが、一応感心している。堀部にカレーライスを勧められると「大盛りでお願いします」と返すところなど、彼もまだまだ新人に毛の生えた程度の若者だ。

今回の取材では、佐々木の功績が何よりも大きい。本当に松田を追い詰めることができたら、彼こそが最大の功労者だ。ついで、西尾君か。

その時、西尾本人から連絡が入った。

「結城局次長、青森支局の西尾です。お疲れ様です。あの、ご報告とご相談したいことがありまして、お電話致しました」

「何なりと、どうぞ」

電話の向こうで緊張している西尾の様子が目に浮かぶ。

「先ほど鈴木光太郎を確保しました」

「鈴木光太郎を確保したって！　凄いじゃないの！」

店にいる全員に情報を伝えたくて、大声で復唱した。

「それで、僭越ながら私の独断でオブジェ魔の犯行動機について独占インタビューを致します」

「素晴らしい。いくらでも紙面は割くわ」

「ほんとですか！　良かった。それでご相談ですが、鈴木さんは、身の安全を心配しているようなんです。当分の間、匿うと約束してしまったんですが、よろしかったでしょうか」

既に約束したのだろう。否はない。

「北原デスク、鈴木光太郎が身の安全を保証して欲しいと頼んでいるらしいの。こっちに連れてきて、じっくり話を聞くというのはどうかしら。もしかしたら、元町長の恐喝についても何か知っているかも知れない」

「いいんじゃないか」

「西尾君、了解したわ。じゃあ、あなたと二人で東京に来て頂戴。それが一番安全でしょう。そして、こちらでじっくりインタビューしてください」

「私も一緒に、ですか」

「まさか、一人で飛行機に乗せられないでしょ。あなたも一緒に来て」

「でも、デスクが許してくれるかどうか」

新人記者にとって、全ての権限はデスクにある。だから、何事においてもデスクの命令が絶対だった。

「デスクと支局長には私から連絡する。だから誰にも相談せずに、そのまま空港に向かって」

「あの、船井さんにはどうしましょうか」

「彼にも、私から連絡しておく」

西尾は声を弾ませて電話を切った。

「ということなんだけど、堀部君、どこか良い隠れ家はないかしら」

「よさげなホテルを押さえますよ」

堀部はさっそくパソコンで、宿泊サイトを検索している。

「ひとまず松田を切り崩せそうなアプローチが揃ってきたということか。死んだ鈴木元町長が、松田を脅迫していたという筋を使って具体的な内容が書ければいいんだがな。そしたら円山町IR騒動の真相も明らかになる。だが、問題は、公設第一秘書の石塚《いしづか》以外に、その事実を誰が知っているかだ。佐々木君、心当たりはあるか」

「ホームレス仲間ですかね」

だが、彼らはまともな証人とは言いがたい。

「鈴木元町長が、東京に来た時期は分かっているの?」

「少なくとも半年前には、代々木公園で暮らしていたようです」

「エリザベス・チャンは、鈴木のことを実の父親のように慕っていたそうだが、事実なのか」

北原が話題を変えた。

「そうみたい。五年前に取材したノートを、最近読み返していると、何度かそういう証言がある」

「なぜ、エリザベス・チャンに協力を求めなかったんだろう。そうしたら鈴木はホームレスになんてならなくてもよかったのに」

「そりゃあ、彼女にも裏切られたと思ったから、近づきたくなかったんじゃないんですか」

佐々木の指摘が妥当なところだろうか。

「なあ、堀部、エリザベス・チャンは、円山町誘致が失敗したあとは鈴木と接触してないのか」

「僕の知る限りでは、ノータッチですね。当時の彼女には、敗者を慮る余裕なんてなかったでしょう。日本初のＩＲを受注するのは宿願でしたし、この成功が銀座カジノ受注に繋がると信じていましたからね。それと、光太郎さん達は舞浜《まいはま》のリゾートホテルに押し込みます。一〇日ほど部屋を確保しました」

病のせいでいろんな事を忘れてしまった洋子だが、不快な女だというエリザベス・チャンの印象ははっきりと覚えている。

「そういえば、今年度中には、松田総理は銀座でのＩＲ誘致に踏み切るようですよ。しかも、業者はラスベガスのニーケだとか」

「俺たちが、かぐやリゾートの欺瞞を糾弾したことで、決定的になったろうな。だとすると、俺たちはエリザベスの大敵か。協力を得るのは難しいかな」

洋子は、そうは思わなかった。

「チャン会長は、裏切り者の松田総理の方に怒り炸裂《さくれつ》でしょ。松田バッシングに協力するかも知れない」

「そうか。じゃあ洋子と堀部はＡＤＥと総理の関係を洗い直してくれ」

「松田を叩くのは、恐喝の被害者としてですか。それとも、もっと大がかりなＡＤＥからの贈収賄とかですか」

佐々木は、若いのに冷静だった。

「両方だ。おまえさんは、恐喝ネタを追え。鈴木光太郎の保護もまかせる。それから洋子、堀部に記者証と名刺、さらに取材資金を頼む。それと、俺の居場所だが」

「諸々分かった。今日中に手配するわ。私も、研修センターの部下を一人アシスタントとして連れてくる。直井君という元経済部にいた中堅よ。それで、北原君には研修センターの一部屋を提供するわ」

15

どうやって三内丸山遺跡から青森空港まで辿り着いたかよく覚えていなかった。それぐらい瀬戸は狼狽していた。

なんで、俺がこんな面倒に巻き込まれなきゃならないんだ。

猛スピードでレンタカー店の駐車場まで戻ってきた時に、どれほど動揺していたのかを自覚した。こめかみがズキズキする。

暫く、ハンドルに額を押しつけてみた。数回深呼吸をしたことで、ようやく落ち着いてきた。

喉がからからなのに気づき、車を降りて自販機でミネラルウォーターを買った。その場でがぶ飲みして、ひと息ついた。

レンタカー店のスタッフが店内から不審そうに見ている。

彼らに軽く右手を挙げて車に戻った。

助手席に放り投げてあったスマートフォンを見ると、堤とエリザベスから何度も着信があったようだ。

愛想笑いを浮かべて近づいてきたスタッフに「電話を一本入れるまで待って」と声を掛けてから、堤を呼び出した。

「おい、俺が電話をかけたら、すぐに出ろよ！」

どうやら向こうも、冷静さを欠いているらしい。

「失礼しました。ちょっと着信音を消してました」

「今、どこだ」

「青森空港です」

「なんで、そんなところにいるんだ！」

同じウソを繰り返した。

「それでお袋さんの容態は？」

「おかげさまで大丈夫ですから、これから戻ります。それで何事ですか」

「エリザベスを何とかしてくれ」

「どうしました？」

どうせ、ろくな話じゃない。

「朝から、怒り狂ってるんだ」

今日は、日本中が荒れ狂う日なのかも知れない。

「原因は分かってるんですか」

「銀座ＩＲがニーケに決まったからな」

あんたも一緒になって決めたんじゃないのか。

「怒って当然では？　ずっと彼女に隠してたんですから」

「おい、他人事みたいなこと言うな。そういう彼女を宥めるのが、おまえの仕事だろう」

俺の仕事は、東京のＩＲもＡＤＥで受注する手伝いだ。

「私は、彼女の子守じゃないですよ。それに銀座も彼女にくれてやるはずだったんじゃないですか」

「総理が、ニーケでやると決めたんだ。おまえ、俺の部下だろ。エリザベスを抑えてくれ」

そこで電話が切れた。

あり得なかった。

日本初のＩＲ施設を関門市に作ると決めた時、次の東京はＡＤＥに任せると、松田も堤もエリザベスに確約した。だからこそ、父と慕っていた鈴木を裏切ってエリザベスは、関門市にＩＲを建設したのだ。さらに、松田には莫大な政治資金も提供している。

それを裏切っておいて、何とかしろはない。

今度はエリザベスから電話が入った。

「申し訳ないエリザベス。僕は今、青森にいるんです。いまから大急ぎで東京に帰ります。それからじっくり話をしませんか」

彼女が弾丸のような文句を並べる前に、瀬戸は一気にそれだけ言った。

「青森ですって！　なんで？」

「光太郎に呼び出されたんです」

「光太郎が、帰ってきたの！」

鈴木がＩＲ誘致に燃えていた頃は、エリザベスは弟のように面倒をみて光太郎を可愛がっていた。

「光太郎は鈴木さんの夢を引き継ぐために、戻ってきたんです」

「夢って、もしかして、ドリーム・キングダムのこと？」

「それ以外に、どんな夢があるんです。総理も、あなたも約束したんですよ。必ず、鈴木さんの夢を実現させるって」

突然、電話の向こうでエリザベスが泣き出した。

「私は本当にバカだったわ。でも、光太郎がその気なら、小父さまの夢は必ず実現してみせる。それより、チャーリー、早く帰ってきて。その前にカタをつけなきゃいけないことがあるの」

「銀座の話ですね。お役に立てず、申し訳ありません。堤に完全に騙されていました」

「悪いのはジミーじゃなく、松田のくそったれよ。絶対に許さない。徹底的に復讐してやる。だから早く帰ってきて」

「分かりました。三時間後には羽田に着きます」

「迎えをやるわ」

車内に散らかっていた荷物を鞄に詰め終えると、瀬戸は車を降り、返却手続きのために店内に入った。

「ガソリンは満タンにしてくださいましたか」

「いや、走行距離で計算してくれ」

スタッフが、車を覗きに行き、手際よく処理をしてくれた。

「空港まで送ってもらえるかな」

「私がお送りします」

背後から声をかけられた。振り返ると、髯面のくせにやたら垢抜けている中年男が立っていた。レンタカー会社の店員ではなさそうだ。

「おたくは?」

「失礼しました。東西新聞の船井と申します」

それを聞いてすぐに逃げようとしたが、船井という記者に右手を掴まれた。

見かけと違って凄い力だ。

「悪いことは言いません。私と一緒に参りましょう。さもないと警察を呼ばなければなりません」

耳元で囁かれた。

「何をバカな」

「あなたが、オブジェ魔の逃走を助けたと、ウチの若い記者が証言しますよ。そうすれば、あなたはオブジェ魔こと鈴木光太郎容疑者の共犯だ」

空いている方の手で殴りかかろうとしたが、その前にさらに強く手首を握られた。

「痛い！」

「さあ、どうぞ、ご遠慮なく」

駐車場に薄汚れたサーブが停まっていて、車内に押し込まれた。

「警察でもないのに、こんな強引なこと許されるのかよ！　なんで、私がここにいるのを知っている？」

「ウチの新人君は、優秀でね。あなたの車のナンバーをちゃんと覚えていたんですよ。もちろん、レンタカーであることもチェックしていた。そこで、空港にあるレンタカー店に片っ端から連絡をいれたという次第です」

　まったくついてない。

「ちょっと、どこに行くんだ。空港とは反対だ」

「次の便までには、まだ二時間近くあります。あなたが素直に取材にご協力くだされば、間に合うように送り届けますよ」

「あんた、どういう神経してるんだ！　これは誘拐だろ。立派な犯罪だぞ」

「じゃあ、このまま一緒に警察に参りますか。私は、ここいらではちょっとは顔の知られた者なので、すぐに釈放されますが、あなたは色々と大変だと思うなあ」

　船井は車を加速させた。

「今のは脅迫罪だろ」

「ほほお、面白いことをおっしゃる。そうそう脅迫と言えば、亡くなった鈴木元町長は死ぬ直前まで、松田総理を脅していたそうじゃないですか」

「聞いたこともない」

「でも、ご存じでしょ」

「知らない！」

「関門市と銀座のＩＲが完成したら、三番目は円山町に作るって約束したんでしょ」

「バカなことを言うな。円山町にＩＲなんて作るはずがないだろ！」

いきなり急ブレーキを踏まれて、瀬戸は額をフロントガラスに強《したた》か打ち付けた。目から火が出た。

「ちゃんと、シートベルトをしてください」

悪態をつきながら、シートベルトを締めると、今度は急発進した。

「もっと、丁寧に運転できないのか」

「おたくとは前に絶対会ってると、さっきから思っていたんだけど思い出したよ。五年前、我が社の結城記者が鈴木さんと陸奥湾クルーズをした時に、一緒に乗っていた小僧だ」

「何の話だ」

「円山町にＩＲなんてできるわけがないとおっしゃったがねえ、瀬戸さん。日本初のＩＲが円山町にできる、総理のお墨付きもあると、青森で吹聴したのは、他でもないあんたでしょ」

「デマだ！　あれは、光太郎が勝手に言いふらしたデマだ。俺はそんなウソを言ってない。だいたい円山町にＩＲなんか作って、本当に成功すると思うのか」

「じゃあ、もっと前から関門市に決まっていたのに黙っていたってことか。それでも円山町出身者ですか。恥を知りなさい」

大きなお世話だ！

「鈴木さんが生きてたら、少なくとも関門市よりはうまくいってたでしょ。そもそもなぜ、鈴木さんを関門市のスーパーバイザーにしなかったんです」

「呼べるはずがないだろ。あの人は、一人で空回りして大騒ぎした挙げ句、円山町のみならず青森県に甚大な被害を及ぼした張本人なんだ」

「私としてはおたくの方が、張本人だと思うなあ」

「なんだと」

「最初はみんな、鈴木さんの話に、半信半疑だったんだよ。それを東京からきたあんたが太鼓判を押したから、カネの亡者どもが目の色を変えたんだ」

「だから、俺は太鼓判なんて押してない」

「じゃあ、なぜ、もっと早く円山町にはＩＲは来ないと教えてあげなかったんです」

勝手なことを。

「鈴木さんから口止めされていたんだ。最後まで円山町にＩＲが来ると盛り上げることが、次に繋がる。だから、公式発表があるまでは、何も言うなと」

また、急ブレーキだ。額はぶつけなかったが、シートベルトが胸を締め付けた。

「ちょっと！　あんた！　いい加減にしろよ。そんな運転してたら、事故を起こすぞ」

「心配ご無用だ。それよりも鈴木さんが死んだのをいいことに、都合の悪いことはあの人に全部おっかぶせるつもりか。極悪人め」

「ウソはついてない。あんたも鈴木さんの性格を知ってたら分かるだろう。あの人にとって、日本にＩＲができることが何より重要だったんだ。だから、最後の最後まで円山町誘致の話を否定しなかった」

今から考えたら、おかしな話だ。

だが、あの時の鈴木には鬼気迫るものがあった。とにかく最後まで信じていたら、本当に円山町にもＩＲができるんじゃないかと思っていたのかも知れない。

「言っている意味が分かりません。だったらあの騒動の時に、そういう真相を話せば良かったんだ。そうしたら鈴木一家があんな悲惨なことにならなくて済んだ。卑怯すぎる。それだけでもA級戦犯だ」

「好きに言えばいい。けど、上司から関わるなときつく止められたんだ。関門市で日本初のビッグプロジェクトが始まるという大事な時に、自らトラブルに巻き込まれに行くなとね」

「ご両親がどんな辛い目に遭われたか知っているのかね」

ああ、よく知ってるさ。だが、それはあんたには関係ないだろ。

「両親からも、帰郷するなと言われた」

「止められても説明に行くのが男でしょ。あんたが、故郷を殺したんだよ。みんなを不幸にしたんだ」

我慢が限界を超えた。瀬戸は思いっきり船井の頬を殴った。

三度目の急ブレーキだったが、今度は急ハンドルも一緒だった。車は路肩を飛び出し水田に突っ込んだ。

全身を激しく打って瀬戸は気を失った。

第九章　業火

1

五年前——。

鈴木一郎は毎朝、午前五時に起床して、愛犬の散歩に出かける。その日も秋田犬のゴローを連れて、門を出た。すぐに、携帯電話が鳴った。

ディスプレイには「松田総理」の表示がある。

「おはようございます、鈴木でございます」

「朝早くから申し訳ない」

相手の緊張した声の調子から、電話の趣旨を理解した。

ゴローがリードを強く引っ張るが、鈴木は踏ん張って立ち止まった。

「本日午後一時、日本初のＩＲ施設を山口県関門市に誘致する旨を、官房長官が発表します」

「おめでとうございます。いよいよ我が国のＩＲの歴史が始まるんですな。いや、本当にめでたいことです」

覚悟はしていたが、胸が痛んだ。

「ありがとう。でも、僕はその最大の功労者であるあなたの夢を踏みにじってしまった。心から申し訳ないと思っている」

その謝罪は、演技なのかホンネなのか。

「いえ、総理。私の夢は、これから始まるんです。関門、東京、そして円山町と続けば、日本はアジアのハブとなり、蘇ります」

「そうだね。うん、そうなんだ。僕もそれを目指して粉骨砕身頑張るよ」

そうしてもらわないと困る。私はそれに賭けているんだ。

ゴローが吠えるので、鈴木は散歩を再開した。

「実は、虫の良いお願いがあるんだ」

「何なりと」

「関門市のIRの成否が、日本の未来を大きく左右する。そこで、関門市IRのスーパーバイザーをお願いしたい」

「喜んでお引き受けしたいところですが、関門市は遠すぎます。円山町長の職務との両立はかなり難しい気が致します」

「そこをなんとか。当分の間、関門市に滞在して戴いて陣頭指揮をお願いしたいんです」

公園に着くと、鈴木はベンチに腰かけて、ゴローを遊ばせた。

「私に何を求めてらっしゃるんでしょうか」

「円山町長の仕事を休んで戴けませんか。そして関門市IRのために尽力して欲しい」

何を言い出すのやら。

ロングリードの先で、ゴローが鳩を追いかけ回している。あの犬もわがまま一杯に育ててしまったが、松田ほどではない。

「何とか無理を聞いてもらえないだろうか」

愚かな奴だな。あの手この手で関門市へのIR誘致を決めたはいいが、肝心の舵取り役がいないことに気づいて慌てている。こんな無策な男が、日本の総理大臣を務めていて大丈夫なのだろうか。

「ご期待に応えたいのはやまやまですが、今、円山町を離れるわけにはいきません。月数回、お邪魔してアドバイスするのが精一杯です」

「仕方ないな。それで、ご検討願えませんか」

「分かりました。では、前向きに検討致します。それにしても、関門市のＩＲは大丈夫なんでしょうね」

「もちろんだよ。僕は、あなたの一番弟子だし、堤君やチャン会長もいる。また、国際会議場に精通しているシンガポール人のプロデューサーを社長にスカウトしたんです。必ず成功させますよ」

　シンガポールの国際会議プロデューサーなんて、なんで連れてくるんだ。あの国と日本では、事情が違う。まして、日本の地方都市の状況なんて理解しているはずがない。

　何から何まで前途多難の船出だな。

　関門市ＩＲは、絶対に失敗すると確信した。

　しかし、既に賽は投げられ、プロジェクトは始動している。

「可能な限り早い返事を待っています」

　総理は強く念押しして、電話を切った。

鈴木はベンチから立ち上がると、ゴローを呼んだ。ゴローは嬉しげにしっぽを振りながら戻ってくる。

いよいよ運命の日だな。

出勤準備をしていると、弟の二郎《じろう》の声が聞こえた。彼は北斗ゲーミング総合研究所の社長を務めている。

「どういうことなんだ!」

二郎の怒鳴り声に、慌てて玄関口に向かった。奥から秘書の麻岡も出てきた。

「朝っぱらから、何を大騒ぎしているんだ」

「IRは、山口県の関門市に決まったと皆が大騒ぎしている。本当なのか」

「私は、何も聞いてないよ」

「聞いてないだと! あんたは、偉い連中とのパイプをいっぱい持ってるだろうが」

「落ち着け。そんな話、いったい誰に聞いたんだ」

「議長に県議、それに青森日報の記者からも電話があったんだ」

要するに筒抜けか。総理の情報管理もこの程度かと呆れながら、鈴木は玄関を出た。

「とにかく役場に行こう」

自宅前にも、テレビカメラや記者が大勢詰めかけている。

「日本初のＩＲは、総理のお膝元、山口県関門市に誘致されることが決まったそうです。ご感想をお聞かせください」

表に出ると、ローカル局の女性キャスターがマイクを向けてきた。

「えっ。今、初めて知りました。総理が、記者会見でもされたんですか」

「今日の午後一時の会見で発表されます」

「だったら、まだ何も答えられないでしょう」

麻岡が体で防御して、公用車のドアを開いた。

「日本初のＩＲは円山町に誘致するという総理のお墨付きを戴いていると、鈴木町長は宣言されてましたね。今回の決定は、総理の裏切りでは」

質問をぶつけてきた女性キャスターを睨んでしまった。すぐに笑顔を貼りつけたが、今のリアクションをカメラマンが逃してはくれなかった。

「誘致を期待していた青森県民や円山町民に、何か言うことはないんですか！」

車のシートに落ち着くと、窓越しに別の記者が喚いているのが聞こえたが、鈴木は笑顔を向けて、運転手に発進を命じた。

総理に騙された被害者となるか、県民と町民の期待に応えられなかったウソつきに堕するか。立場を鮮明にするまでマスコミに追いかけられるだろう。しかし、将来を考えれば、第三の立場がある。

日本が本格的にＩＲを建設し、多くの国際交流とビジネスの場として賑わうことを願い、近い将来、三番目のＩＲを円山町に誘致するというスタンスだ。

だが、マスコミの騒ぎぶりを見ていると、その選択は難しいかも知れない。

「今すぐ県庁に来るようにと、知事が何度も連絡してきています」

助手席に乗った麻岡が振り向いて言った。

「ひとまず、役場だ。知事は面倒なことは全て私に押しつけるつもりだろう」

利権に目が眩んだ青森県知事やその取り巻き連中は、第一号案件が関門市に決定したという情報を一足早く得ていた。それで保有していた不動産を我先にと売却して、十分な利益を手に入れている。

さんざん私利私欲に走ったくせに、今さら被害者面をするのか。

「それより、光太郎の行方だが」

「未だ発見できません。愛人の自宅も確認しましたが、不在でした。もしかすると海外かも知れません」

愛人やら海外逃亡やらろくでもない言葉ばかりだな。どこかで野垂れ死んで欲しいとすら思った。

「もう探さんでいいよ」

麻岡は頷いているが、探し続けるだろう。鈴木以上に、光太郎を気にかけている。

公用車が住宅街を抜けて坂道を降りた。

「DK《ドリーム・キングダム》に寄りたい」

国道に出ると、前方にDK予定地が見えてきた。

正面ゲートを抜けて、道路が途切れる島の先端まで来た。ここからは島全体が見渡せる。

鈴木は麻岡を誘って車を降りた。

風が強い朝だった。

島にはまだ、PR館と工事用の事務所以外は何もない。きれいに整地された用地が広がっていた。島の中心地を示す場所に、一本のポールが立っていて、DKのロゴマークを染め抜いたフラッグが冷たい風にはためいている。

まさにこの場所に、陸奥湾の海の幸を堪能できるシーフードレストランが建つ。海辺には人工の砂浜が広がり、夏は海水浴客で賑わうだろう。レストランの正面には、DKの目玉である天守閣を模したカジノが悠然と聳え、そこから七本の渡り廊下が放射線状に延び、ホテルやレストラン街、世界中のブランド店が建ち並ぶショッピングエリアを結ぶ。

ゲートの正面には、ホールや会議場が入るコンベンション棟が建っている。野外音楽コンサートや演劇が行える円形ホール、ホテルが数棟、そして、子どもから大人まで楽しめるテーマパーク――。鈴木の眼前には、完成し大勢の人で賑わう夢の王国がありありと見えた。

あと少しだけ、待っていてくれ。必ず、夢の王国をここに建てるから。

風を受けて力強くはためくDKの旗に向かって誓った。

「朝早くに、松田総理から電話があったよ」

少し離れて控えていた麻岡に声をかけた。

「今日午後、日本初のIRを関門市に誘致すると正式に発表すると言われた」

「いかにも義理堅いあの方らしいですな」

「そういうわけではなさそうだよ」

ひときわ風が強くなって、砂塵が小さな竜巻を起こした。

「関門市IRには舵取り役がいないらしくてね。俺にやって欲しいそうだ。町長を辞めて、関門市に来てくれだってさ」

「呆れるくらい虫の良い話ですな」

「一瞬、喜んでと返しそうになった」

「町長。どうしてそれほどまでに、ご自身を犠牲にされるんです」

「自己犠牲じゃない。関門市のＩＲが成功してくれなければ、ＤＫは永久に塩漬けのままだ。俺が行って成果を上げれば、光明だって見えてきそうじゃないか」

　本当にそれだけだろうか。

　もしかすると、自分の手でＩＲを運営したいだけかも知れない。

「お断りになられたんですよね」

「もちろんだよ。さすがにここから逃げるわけにはいかないし、俺が長年知恵を絞ってきたアイデアを、ＤＫ以外で使うなんてあり得ない。でも、可能な限り手伝うとは返したがね」

「ご賢明でした」

　もはや賢明な行動など、無縁かも知れない。ここに夢の王国が完成するまで、どうやって生き残るのか。そのために、何を犠牲にし、何を守るべきか。

　それについてはうんざりするほど何度も考えてきた。

2

「バンザーイ！」という市長のかけ声が壇上から上がり、関門市民会館に詰めかけた関係者が歓喜の声を上げた。

総理の姿はなかったが、総理夫人は市長の隣で満面の笑みで、両手を上げて祝っている。

舞台裏から、瀬戸は複雑な思いで様子を眺めていた。

隣に立つ堤のようには、はしゃげない。

朝から、ひっきりなしに電話が鳴っていた。みな円山町の知り合いで、内容は同じだ。

〝おまえは、円山町に決まりだって言ってたじゃないか。この大嘘つきめ。円山町民の顔に泥を塗った罪は重いぞ〟

高校時代のクラスメイトのメールが、大勢の意見を集約していた。

沈黙を守ったことはたくさんあるが、こんなウソはついていない。そもそも広告代理店の平社員が、総理の決断に関与できるはずもないのだ。

要するに、円山町民は、いや青森県民は勝手に盛り上がったのだ。

しかも、怒っている者の大半は、円山町ＩＲでひと儲けを目論んで、カネを失った連中だ。

欲をかいて失敗したんだから、自業自得じゃないか。

だが、さすがに姉からの電話はキツかった。

――どうしてマスコミが発表するまでに、地元に正しい情報を流さなかったの。みんな、悪いのは、町長と隆史だと決めつけてるわよ。父さんや母さんまで責められて、肩身の狭い思いをしている。

そもそも瀬戸は、組織人として当然の行動をしたまでだ。

だが、そんな理屈は姉には通じないだろう。そして、役場の職員である父や保育士の母には、針の筵《むしろ》だろう。

「おい、瀬戸。ぼーっとしてないで、エリザベスを呼んでこい。そろそろ出番だ」

堤にそう言われて、楽屋に向かおうとしたら、呼び止められた。

「地元から、何か言ってきているか」

「何かとは？」

「文句とか、抗議とかだよ」

「ひっきりなしです。姉からは親不孝者と罵られましたよ」

「鈴木町長は？」

首を振って返した。

「思った以上の大騒動が起きているようだな」

「みんな鈴木町長の言葉を信じて、地元にＩＲが来るものだと信じていましたからね」

「だから、ほどほどにしておけと言ったんだ。第一、あのおっさんは、とっくの昔に円山町が外されたのは知っていたはずだ」

「それを知ってすぐに地元民に告げたら、今日の関門市決定の発表もできなかったかも知れませんよ」

「どうして？」

ここから先の話には興味がないらしく、堤はスマートフォンをいじっている。

「この筋書きが公になれば、マスコミがおもしろおかしく報道しますからね。しかも、決定したのが総理のお膝元ときたら、ない腹も探られます」

「じゃあ、俺たちは鈴木町長に感謝しなきゃな」

「堤さん、今日の発表には、東京や円山町の誘致について言及されませんでしたが、何らかの形で、第二、第三のＩＲ候補地としていずれは名前が挙がるんですよね」

「そんなわけがないだろ。関門市だってうまくいくか分からねえんだぞ。そんな時点で次は銀座で、その次は円山町なんて言えると思うか」

そうかも知れない。だが、総理との約束を信じて、鈴木は全てを飲み込んだのだ。少しくらいはそれに報いてもいいんじゃないのか。

「関係者は皆、理解してるよ。鈴木町長あってのＩＲだし、総理は将来必ず円山町にもＩＲを作るだろうって。だが、それを公表するわけにはいかねえだろ」

組織人としては、頷くしかなかった。

「瀬戸、頼むからつまらぬ郷土愛なんぞに目覚めないでくれよ。円山町を一号案件だと総理が口にしたことは一度もないんだ。それが公式見解だからな」

公式見解なんぞくそ食らえだ——そう怒鳴れば少しは胸がすくだろうか。いや、もっと嫌な気分になるだけだ。

「なんだと、光太郎が会社のカネを持ち逃げした、だと」

町長室に入るなり、まくし立てる二郎の話に、鈴木は呆然とした。早朝の総理の電話から、既に一二時間以上が経過し、日が暮れている。その間、とにかくＩＲ問題の収拾に追われ、やっと一息ついたところなのだ。

「あいつは、どこにいるんだ」

あちらこちらで怒りをぶちまけ続けてきたのだろう。弟の声は嗄《しゃが》れていた。

「麻岡に探させてるが、摑めていない」

「奴は知ってたんだろ。だから、自分だけ逃げたんだ」

「何の話だ」

「光太郎は、この町にカジノなんて来ないって知ってたんだろ。それで、逃げやがったんだ」

「知らんよ。あのおしゃべりが知ってたら、とっくに町中に広まっている」

「だが、金庫からカネを盗んで逃げた事実は変わらない。兄貴、弁償してくれ」

どいつもこいつも、カネの心配しかできないのか。

「少し落ち着け。いいか、まだ公表できないが、DKができないわけじゃない。ただ、順番が入れ替わっただけだ」

「何の順番だ」

「日本初のIRにはなれなかった。だが、三番目にできることを総理は約束しているんだ」

「あんなくそったれのウソを鵜呑みにするのか。おまえはつくづくめでたいな。松田は、結局自分の利権しか考えてないじゃないか。そんな奴の約束を信じるとは、頭がおかしいんじゃないのか」

勝手に言ってろ。

「覚悟してろよ、大変なことが起きるからな」

「何だ、大変なことって?」

「暴動だ。兄貴の家もウチの会社もやられるぞ」

バカなことを。

俺は既に今朝から何度も、関門市にIRができてもDKは近い将来必ず誕生すると言い続けているんだ。

強いノックと同時に、麻岡が入ってきた。

「今、ＤＫのオフィスから連絡があって、中央のフラッグが燃やされたそうです」

3

瀬戸は、羽田のプライベートジェット専用カウンターにいた。これからエリザベスと共に香港に向かう。

関門市のＩＲ決定から二週間、お祭り騒ぎも一段落して、関門市の話題も円山町の情報も全国ニュースから消えた。

そこで堤が「休養を兼ねて、香港、マカオで暫く命の洗濯をして来い」と言ってくれた。堤に厳命されているため、円山町の騒動についてはマスコミの取材はもちろん、青森県知事や円山町の関係者からの問い合わせにも一切応じていない。

携帯電話もメールアドレスも変えた。そして自宅に戻れず、会社にも行けない日々が続いていた。

だからエリザベスが一緒とはいえ、今、日本から離れられるのはありがたい。

見るとはなしに見上げていたテレビに、激しい火事の映像が流れた。青森県円山町というクレジットが見えた。

ニュースの音声が聞こえない。

「テレビの音量を上げてもらえませんか」

すぐにカウンターにいた女性がリモコンを操作してくれた。

〝焼け跡からは、鈴木さんの妻美奈さんと長男光一君とみられる遺体が発見されました。青森県警の調べでは、一階のリビングにガソリンをまいた跡があり、美奈さんが長男と無理心中を図ったのではないかとみています〟

光太郎の妻と息子が、無理心中だと。

〝夫の鈴木光太郎さんは、先頃、日本初のIR開発が決まった関門市と誘致合戦を繰り広げていた青森県円山町長の長男で、先々週から行方が分からなくなっています〟

どういうことだ。

鈴木町長が自殺するならまだしも、なぜ光太郎の妻が息子と無理心中しなければならないんだ。

現場からの中継が入った。

背後に映る自宅はすでに鎮火していたが、なおも煙が燻《くすぶ》っている。

〝日本初のIRを青森にという運動で盛り上がっていた円山町は、早くから最有力と言われていました。しかし、最終的には総理のお膝元である関門市に決定、県では、大混乱が続いています。誘致を先導した鈴木町長が、円山町のIR誘致は総理のお墨付きをもらっていると繰り返したことから、投資熱が高まりました。しかし誘致失敗によって、財産を失った県民の非難が、鈴木町長や一族に集中しています。

今回の無理心中は、そうした背景の中で起きた悲劇と言えます〟

瀬戸は激しく動揺した。

光太郎夫人と長男を死に追いやったのは、異常とも言える誘致フィーバーとその反動であるのは間違いない。そして、瀬戸もまたその熱狂に加担していた。

光太郎は何してやがるんだ。

電話で怒鳴りつけてやろうと携帯電話を取りだしてフリップを開いたが、指が強張って操作ができない。

それどころか携帯電話を持つ手も震えていた。

抑え込んでいた自責の念が、突如噴き出した。

「ハーイ、チャーリー、お待たせ、どうしたの？　汗かいてるよ」

4

現在――。

「やめろ！」と叫んだが、火のついたマッチが投げられ瀬戸の全身を炎が包み込んだ。

その瞬間、目が覚めた。

夢か……。

殺風景な白い天井、寝心地の悪いベッド、全身、寝汗で湿っているし、あちこち痛い。左腕には点滴の針が刺さっている。

ここはどこだ。病室にいるのか。

そういえば粘着質な記者に拉致されて、あることないことを言われた。あまりに酷い一言に我慢できずに男を殴ったら、車が横転した。それで気を失っていたわけか。

ベッドサイドに母がいた。丸い背中を椅子に預けて力なく寝ている。

暫く見ない間に、母はずいぶんと老けていた。

瀬戸は、自由になる方の腕を伸ばして枕元のスマートフォンを摑んだ。

時刻を見た。午前四時だ。事故に遭遇してから半日以上経っている。

山のように着信が来ていた。一向に姿を見せない瀬戸に激怒したエリザベスと堤からに違いない。

「隆史、目が覚めたのね。大丈夫？」

母を起こしてしまった。

「母さん、心配掛けてごめん。今すぐ出発したい。東京で会わなきゃならない人がいる」

「何を言ってるの。まだ四時よ。おまえ、交通事故にあったんだよ。余計なことは考えなくていいから、寝なさい」

「大丈夫だから」

両足を床に下ろすと激痛が走った。背中や腰が痛かった。

「ほら、そんな体じゃだめでしょ。何度も電話を掛けてきたチャンさんという人と、堤とかいう上司の人には、良恵が事情を説明してくれたから」

「でもやっぱり行かないと。母さん、迷惑ばかり掛けてごめん」

「今すぐ東京に行かなきゃならない理由は、何なの」

「仕事だよ。総理とかも絡んでいる話だから一刻を争うんだよ」

「カジノがらみってこと？」

瀬戸は黙って頷いた。

「俺の服は？」

「もう着られやしないわよ。治療する時にお医者さんがハサミで裂いたから」

なんてこった。

「スーツケースは？」

母の視線の先にスーツケースが鎮座していた。そこにワイシャツとジーパンぐらいは入ってるはずだ。

母の手を借りながら、素早く着替えた。

「もう一つわがままを聞いてくれないかな」

既に母は諦めたように頷いた。

「車を貸してくれないか。空港の駐車場に置いておく」

母の目が咎めている。

だが、息子の切羽詰まった様子を察したのか、飲み込んでくれた。

「ホント、ごめん。必ず帰ってくるから」

母が鞄から車のキーを出してくれた。

歩いてみるとあまり大丈夫ではない気がした。それでも、東京に戻らなければならない。

五年前の騒動を、マスコミに告白するつもりはないが、ずっと放置していたことにけりをつけたかった。

そのために、エリザベスに会わなければ。

5

東西新聞記者研修センターでのＩＲ問題特別取材班の編集会議の最中に、社主の嶋津《しまづ》から電話があった。

「やれるだけのことはやった。君の懸念は、鍋島《なべしま》君も抱いている。したがって、スクープでも、総理批判でも好きにやればいい」

昨日、社主の自宅まで直談判に行き、磐田の専横を諫めて欲しいと頼んだ。それに対する回答だ。

社内政治に賢く、社主に絶対服従の鍋島社長が、素直に社主に従うであろうことは想定内だ。

「ありがとうございます！　記事にご期待ください」

「期待はしているがね。松田総理は、カジノ問題では大失態を犯したが、トータルで見れば彼は稀に見る良い総理だと私は思っている。心配なのは、果たして松田総理より素晴らしい後継者がいるだろうかということだ」

それは、新聞社が心配することではない。

だが、長らくまともなリーダーが不在だった日本政界の中で、この国を良くしようと松田が努力したのは間違いない。そして、松田を超える後継者など簡単には出ないだろう。

「個人的には同感です。でも、私達は不正を発見したら記事にするのが仕事です。国民が松田総理が必要だと思えば、彼は生き残るのではないでしょうか。私達は、総理の首を取るのを目的にしていません。関係者が利権を奪い合うだけでなく、国民の生活と精神を害する可能性があるＩＲを推進する政策を再考して欲しいだけです」

それは、この数日、北原らと何度も議論して見つけ出した着地点だった。

松田を潰したいと燃えていた洋子だったが、北原だけではなく、直井や若い佐々木からも反対された。

総理を辞めさせたところで、莫大な利権があるかぎり、無謀なＩＲ開発は止まらない。ＩＲを巡って青森や福岡で起きた事実を暴き、金儲けのためなら何をやってもいいのかと問題提起することは、何よりも故鈴木元町長の供養になるのではないかという総意に、洋子も納得した。

「なるほど。では、明日からの記事を楽しみにしているよ」

電話を終えて社主の反応を告げると、全員が歓声を上げた。

「じゃあ明日の朝刊から、攻撃を始める。まずは、ウラ取りができた福岡の心中事件から行く」

北原が宣言した。

門司港で一家心中した妻の兄の口座にＡＤＥ系列の金融機関から、「特別融資」という名目で、一四〇〇万円ものカネが振り込まれている。また、江田安代が、大学の心療内科の診察を受けて、重度のギャンブル依存症であると診断され、入院を勧められていた証言が採れた。

さらに、福岡県警の鑑識が、海水に浸かっていた死んだ夫のスマートフォンのメモリを復活させ、借金とギャンブルに苦しむ状況を記したデータを見つけたという事実を摑んだ。

ＡＤＥが隠そうとしても、江田一家心中の原因は、かぐやカジノであることが裏付けられたのだ。

「一面トップからいくよな、洋子」

そうしたい。だが、社主の尽力で記事を出しやすくなったとはいえ、編集権は未だに磐田にある。

「今から、磐田君に会ってくるわ。どうせ、あれだけの量を出すとなると、整理部長や社会部長との調整もいるでしょうから」

「俺も行こう」

本気か。

磐田だけではなく、新聞編集の現場のすべてと距離を置いてきた北原の言葉とは思えなかった。

「後輩たちが、ここまで頑張ったんだ。俺も逃げてばかりじゃ申し訳ないんでね」

「ありがとう。で、第二弾は円山町ね」

佐々木が応じた。

「ここは、最低でも三日かけてやらせてください。まずは、鈴木元町長の秘書だった麻岡氏と、オブジェ魔鈴木光太郎氏のインタビューを中心に、円山町で起きた騒動を検証します」

鈴木光太郎を東京に連れてきた後、西尾は一旦青森に帰り、今度は麻岡を同道してきた。光太郎だけでは補えない部分を、麻岡の口から語って欲しいと説得したらしい。

彼らへのインタビューは既に終わり、西尾の原稿も仕上がっている。

「そして第三弾は鈴木元町長の軌跡を辿ります」

佐々木が連日代々木公園に通いホームレスらを徹底的に取材した。さらに西尾がフォローしたことで、鈴木元町長が円山町から失踪した後の足取りが浮かんできた。鈴木は自宅から消えた後すぐに、山谷のドヤ街を根城に移っていた。そこで日雇い仕事をしながら、せっせと総理に手紙を送っていた。

麻岡は、鈴木が書いた総理宛の手紙の写しと松田総理の秘書からの返信のコピーを、預かっていた。また、秘書と会っている写真や、秘書から渡された紙幣もあった。

さらに、鈴木は膨大な量のカジノのチップを持っていて、それを何度か総理官邸周辺で撒いている。代々木公園のホームレス仲間数人が、鈴木からもらったというチップを佐々木に売ってくれた。それは、西尾がDK予定地で見つけたものと同様、DKの刻印が入っていた。

「第一弾を打った後に、記事の反響や、依存症専門病院に勤めていた医師や看護師のコメント記事も入れる。これで一週間は張れるだろう。第二弾は翌週頭から行こうか」

北原の指示に、佐々木は大喜びした。苦労した調査報道の成果を自社の紙面で飾れるのだ。嬉しくないはずがない。

「そして、ラストは、鈴木元町長が松田総理を恐喝していたというネタをぶつける」

麻岡が持っていた総理宛の手紙のコピーがあれば、IRの約束を果たせと鈴木が松田にプレッシャーを掛けていた証拠になる。あとは「被害者」側が恐喝されたと認めるかどうかだ。

「ここで足りないのは、なんだ？」

「松田の秘書および、松田総理自身のコメントです」

直井が事務的に答える。だが、この二人の裏取りは至難を極めるだろう。

「エリザベス・チャンが取材に応じると言っているので、今日の夕方に彼女に会う。彼女は銀座ＩＲプロジェクトから自社が外されたことに激怒しているようなの」

「どこまで話すと思う？」

「分からないわ。でも、洗いざらい話すと言っている。それで、これはどこに入れるつもり？」

北原が顎を撫でている。

「洋子の成果次第だが、第二弾のラストかな。間違いなく松田を詰るだろう。エリザベスは鈴木元町長を父親のように慕っていたんだろ。そういう感情も引き出してくれよ。それと堀部は佐々木君と一緒に公設第一秘書の石塚に会え。松田本人には俺と洋子が行く」

なるほど、北原の本気度は最上級のようだ。

そこで佐々木が挙手した。

「あの、このところずっと思っているんですが、この大キャンペーンって、未来がバラ色だと勝手に決めつけて、欲望に溺れた挙げ句に破滅した人間の愚かさを暴くのが目的ですよね」

「もう少し分かるように説明しろ」

「ＩＲ誘致とか言ってますけど、結局、円山町民や青森県民は皆ぼろ儲けを目論んで、大きな損をした。何の保証もないのに、見たこともないバラ色を見た気になって我を忘れた。

一方の関門市の方も、せっかくＩＲができたのに、国際会議場稼働率は年平均で三〇％以下、カジノもこのところ来場客減が続く一方で、地元でカジノに興じた多くの人が依存症に悩み、遂には自殺者まで出てしまった。

地方再生政策の知恵袋であり、ＩＲについての指南役でもあった人物を裏切ってまで、地元にＩＲを誘致した総理は、今窮地に陥っている。誰も彼も、ＩＲに踊らされ、欲望に沈み、不幸になっている。その元凶にあるのは、各人が勝手に思い込んだ『バラ色の未来』という幻想ですよね」

「佐々木、それをタイトルにしよう。特集『バラ色の未来』だ。バブル経済崩壊であれだけ痛い目にあっても、性懲りもなくカネの幻想に踊らされ、一攫千金を夢見てそして命まで失う。それでもなお、読者は、バラ色の未来を信じるのかと投げかけてみよう」

北原の提案に全員が頷いた。

6

洋子と北原は来客中だという磐田の部屋の前に陣取り、客が帰るのを待った。秘書は難色を示したが、「社主命令で、大至急会わなきゃならないの」と抑え込んだ。

気分的にじっとソファに座っていられないのか、立ち上がった北原は窓辺に近づいた。

「こんな所から毎日、下界を見下ろすと傲慢さに磨きが掛かるな」

「磐田君なら俯瞰して社会を見るために必要な場所だとでも言うんじゃない?」

「言えてるな。あいつなら、言いそうだ。それにしても、随分高くまで上り詰めたもんだ」

もちろん皮肉なんだろうが、感心しているようにも響いた。

北原がタバコを取り出してくわえた。

「禁煙です」と秘書が咎めたが、北原は構わず火を点けた。

専務室から客が出てきた。一人は知っている顔だった。DTAの堤だ。続いて金髪の外国人。

「近いうちにラスベガスに遊びにいらしてください。弊社のIRがいかにゴージャスで東京にふさわしいか、おわかり戴けますよ」

磐田の背中に手を回していた外国人が言った。それを通訳していた堤と目が合った。

「これは、ひょんなところでお会いしますね、堤さん。こちらは？」

磐田が睨んでいるが、洋子は構わず話しかけた。

「ああ、結城さん、お世話になります。こちらは、ニーケの会長のアレック・バーグマン氏と社長のサミュエル・バーンズ氏です」

「初めてお目に掛かります。東西新聞社の編集局次長の結城と申します。私は今、日本のIRについて取材をしているところなんです。バーグマンさんのお話も聞かせていただきたいです」

「喜んで。詳細は堤君と詰めてください。では、磐田さん、ごきげんよう」

銀座IRの開発を手がけると噂されるニーケの大物は、終始上機嫌のままエレベーターホールに向かった。

「おまえ達、一体、どういう了見で」

「ごめん、磐田専務、別に彼らを張り込んでいたわけじゃないの。五分でいいから、時間をちょうだい。話があるの」

問答無用で、専務室に入った。

「なんだ、珍しいな。おまえまで来るなんて」

「俺も驚いているよ。用が済んだらすぐに退散する」

「とっと済ませてくれ。今度はなんだ」

洋子は原稿の束を差し出した。

「明日の朝刊の一面からやらせてもらうわ」

磐田はソファに座って読み始めた。

「なんだ、この記事は。この話は、終わったはずだぞ」

「何も終わってないわよ。新たにウラを取った新事実もあるし、銀座にIRを誘致するという政府の動きを考えても、今こそ掲載に値する調査報道だと思う」

「北原も、同じ意見なのか」

「青森支局も、西部本社も若い記者たちが素晴らしい仕事をしているよ。今まで、メディアが目を逸らしてきた事実が満載だ。ボツにする理由を思いつかない」

「では、検討してみよう」

「検討の余地はない。私達はやる。だからあなたは黙って下がっていて。これは社主も社長も了解済みだから」

「今朝、いきなり社主がいらしたのは、おまえが原因か。一体、何を考えている。社主は編集には嘴を挟まないというのが、東西新聞創業以来からの絶対方針なんだぞ」

「では、僭越ながら申し上げるけど、東西新聞の社是は、国民の基本的人権を守るため、権力の監視と公正中立を徹底的に貫くことよ。それを忘れている点については、どう釈明するのかしら」

「話をすり替えるな！」

珍しく磐田が怒鳴った。

「社主は、編集方針には嘴を入れていない。権力者に寄り添い、偏った報道を行っていることについて懸念されているだけよ」

「俺がいつ権力者に寄り添った？」

「なあ、磐田。松田総理の政策を支援するのは良いとしても、それは是々非々だろ。総理自ら私欲に走ったＩＲ誘致を見過ごして、新聞人として胸が張れるか」

「おまえに言われる筋合いはない。松田総理には、確かに問題もある。だが、日本のためには、これからもどんどん活躍して戴かなければならないんだ」

なぜ、そんなに肩入れするのだろうか。

「本当に松田が立派な人物なら、俺たちが何を書こうと総理の座は揺らがないだろう。だが、このまま問題を見過ごして首都にカジノを呼び込み、国民にギャンブル依存症が広がってもいいんだろうか」

北原は冷静に諭している。

「そんな事態は起きないよ」

「おまえに答える資格はないよ。おまえは、ＩＲ事業者でも、業者を監視する政府の役人でもないんだ。俺たちは、憶測で記事を書かない。起きたことを伝えるだけだろ」

「北原……。おまえ、それを無責任だと感じたことはないのか」

「ないね。必ずウラを取り、冷静に事実を伝えようとすることの、どこが無責任なんだよ。それを人は新聞屋の仕事と言うんだよ。おまえがやっているのは、政治屋だ」

磐田が言い淀んでいる。今日の北原は容赦ない。

「なあ、磐田。おまえが松田を政治家として高く評価しているのは分かる。しかし、新聞社の編集局長という立場でいる以上、そこには規律と節度が求められるはずだ。それが守れないなら、社を去れ」

「分かったような口を叩くな。そうやってマスコミは些末《さまつ》なスキャンダルで、有望な政治家を何人葬ってきたんだ。その度に政治は停滞し、国は後退し沈没していった。それを止めるのもジャーナリストの職責だろ」

北原が鼻で笑った。

「おまえは既にジャーナリストじゃないだろ。総理にすり寄る財界人の一人だ。それと言わせてもらうが、今回の問題は些末なスキャンダルじゃないぞ。日本経済が成長するためなら、ギャンブル依存症患者をいくら増やしてもいいのか。ＩＲが来ると狂喜乱舞して、二束三文の土地を買い漁り、勝手な事業計画を起こした末に、誘致をかっさらわれて破滅した人たちを笑い飛ばすだけでいいのか。

おまえにもまだ、ジャーナリストの自覚があるなら、俺たちの邪魔をするな。そして、この苦難を松田がどう乗り越えるかをしっかりとウォッチしてみたらどうだ」

北原が立ち上がった。話は終わったということだろう。

7

エリザベス・チャンへの取材は、ザ・ペニンシュラ東京のスイートルームで行うと連絡が入った。

部屋を訪れると、日本人男性が出迎えた。瀬戸隆史だ。

「ご無沙汰しています」

船井がハンドルを誤って事故を起こし、瀬戸は青森市内の病院に救急車で運ばれた。しかし、翌朝には忽然と病院から姿を消したと聞いている。

「傷はいかがですか」

船井がいたら、摑みかかるかもしれない。彼は顎の骨を折って、今も入院中だ。

「おかげさまで。それより、あの記者は？」

「まだ入院していますが、元気ですよ」

世間話はそこまでと言いたげに、瀬戸はきびすを返した。左足を引きずっているのは、事故の影響だろうか。

「結城さんがいらっしゃいました」

「まあ、いらっしゃい。さあ、座って」

大きなソファに、チャンは悠然と座っている。

「今日は、誰にも聞かれたくないお話をするので、チャーリーとあなたと私だけにしました」

チャーリーって……、瀬戸のことか？　瀬戸は何も言わず、かいがいしくお茶を淹れている。

「レコーダーは持っている？」

チャンの問いに洋子が頷くと、「じゃあ、テーブルの上に出して」と言われた。

「回りくどいのは嫌いなの。日本初のＩＲを、我が社で受注するために、私は、三億円の賄賂を、松田総理に贈った。また、彼の義理の父親の会社の経営不振に対しても、総額五億円ほどを、融資した」

いきなりの爆弾発言だった。重要な語は一言ずつ区切って話している。

「証拠は全部揃っているわ。カネは私のグループ会社から出しています。日本の政治家は外国人からの寄付を受けられないんでしょ。それで全く無関係の日本の金融機関に日本人の名前の口座を作ったの。そして松田名義の口座を、山口県の信用金庫に用意してあげて、日本人支援者が、三億円を入金したように、細工したのよ。これがその証拠書類よ」

チャンが資料の束を無造作にテーブルにおいた。確かに、送金記録は五年以上前のものだ。

信じがたい。そもそも賄賂の送金なんて、まともなワルはやらない。

「何かあった時の保険として、わざと痕跡を残しておくのが私のやり方なの。おかげで、あなたたちは大スクープを手に入れられたでしょ。但し、それらは全て公訴時効を過ぎている」

贈賄罪は三年、収賄罪は五年で時効だ。

「でも、マスコミが取り上げる分には問題ないでしょ。天下の日本の総理大臣が、ＩＲを地元に誘致するために、香港のカジノ業者から、賄賂を受け取っていた。その証拠もあるというのは、大スクープよ」

その通りだ。

これは、磐田でも防げないだろう。

「この話は、どなたか他の方にも？」

「そんなことしたら、おたくの大スクープにならないでしょ。今のところは、あなただけよ。でも、東西新聞の磐田は松田の犬だから、記事を握りつぶすかもね。その場合は、ライバル紙なりテレビ局なりに持ち込む」

「なぜ、こんな重大な話を我々に話すんですか」

「あなたたちは、鈴木の小父さまの悲劇を記事にするんでしょ。だったら、私は手伝いたい。小父さまには本当に申し訳ないことをした。私はずっと円山町にIRを建設したかった。小父さまは、日本で一番IRの意味をよく知っていたし、ビジネスも上手だった。きっとあのくそったれ関門市のような失敗をしなかったわ」

愛する小父さまの弔い合戦に参戦するというのか。

「まあ、そんなきれい事が信じられないというのであれば、これは復讐よ」

「何に対する復讐ですか」

「円山町IR誕生は、小父さまと私の夢だったの。死んだ父も、生きてたらきっと応援してくれるような、とても素晴らしいプロジェクトだったの。その夢をぶち壊してまで、関門市にIRを建てたのは、松田が銀座IRの運営権を約束したからよ。なのにあいつはアメリカのニーケに寝返った。そんなことは、絶対に、絶対に許さない」

チャンは膝に載せたハローキティのぬいぐるみを強く握りしめた。

それで腑に落ちた。もはやチャンは手段を選ばず、松田を潰すだろう。

「もう一つ、ネタがあるわよ」

「何でしょうか」

チャンが瀬戸の濡れ衣を晴らすと言うと、瀬戸が「やめてくれ」と慌てた。

「チャンさん、話してください」

「もちろん。五年前、日本初のＩＲは円山町だと総理が断言したというウソを、鈴木光太郎が青森県下に拡散した。彼は、チャーリーが太鼓判を押したとも言った。その何ヶ月も前から、関門市が最有力と言われていた時期だったのに、地元は光太郎の話を信じたの」

光太郎は西尾の取材に対して、同様のことを言っている。円山町破滅のＡ級戦犯は、瀬戸隆史だと。

「瀬戸さん、それは本当ですか」

「どうでもいいことです」

「チャーリー、ちゃんと言いなさい。あなたの家族のために」

無表情だった瀬戸の顔が上気した。

「総理のお墨付きをもらったと、光太郎が言いふらしたのは事実です。その情報源が私だとされていたのも知っていました。しかし、一度たりとも、そんなことは言ってない。そのことは、亡くなった鈴木元町長にもお伝えしました」

「ということは、鈴木さんご自身も正式発表の前から、関門市決定の事実を知っていたということ？」

「結城さんが青森市にいらして、町長と船で陸奥湾を遊覧しつつ夢島に行かれたことがあったでしょ。その時、私もご一緒しました」

残念ながら、そのあたりの記憶は曖昧だ。だが、それがいつなのかは分かっている。

「あの日、東京から総理夫人がいらっしゃって、円山町に日本初のＩＲは無理だが、銀座に次いで三番目のＩＲを作ると約束したそうです」

さすがの洋子も息を呑んだ。これはとんでもない話だ。

関門市誘致の背後に、スタンドプレイが大好きな総理夫人の影があるとは聞いていた。しかし、まさか勅子自ら青森まで乗り込んで、鈴木に引導を渡していたとは。

それが事実だとしたら、鈴木がぼろぼろになっても持っていた総理の念書とも合致する。

「なぜ、鈴木さんは第一号ＩＲ誘致に失敗したのを黙っておられたんですか」

「日本にＩＲを誘致することが、鈴木氏の最大の夢でした。ＩＲがうまく機能すれば、日本は再び復活すると本気で信じておられました。第一号が成功するなら円山町でなくても良いと納得されていました。とにかく敗者復活の道筋は残したのだから、まずは穏便に関門市決定の日を迎えることが重要だと考えられたようです。だから決定発表の日まで沈黙を貫かれた」

「でも、結果的には穏便とは、ほど遠い事態が起きたじゃないですか」

瀬戸が悔しげに項垂《うなだ》れた。

すかさず、チャンが介入した。

「鈴木の小父様もまさか、あそこまでひどい事態が起きるとは思ってなかったみたいよ。光太郎の奥様と坊ちゃんが無理心中した後、私のところに電話をかけてきて、自分は甘かったと言って号泣したの。

そしてチャーリーは、あの日以来、故郷に戻れなくなってしまった。それに、無理心中のことで今なお自分自身を責めているの。だから、チャーリーの身の潔白を証明してあげて」

チャンの瞳が潤んでいる。すっかり善意の人になっている。

エリザベス・チャンは、子どものような愛らしさと悪魔が同居していると評した人物がいた。その一端を垣間見た気がした。

「分かりました。その件については、取材班に伝えます。ところで、今回のＩＲ問題で隠された闇の部分、つまりギャンブル依存症について、日本は認識が甘かったのではないかという点も重視しています。それについてはどう思われますか」

「大勢の日本人が、ギャンブル依存症に苦しんでいるのを気の毒に思います。でも、これは個人差の問題だし、自己責任では？　過去に、私達のカジノ施設であれほどの依存症患者を出した例はないの。だから、対策が後手に回ったのかも知れない。酷い言い方だけどね、貧乏人はカジノで遊ぶべきじゃない。カジノのテーブルについたら、手持ちのカネは全部消えて当然と考えられる人だけが、楽しんでいい娯楽なのよ」

8

ＩＲ問題キャンペーンの初日は、嬉しいサプライズで幕を開けた。

一家心中で妹一家を失った兄の権藤克利が、心意気を見せてくれたのだ。江田一家がギャンブル依存症だったという証言を翻す見返りとして、かぐやリゾート系列企業から多額の口止め料を受け取ったと証言したのだ。それは権藤自身が抱える借金と同額だった。

一面の大半を埋め尽くした衝撃的な記事は、大きく注目された。

それに続く、ギャンブル依存症の実態や治療する医師たちの苦悩などの記事も大きな反響を得た。東西新聞は急遽「依存症一一〇番」のコーナーを設けて、読者からの投書を掲載した。

反響に次ぐ反響で、メディアの大半が、この問題を追いかけ始めた。そのタイミングで、第二弾のスクープを一面から張った。

円山町の熱狂と落胆、そして絶望の過程や、鈴木元町長の奮闘と息子光太郎の転落と復讐についても十分に紙面を割いた。

またＤＴＡの瀬戸のＡ級戦犯説を払拭した。同時に、常に大騒動が起きるとスケープゴートを探す日本の悪しき体質についても問題提起した。

これらの世論を受けて政府は、かぐやカジノにおける依存症の実態を、専門家による第三者機関で調査すると発表。今年度中に誘致を決めることにしていた銀座ＩＲについても、「諸問題を解決するまで棚上げする」と発表した。

そんな最中、洋子と北原は、密かに総理公邸を訪ねた。密会の仕切り役は、磐田だった。彼は先に公邸入りして二人を待っていた。

北原からぶつけられた言葉がよほど効いたのか、ＩＲ問題キャンペーンについて、磐田は今のところ一切嘴を入れていない。

それどころか、ＩＲ問題を取り上げるように政治部の尻を叩いた。

午後九時という時刻に、二人は通用口から公邸内に入り、小部屋に通された。

薄暗く、壁にはやたらと大きなサイズの風景画が飾られたセンスの悪い部屋だ。

取材は、洋子がインタビュアーを務め、北原がタイミングを測って突っ込みを入れるということで、互いの分担を決めてある。

記者経験はそれなりに積んできた洋子だが、こんなに緊張したことはない。

「なあ、洋子、俺にカノジョができた話をしたか」

「何を突然」

「いや、ずっと言おうと思ってたけど、言えなかったんでな。ぜひ、聞いて欲しい」

約束の時刻まで、まだ五分ほどある。

「随分年の離れたカノジョでな。これがまた実に可愛い」

「どこで知り合ったの？」

「いわゆるお友達の紹介ってやつだ」

「それは、お盛んなことね」

取材前の緊張感で破裂しそうで、まともに話も聞けなかった。

「ほら、ツーショットの写真を見てくれ」

いきなり、鼻先にスマートフォンが突き出された。

映っているのは、北原とコリーの子犬だった。

「まあ、可愛い！　何、カノジョって犬だったの？」

思わず吹き出していた。

「ジュンって言うんだよ。よくなついてなあ。しかも、滅茶苦茶賢いんだ」

「あなたが、犬を飼うなんてびっくりだわ」

「俺もそう思っている。だって、散歩とか面倒だろ。でもな、ちょっとした事情があって飼うハメになったんだが、するともう寝ても覚めてもこいつのことしか考えられなくなって」

「へえ、変われば変わるものねえ」

皮肉をモノともせず、北原は次々とジュンの画像や動画を見せた。緊張感も吹っ飛び、洋子は夢中になって動画を見た。

そこに磐田が入ってきた。次いで松田総理が、公設第一秘書の石塚を連れて続いた。石塚のコメントは結局、取れないままだ。

「お忙しい中、お時間を戴きありがとうございます」

洋子は挨拶した後、北原を紹介した。

今日の松田は、かなり窶《やつ》れて見えた。このところのＩＲ報道の対応で追い詰められているのだろうか。

「弊社の明日の朝刊で、この夏に代々木公園で遺体で発見された鈴木元円山町長が、総理を恐喝していたという記事を出します」

落ちくぼんでいた松田の目が見開かれた。

「磐田さん、これは一体」

隣に座る磐田を詰るように見ている。

「結城、私は総理に何の話もしていない。総理、事前にお耳に入れるわけにはいきませんでした。お許しください」

少しは磐田もジャーナリスト魂を取り戻したということか。

「総理、それは事実ですか」

洋子が踏み込んだ。

「久しぶりにお会いしたかと思ったら、結城さん、またとんでもない話をするんだなあ。そんな記事が出たら、あなた方が恥をかきますよ」

洋子は、総理の念書を丁寧に広げた。

「亡くなった鈴木さんが、財布の中に後生大事にしまい込んでいたものです。見覚えがありますよね」

総理は手紙を手に取って目を通した。

「確かに、私が五年ほど前に、鈴木さんに宛てて書いたものです。でも、これは念書なんてものではない。世話になった鈴木さんに不義理をした詫び状です」

「これらの手紙に見覚えはありませんか。鈴木さんが書いたものです」

麻岡から預かってきた総理宛の手紙のコピーも見せた。

「いや、覚えがない。石塚、知ってるか」

表情一つ変えずに公設第一秘書が首を横に振った。

「初めて見ます」

「では、これはどう説明されますか」

鈴木と石塚が会っている写真だった。

「合成でしょう。そもそもあなた方は、何をしに来たんです。この程度の事実で、内閣総理大臣に言いがかりをつけるつもりですか」

「いえ、石塚さん、私達は、総理が恐喝の被害者ではなかったかとお尋ねしているんです」

「結城さん、そんな事実はない」

松田が答えた。

「鈴木さんが頻繁に石塚さんと会っていたという目撃証人がいます。それにこれです」

鈴木が官邸周辺で撒いたチップを取り出した。

「これってカジノで使用するものですよね。不審なホームレスが、官邸周辺で、何度もこのチップをばら撒いていたのを、警備の機動隊員が目撃しています。また、石塚さんが過去に何度か鈴木さんにお金も渡していたという事実を裏づける証拠を入手しました」

「総理、失礼しました。これは全て私の一存で処理したもので、総理には一切無関係です」

いきなり石塚が立ち上がって頭を下げた。

だが、松田は納得していない。

「石塚、座れ。結城さん、円山町に早くIRを建ててくれと懇願する手紙を、鈴木さんが何度も寄こしていたのは知っていました。でも、かぐやカジノですらあの体たらくです。とてもじゃないが、色よい返事なんてできなかった。だから、石塚を説明にやらせたんです。生活にお困りだったから、お金や酒を差し入れたこともある。しかし、恐喝されたからじゃない。あくまでも古くからのおつきあいという間柄だからです」

開き直ったのか松田は堂々と胸を張っている。

「この件について、明日記事を出します」

いきなり北原が発言した。

「それはちょっと待ってくれないか。そもそも恐喝があったなんて、何を根拠におっしゃるんですか。全くの事実誤認じゃないか」

「今のところ、記事は二パターン用意しているんですよ。まず、あなたのお手紙を大きく写真で掲載して、鈴木元町長の無念をつらつらと書くバージョンです。これは多くの読者の涙を誘うと同時に、あなたへの疑惑が高まるでしょうね」

「北原さんとやら、それは脅迫か」

「個人的見解ですよ、総理。プランBは、我々が集めた物証を元に、あなたが鈴木元町長から恐喝されていたのではないかという記事です。すると、悪いのは鈴木元町長で、あなたは被害者ということになる」

「いや、誰も私が被害者とは思わないでしょう。恐喝されるだけの事実があると勘ぐられるだけだ。前者の記事を止めるつもりはない。しかし、後者については、全面的に否定する」

「了解しました。では、前者の記事を出します。よろしいですか」

「言論の自由は、憲法で保障されています」

「いや、総理、それは軽はずみです。磐田さん、黙ってないで、あんたのところの社員の暴走を止めてくださいよ。総理が誠意を込めて書いた手紙をおもちゃにして、言いがかりをつける権利などおたくらにはない」

「石塚さん、私に縋《すが》らないでください。彼らが自信を持って書いた原稿を、記事にしない理由はない」

「なんだと！」

「もういい、石塚、控えろ。それにしても北原さん、その手紙を紙面に載せる必要がありますか」

「ありますね」

「分かりました。では、お好きに」

「総理！」

石塚の悲痛な叫びは全員に無視された。

「お話はそれだけですよね」

「それが、もう一つあるんです」

洋子の言葉で、腰を上げかけた松田が座り直した。

「ＡＤＥのチャンさんが、かぐやリゾート実現のために、あなたに三億円の賄賂を払ったとおっしゃっています」

「ウソだ！」

遂に石塚が洋子に摑みかかろうとしたが、素早く動いた磐田に阻止された。

「石塚さん、次にそんな乱暴を働いたら、部屋から出て行ってもらいますよ」

「結城さん、情報源はどこですか」

さすがに松田は冷静だった。

「エリザベス・チャンさんご本人です。送金記録のコピーも戴き、事実確認も終わりました。山口県萩市の信用金庫に五年前、松田勉名義の口座が開設されています。直後に茨城県のある口座から、三億円が振り込まれていました。カネはすぐに引き出されています」

「その松田勉が、私である証拠はありますか」

「チャンさんの証言があります」

「彼女は今、かぐやカジノの依存症問題で窮地にあるだけでなく、東京のカジノ誘致でも出遅れたので、私は逆恨みされています。そんな人物の証言なんぞ誰が信じますか」

強かな男だ。事前に内容を聞かされていないはずなのに、これほど冷静かつ的確に反論するなんて予想していなかった。

「信じる人がいるかどうか、やってみようと思うんですよ、総理」

「なにをバカな」

「チャンさんの話を裏付ける複数の証言も得ています。チャンさんが逆恨みから、嘘八百を並べたとは思えない。そもそも彼女から入手した文書が、全て本物である確認はとれているんです」

「ならば、話はここまでだ。私があなた方の報道を止める権利はない。しかし、内閣総理大臣の名誉を毀損《きそん》するメディアを放置するわけにはいかない。その点についてだけは記憶に止めておいてください」

松田は立ち上がると、振り返りもせずに部屋を出て行った。

石塚も総理に続いた。

とんでもないことをしたかも知れない。恐怖に似た感覚が洋子を襲った。

「しまったな。辞任について総理に尋ねるのを忘れてた」

「北原、調子に乗りすぎだ」

そう言ってから磐田は、「これで、満足か」とため息まじりに北原に尋ねた。

「満足には程遠いが、ひとまず記事は書ける。ここから先は、俺たちだけでなく全マスコミ、そして、国民感情があいつの敵になる」

「記事は出すんだな」

「ああ。脅喝疑惑はボツにするが、松田直筆の手紙は載せる。エリザベス・チャンの告発も明日の朝刊に載せる。同日にスクープ二本は勿体ないが、官邸に潰される前に記事にしなきゃならないからな。洋子、それでいいな」

それからもう一度、磐田に念押しして、北原は携帯電話を開いた。

「一面は、エリザベスの告発が中心だ。ただ、紙面の肩（左上）に、写真付きで総理の念書話の冒頭を入れる。磐田編集局長と結城局次長の許可も得た」

溜池山王《ためいけさんのう》で社用車が待機していた。

乗っていくかと磐田に尋ねられたが、遠慮した。

もう少し夜風に当たっていたい。

「俺達はちょっと江戸城まで散歩するよ」

北原も同様の心境だったようだ。

ぶらぶら歩いて国会前の交差点まで進み、お堀端に出た。

「なんだか、とんでもないことをやったのよね。私達」

「いや、俺達は何もしてないよ。皆、若い記者たちが頑張った成果だ。俺達は、単に奴らの弾《たま》よけになっただけだ」

「なに、それ。自分だけかっこいいじゃない」

「俺は昔からハードボイルドなんだよ」

吹き出した。

「総理は辞めるかしら」

タバコをくゆらせる北原の脇を、何人もの皇居ランナーが走りすぎていく。

「辞めんかもな。あいつは、想像以上に太いタマだ。俺達が何を言っても、冷や汗一つかかなかった」

あれだけの事実があれば、辞任しないわけにはいかないだろう。

しかし、政界のことはよく分からない。

「このまま居座るつもりなら、俺達はさらに厳しく奴を監視すればいい。この国を正しく導く指導者になるなら、それは称《たた》えよう。だが、不正を働く時は、容赦しない」

夜の中を、コウモリが飛んでいた。

私達の活動も、あんな感じだろうか。闇に紛れて人知れず獲物を探し、捕食する。

そうだ。記者とはそんなものだ。

そうでなければ光を当てるべき事象や事件は見極められない。地を這うようにして、ひたすら事実を追いかけるしかないのだ。

私達はまばゆい光の外にあるものを探るコウモリなのだと、洋子は改めて実感した。

【主要参考文献一覧】（順不同）

『「カジノで地域経済再生」の幻想――アメリカ・カジノ運営業者の経営実態を見る――』　桜田照雄著　自治体研究社
『カジノ合法化の時代――地方分権と福祉財源に――』　安藤福郎著　データハウス
『カジノ解禁が日本を亡ぼす』　若宮健著　祥伝社新書

※右記に加え、政府刊行物やＨＰ、ビジネス週刊誌や新聞各紙などの記事も参考にした。

謝辞

本作品を執筆するに当たり、関係者の方々からご助力を戴きました。深く感謝いたしております。

お世話になった方を以下に順不同で記しておきます。

ご協力、本当にありがとうございました。

なお、ご協力戴きながら、ご本人のご希望でお名前を伏せさせて戴いた方もいらっしゃいます。

川西太士、牧野圭太
金澤裕美、柳田京子、花田みちの、大澤遼一

【順不同・敬称略】

解説　壁に挑み、闇を照らす

奥山俊宏《おくやまとしひろ》
（朝日新聞編集委員）

東京・四谷荒木町《よつやあらきちょう》のバーで正午前、結城洋子《ゆうきようこ》は、かつて東西新聞の特ダネ記者だった男と落ち合う。ときの総理大臣、松田勉《まつだべん》のカジノ誘致にまつわる疑惑を標的にした取材・報道に協力を求めるためだ。

アルコール度の強いドライジンと甘酸っぱさの爽やかなライムジュースをシェークしたカクテル、ギムレットを「社会部のはみ出し組」のその男、北原智史《きたはらさとし》から勧められる。

まだ昼前。仕事の真っ最中だ。「ギムレットには早すぎる」と結城は思う。

『バラ色の未来』の終盤、午前中のギムレットが登場する、印象的なシーン。

私立探偵フィリップ・マーロウを主人公とするレイモンド・チャンドラーのハードボイルド小説『長いお別れ（The Long Goodbye）』の名場面をほうふつとさせられる。

米ネバダ州のリノやラスベガスにある博奕場《ばくち》、すなわち、カジノを痛烈に批判する警察官の言葉が『長いお別れ』にある（以下の引用は清水俊二訳、ハヤカワ・ミステリ文庫）。

「豪勢な博奕場が罪のない楽しみのために開かれていると思ったら、とんでもないまちがいだ。彼らがねらってるのは（中略）週末の家計費をすっちまうような人間なんだ。（中略）博奕場は金持でなりたっているわけじゃない」

「これが州の法律で認められた博奕なんだ。州が認めてるんだから、だれも文句がつけられない。だが（中略）博奕はどう理屈をつけようと博奕なんだ。正直で公平な博奕なんてあるもんじゃない」

この日本で、少なくとも「国が認めてるんだから、だれも文句がつけられない」とは結城らは思わない。『バラ色の未来』の記者たちは、カジノに文句をつけることを厭《いと》わず、「週末の家計費をすっちまうような人間」の悲劇を赤裸々にしようと働き続ける。壁を乗り越え、反転攻勢へと向かう記者たちの起点にギムレットの場面がある。

この小説『バラ色の未来』は、現実の今の日本で、安倍晋三《あべしんぞう》首相がみずから率先して旗を振り進める日本へのカジノ新設を批判し、カジノは本当に日本の未来をバラ色にするのかと疑問を提起する異議申立書である。と同時に、東西新聞社編集局次長の結城洋子ら新聞記者たちを主人公にしたハードボイルドな調査報道小説であり、業界に漂う閉塞《へいそく》感を打ち破って前に進め、と記者たちにエールを送る檄文でもある。

調査報道——すなわち、社会の奥深くに潜んでいたり強者によって隠されたりしている構造的な不正や不当、不条理について、記者たちがみずから発掘して調査し、取材し、証拠を集め、疑惑を事実で裏付け、それをニュースとして、報道機関の責任で世の中に広く伝えていく営み——は、民主主義がきちんと機能するために必要不可欠だ。

なにごとにも、良い面があれば悪い面もある。メリットがあればデメリットもある。そうした悪い面、デメリットは、そこにそれがあるということを世の中に知られなければ、たいてい放置される。そこに問題があると認識できなければ、解決すべきだという認識を持ち得ず、その問題は議論の俎上《そじょう》にさえ載らない。放置されれば、その問題はますます悪化し、被害を広げていく。だから、解決されるべき問題があるのならば、その実情は世の中に広く知らされるべきだ。

民主主義の社会では、問題の存在が国民に広く知られることによって初めて、それを解決するための議論が始まる。特に、捜査機関を含む行政府の上層部にいて人事や予算を通じてそれを支配する権限を持つ総理大臣ら与党の有力政治家の不行状、そして、社会的には許容できないけれども違法ではない不当や不合理は、捜査機関や行政機関にとっては手を出しづらいため、多くの場合、調査報道によって明るみに出されることでしか是正され得ない。

このように、調査報道は、問題を発見して議論の素材と是正への糸口を主権者に提示する役割を担っている。だから、民主主義を採用した国々では古来、調査報道は、新聞などマスメディアの大切な役割の一つだと考えられてきている。

「新聞のない政府か、政府のない新聞か、いずれかを選べと言われれば、私は、後者（政府のない新聞）を選ぶのに一瞬のちゅうちょもすべきでないだろう」

アメリカ合衆国「建国の父」の一人で、のちに第三代の米大統領となったトーマス・ジェファーソンはこのように書き残した。当時はインターネットもテレビもなかったから「新聞」という言葉が使われているが、この「新聞」は、権力を監視する調査報道を指しているのだろう。

このように調査報道は民主主義にとって不可欠であり、そのことは、それに携《たずさ》わる記者にとっての仕事のやりがいにもつながっている。また、新聞社にとっては、調査報道は、他のメディアとの差異を示し、社会に存在感を認めさせることのできる貴重なオリジナル・コンテンツでもある。

新聞記者にはさまざまな役割があるけれども、究極のところ最後まで失われてはならない、その存在意義とは、すなわち、権力の監視――。それに尽きる。『バラ色の未来』では、ベテラン記者・北原から後輩の若手記者へと記者魂がそう受け継がれていく。

とはいえ、調査報道にはいくえもの壁がある。『バラ色の未来』には、それらの壁を乗り越えようと奮闘する新聞記者たちの姿が痛々しいほどリアルに描き出されている。

限りある新聞紙面の紙幅《しふく》はその壁の一つと言っていいだろう。

調査報道の原稿はたいてい長い。捜査機関や行政機関の発表に依拠した原稿ならば、「……によれば」と前置きして結論だけを簡潔・明瞭に書けばいい。これに対して、調査報道の原稿は、結論だけでなく、証拠関係や規範の根拠、あてはめを丁寧に書き込んで説明するスタイルを採らざるを得ない。だから、調査報道の原稿はその本来的な性格からどうしても長くなる。その結果、その日に発生した出来事の生々しい原稿を紙面に詰め込もうとする当番の紙面編集者（デスクら）から調査報道の原稿はどうしても煙たがられる。

「ちょっと今日、紙面きつくて」

「事件性はあるんですか」

「五〇行が精一杯です」

元町長の不幸な死に関する原稿を特ダネとして夕刊に突っ込もうとする結城に社会部の当番デスクが渋い顔をする様子が『バラ色の未来』に描写されている。これは新聞社の編集局内でよく見られる光景だ。

翌日の朝刊に紙幅を確保して記事を大展開しようと意気込んだ当日の夜、憲法改正に着手するという首相の緊急記者会見が急きょ開かれる。当然、首相記者会見の記事が優先される。そのあおりを受けて、結果、原稿を大幅に削って、小さな見出し、小さなスペースでの掲載を甘受するか、それとも、日を改めて出し直すか、その決断を迫られる。首相の記者会見でなくても大きな事件や事故が発生すれば、こういうジレンマはしばしば起きる。

現場の記者にとって切実な壁となっているのは、取材を受けたくない、報道されたくない、という当事者たちの拒否反応である。

不正を暴かれる側が取材や報道を拒否するのは当たり前だし、仕方のないことともいえるが、被害者の側がそういう態度をとる場合もある。

取材や報道は、それそのものが鋭利なメスであり、当事者に痛みをもたらすことがある。長い目で見れば社会だけでなく当事者の利益にもつながるはずだと記者は思うが、とはいえ、当事者は思い出したくもない嫌な経験や隠しておきたい恥部を暴露されるのだから、嫌がるだけでなく、往々にして記者を敵視する。

『バラ色の未来』の冒頭、福岡市の夫婦が、総理肝いりで総理の地元に誘致された統合型リゾート（ＩＲ）の日本初のカジノでその魅力にとりつかれ、ギャンブルにのめり込み、借金を増やし、仕事を失った揚げ句、一家四人で心中する。西部本社社会部の女性記者がその経緯を地道な取材で裏付ける。しかし、当初は取材に協力した遺族がいつのまにか一転、「記事は出さないで欲しい」の一点張りとなってしまう。

「カジノに狂っていたなんて書くな。そんな権利が、おまえらにあるのか」

「俺たちに恥をかかせて楽しいか」

「人の不幸を食い物にするマスゴミ」

こういうふうに被害者の遺族から抗議されれば、記者にはこたえる。その罵倒の言葉に当事者の痛みと一面の真実が含まれているのも事実だからだ。

その点、真山仁は『バラ色の未来』の地の文で「記事は遺族の無念を晴らすために書くわけではない」と言いきる。

「記事になれば、黙っていれば知られずに済んだことまで白日の下に晒される。従って、被害者や関係者をもう一度傷つける可能性はある。それでも、社会に伝えるべき事実だと思えば、躊躇《ちゅうちょ》してはならない。それが、記者という仕事だ」

うわっつらではなく、真山仁が本物であることを示す文章だと私は思う。

取材された側や書かれた側から新聞社の社長あてに抗議文が送りつけられたり、新聞社が提訴されたりすることもよくある。抗議や提訴といった面倒な「トラブル」への対応に時間を費やしたくないのは、だれしにも共通する感情で、それもまた記事を出す上での壁になる。

東西新聞社編集局長の磐田貴史《いわたたかし》は次のような理由で記事をボツにしようとする。

「遺族の代理人という弁護士から、東京本社の社長宛に抗議が来て、私が応対した。心中した家族がカジノ依存症だった事実はないそうだ。そんなでっち上げを記事にするのであれば、告訴も辞さないと言われたよ」

記者の取材を信用せずに弁護士の抗議を真に受けるのは編集局長の態度として論外だといえるが、とはいえ、通常、社長や編集局長は記者の取材内容や証拠関係の詳細までは知らないから、ことなかれ主義への誘惑に駆られ、こうした抗議文や告訴の脅迫に過剰反応しがちとなる。

実際、調査報道の記事で新聞社が提訴されるリスクは小さくない。

私が関わって出したある記事について、朝日新聞社が当事者から訴えられ、東京地方裁判所から記事の削除と賠償を命じられたことがある。

「比カジノ進出　高官接待　遊技機大手、計九〇〇万円　米に子会社、ＦＢＩ捜査」という見出しで二〇一二年一二月三〇日に朝日新聞朝刊とそのウェブサイトに出した原稿がそれで、私と同僚記者の名が筆者として明記されている。フィリピンでカジノリゾートの開発を目指す東京の大手遊技機メーカーが、カジノ免許の許認可権を持つフィリピン政府高官らに対し中国・マカオや米国・ラスベガスのホテルで接待を繰り返したという内容だ。カジノ開発でフィリピン政府から有利な取り計らいを受ける目的で接待した疑いがあるとは書いていないが、そのように受け取った読者はいたかもしれない。それがこの遊技機メーカーに対する名誉毀損《きそん》に当たるというのだ。

東京地裁民事十七部（松本利幸裁判長）は二〇一五年一二月の判決で、私たちの記事について、「有利な取り計らいを受ける目的で接待を行った可能性が高い」との事実を報じていると指摘し、「真実であるとは認められない」と判断した。マカオやラスベガスのホテルでの接待について「研究や教育という目的で視察等が行われたもので（中略）接待が賄賂《わいろ》性を有しない可能性も含め、裏付け取材がされたことをうかがわせる証拠はない」。まるでこじつけのような独りよがりの非常識な判断に私は唖然とした。

さすがに翌年六月、東京高裁の控訴審でこの判断は覆《くつがえ》された。「その違法性の有無はともかく、接待が、原告に対する何らかの有利な取り計らいを期待するとの動機に出たものではないかとの疑いを抱かせるに足るものであるということができる」「記事掲載当時、接待が有利な取り計らいを受けるために行われた疑いがあるとの事実は真実であったと認めるのが相当である」

私の記事に関する削除と賠償の命令は取り消され、これが二〇一七年二月に最高裁で確定した。とはいえ、一審・東京地裁の複数の裁判官が真実の記事をインターネット上から削除するよう命ずる異常な判断に与《くみ》したことは動かしようのない事実だ。

残念ながら、名誉毀損に関する日本の現行法制度とその運用は、米国などに比べると、報道に対して非常に敵対的である。また、裁判官の当たり外れが大きい。民主主義社会における自由な言論や報道の役割を理解できていない裁判官が現実にいて、そのような裁判官に当たれば、非常識な判決を押し付けられる恐れがある。そのような恐れが現にある限り、後難を恐れて報道を控えるという東西新聞編集局長の判断を「もってのほか」と単純に軽蔑することはできない。

「違法でなければ書けない」という新聞社内の通念も調査報道の壁になることが多い。

前述したように、適法であれば、捜査機関も行政機関も原則として捜査や調査に乗り出さないから、だからこそ、報道機関がその「適法であること」の問題点、すなわち、現行の法令や制度の不備を明らかにして指摘することには大きな社会的意義がある。

また、そもそも違法であると断定できる証拠をそんな簡単に入手できるはずがない。違法とは断定できないけれども、外形的な事実を積み上げて、利益相反の構図を示してみせることで、あとの判断は読者に任せる、という報道スタイルがあっていい。

もちろん、独りよがりとなってしまう危険性があるから慎重な姿勢は必要だ。しかし、違法と言えないから記事にできない、という思い込みは誤りだ。

『バラ色の未来』に登場する総理の義父の開発会社は倒産の危機に瀕していたが、カジノの開発を引き受けて大儲けしたらしく、息を吹き返す。その義父から総理の妻にカネが流れた事実を記者がつかむ。カジノの誘致を決定した総理の側に対する開発業者の贈賄まがいの行為のようにも見えるし、贈賄と断定できなくても、松田総理の道義的責任を追及する記事として取り上げるべきだと私は思うが、東西新聞社はこれをボツにした。「カジノのためのカネ」「義父のためのカジノ誘致」であるという証拠がない上に、そのカネは父から娘への生前贈与として税務処理され、贈与税もきちんと納められているのがボツの理由だという。

行き詰まった末に新聞社を辞めて四谷荒木町のバーテンダーとなり、「こいつのギムレットは最高だぞ」と言われるようになった元事件記者はぼやく。「違法性がないのに、現職の総理は叩けないと却下されました。僕だって腹は立ちましたが、松田が岳父のためにＩＲを誘致したという確たるウラは取れませんでした。撤退やむなしです」

そうでなくても、調査報道は、当局などの発表に依拠した通常の報道に比べて、手間ひま、コスト、人手を要する。現場に行き、人に話を聴き、記録を探し、証拠を積み上げなければならない。その上、調査報道には種々の嫌がらせやストレス、法的リスクがつきものだ。このように前にも後ろにも壁があるのならば、調査報道をあきらめ、書かれる側に喜ばれる原稿ばかりを出す楽な道を選んだほうがいいのだろうか。そんな記者たちの葛藤が『バラ色の未来』にはあふれている。

よく知られているように、真山仁は大学を卒業した一九八七年から三年弱、中部読売新聞で記者を務めた。

だからなのだろうか、『バラ色の未来』に描かれている新聞社はとてもリアルだ。現場の記者だけでなく、デスク、部長、編集局次長といった中間管理職、編集局長といった上層部も含めて、その思考や言葉は現実であるかのように、迫真性がある。三年に満たない現場記者経験だけで真山はなぜここまで新聞社内をリアルに描けるのだろうか。

真山によれば、この三〇年、継続して、かつて同僚だったりライバルだったりした新聞記者たちの悩み相談の相手になってきたという。「辞めたい」と言う元同僚に「お前みたいな一匹狼は、逆にフリーではやっていけないよ」と助言することもあったという。

大手新聞社を辞めて筆一本で活躍する真山は、かつて一緒の現場で仕事をしたことのある新聞記者の多くにとって、あこがれの存在であるのだろう。「いつか自分も真山のように」

と思う記者もいるだろう。だから、会社を辞めたくなったとき、同僚にも家族にも言えない悩みを真山にだけ吐露するのだろう。

一九六二年生まれの真山の同世代の新聞記者たちの多くは、デスクになり、部長に昇進し、中には、編集局次長、編集局長になった人もいるかもしれない。現場を離れて、管理部門や営業部門に異動した人も少なくないだろう。私のように今でも記者を続ける人もわずかながら残っているだろう。そうした人たちの悩みやその感ずる壁が『バラ色の未来』に投影されているのだろう。

それが、少なくとも私にとっての、『バラ色の未来』の第一の魅力である。

『バラ色の未来』の第二の魅力は、日本への初めてのカジノ新設を主題に据え、その負の側面に果敢に挑戦していることだ。

現実の日本でまさに、安倍晋三首相は、多方面からの反対をものともせず、カジノを含む統合型リゾート（ＩＲ）にバラ色の将来を描き、日本初のカジノ場の実現に邁進《まいしん》している。『バラ色の未来』はそれを批判する書となっている。

「地域の活性化、さらには日本全体の経済成長につなげる滞在型観光を推進してまいります」

二〇一八年七月六日、参院本会議で安倍首相はこのように答弁した。

「日本型ＩＲは、国際会議場や家族で楽しめるエンターテインメント施設と収益面での原動力となるカジノ施設とが一体的に運営され、これまでにないような国際的な会議ビジネス等を展開し、新たなビジネスの起爆剤となり、また、世界に向けて日本の魅力を発信する、まさに総合的なリゾート施設であり、観光や地域振興、雇用創出といった大きな効果が見込まれるものとされ、我が国を観光先進国へと引き上げる原動力となると考えております」

カジノを含む統合型リゾート（ＩＲ）の整備の推進を政府の責務と定める議員立法は二〇一六年一二月一五日に、自民党や日本維新の会の賛成多数で成立。これを受けて政府が検討を進め、内閣の法案としてＩＲ実施法案を国会に提出し、二〇一八年七月二〇日に成立した。

安倍首相は否定するが、この間の二〇一七年二月に米フロリダ州で開かれた日米首脳会談で、ドナルド・トランプ米大統領は、自分の有力支援者であるシェルドン・アデルソン氏の率いるカジノ運営大手「ラスベガス・サンズ」の名前を挙げて、日本でのカジノ免許の付与を真剣に検討するべきだと安倍首相に働きかけた――。米国の調査報道記者は二〇一八年一〇月にそのように報じている。

実際、二〇一六年一一月の米大統領選でトランプ氏が当選して二〇一七年一月にその政権がスタートしたのと軌を一にするかのように、前のめりともいえる安倍首相の積極姿勢が目立っている。

安倍首相に呼応するかのように、カジノを含むIRの誘致へと、大阪府・市、和歌山県、長崎県が動き始め、北海道、東京都、千葉市などが検討に着手した。

そのうち大阪府・市が二〇一九年二月に発表した「大阪IR基本構想（案）」の「想定事業モデル」によれば、大阪湾臨海部の埋立地「夢洲《ゆめしま》」の約六〇ヘクタールに九三〇〇億円を投資し、三〇〇〇室以上のホテル、一万二〇〇〇人に対応できる国際会議場を設け、二〇二四年度の開業を目指す。年一五〇〇万人の来場を見込み、カジノ行為の粗収益は年三八〇〇億円、そのほかの売上は年一〇〇〇億円と想定する。すなわち、賭け金総額から顧客への払い戻し金を差し引いたカジノ行為の粗収益、つまり、顧客の損である三八〇〇億円が全体の売上四八〇〇億円の八割を占める。

大阪選出の共産党参院議員・辰巳《たつみ》孝太郎《こうたろう》氏が二〇一九年三月五日の参院予算委員会でこの数字を取り上げて、政府の認識を質した。

「カジノはパチンコと比べ物にならないほどギャンブル性が高い。これ、のめり込めば一晩で全財産を失う恐ろしい賭博なんです。これ、総理、これだけのお金を奪うカジノをこれから日本全国で最大三つつくるというんでしょう。しかも、事業者として想定されているのは外資の企業ですよ。この認識が総理にありますか」

安倍首相は次のように答えた。

「ＩＲ誘致に向けた特定の自治体による個別の検討内容について政府としてコメントする立場にはないわけでございまして、この日本型ＩＲにつきましては（中略）収益面での原動力のあるカジノ施設が一体的に運営されることが必要と考えているところでございます」

辰巳議員が「三八〇〇億円、これだけの金額をカジノが稼がなければ、ほかの先ほどのエンターテインメント施設等々は成り立たないと、ＩＲというのはそういうものだと、そこは認めていただきたい」と畳みかけると、安倍首相は「カジノ施設は収益面での原動力となるというふうに申し上げている」と繰り返した。

どのような美辞麗句をまぶそうと、カジノは賭博であり、博奕であり、ギャンブルである。人の自制心を失わせ、人をギャンブル依存症に陥らせる危険性がある。家族崩壊や自殺に追い込まれる人の出てくる恐れがある。マネーロンダリング（資金洗浄）にカジノが悪用される可能性もぬぐえない。政府や裁判所がこれまで言ってきたところによれば、賭博は「勤労の美風」を害し、「副次的な犯罪」を誘発し、「国民経済の機能に重大な障害を与えるおそれ」がある。

カジノ設置によって治安対策や依存症対策など負の社会的費用が一体どのくらいになるのか。政府は「試算していない」という。日本のカジノ立地地域で犯罪率や自殺率はどのように変化するのか。政府は「カジノ施設の設置と犯罪率及び自殺率の変化との因果関係は必ずしも明らかではないことから、その変化を予測することは困難である」という（二〇一八年六月二六日、内閣総理大臣安倍晋三、「衆議院議員中谷一馬《なかたにかずま》君提出カジノを含む統合型リゾート（ＩＲ）実施法案に関する質問に対する答弁書」）。

特別法を制定して設置するからには、そのカジノは適法ではあるのだろう。だけれども、というよりも、だからこそ、総理大臣が先頭に立って設置した巨大な賭場に、負の側面があるのならば、それを調査して報道するのは、新聞が社会から期待される役割である。

『バラ色の未来』はそれを正面から取り上げている。

『バラ色の未来』の第一章は、東西新聞編集局の「調査報道特別講座」で元ベテラン記者の北原が一七人の若手記者を前に「特ダネとは何か」と問いかけ、講義する場面で始まる。

新聞記者になって三〇年となる私にも同様の経験がある。

専門の研究誌『ジャーナリズム』二〇一五年一二月号に大筋、私は次のように書いた。

「報道のノウハウや手法は、個々の記者がそれぞれ培《つちか》うべきものであって、だれかから改まって教わるものではない――。これまで、ともすると、そういうふうに考えられてきたように私は感じる。自分独自のノウハウを自分の中だけにとどめて門外不出とするか、せいぜい、周りの仲間だけに教える程度であることが多いように思う。しかし、その点、私が見たアメリカの調査報道記者・編集者協会（ＩＲＥ）の講座はとてもオープンだ。ライバルに惜しげもなくノウハウを披露している。大会やセミナーに競って教訓やコツを持ち寄り、見せ合っている。それが、個々の記者をさらにより良いプロフェッショナルへと進歩させ、モチベーションをアップさせ、調査報道を盛んにし、長期的にはジャーナリズム全体の社会的地位を向上させている。それに見習いたいと思う」

私は二〇〇八年から早稲田大学のジャーナリズム大学院で「調査報道の方法」の授業を受け持ち、二〇一七年から日本記者クラブの「記者ゼミ」で各社の記者を前に「ハウツー調査報道」を講義している。特ダネを出した記者や話題のドキュメンタリー番組の制作者らを招いて三〇の講座を三日ぶっ通しで開く「報道実務家フォーラム」にも関わっている（二〇一九年四月のフォーラムには約三七〇人が参加し、その大部分が現役の記者や編集者だった）。このように私や仲間の記者たちが行動してきたのは、えこひいきなく、右左にかかわらず時の権力をチェックし、真相に少しでも近づき、できるだけ客観的にその結果を伝え、できるだけ多くの情報を社会に流通させ、民主主義を機能させるということへのこだわりやノウハウを、同じ職業を選んだ記者同士で学び合い、共有する場を培《つちか》いたいと考えるからだ。

『バラ色の未来』では、調査報道講座の受講生の中から、福岡で一家心中の背景に国内初のカジノがあるとの情報をつかんだ女性記者、そして、カジノ誘致の旗を振ったものの果たせなかった元町長の転落に関する情報を見過ごさなかった警視庁担当記者を輩出する。彼らの情報を端緒に、青森支局の若手記者が現場に走り、ギムレットの場面からはベテラン記者の北原も参加し、東西新聞社は、ダイナミックに取材を掘り下げ、壁を乗り越え、紙面に記事を展開し、反響を呼び起こしていく。これはジャーナリズムにとっての一つの「バラ色の未来」の姿なのだろうと、私はうらやましく思う。

政治とカネに後押しされて巨大カジノが日本にできようとする今、あるいは、近い将来実際にできたとき、日本の新聞記者たちは、その光の裏にある影に迫り、その負の実態を世の中に伝えられるだろうか。

「バラ色の未来」を追いたい。

〈初出〉
「小説宝石」二〇一五年一月号〜二〇一六年十月号
二〇一七年二月　光文社刊

※この作品はフィクションであり、実在する人物・団体・事件などには一切関係がありません。

光文社文庫

バラ色《いろ》の未来《みらい》

著者　真《ま》山《やま》　仁《じん》

2019年8月20日　初版1刷発行

発行者　鈴木広和
印刷　萩原印刷
製本　ナショナル製本

発行所　株式会社　光文社
〒112-8011　東京都文京区音羽1-16-6
電話（03）5395-8149　編集部
8116　書籍販売部
8125　業務部

ISBN978-4-334-77885-9　Printed in Japan

組版　萩原印刷